Marion Bischoff

Heidelbeerfrau

Historischer Roman

Rhein-Mosel-Verlag

Marion Bischoff

Heidelbeerfrau

RHEIN
MOSEL
VERLAG

RHEIN-MOSEL-VERLAG
Brandenburg 17, D-56856 Zell / Mosel
Tel 06542 / 5151 Fax 06542 / 61158

ISBN 978-3-89801-404-5
Lektorat: Gabriele Korn-Steinmetz
Ausstattung: Stefanie Thur
Fotomontage Titel:
iStock.com / viiwee;
Aleksei Marinchenko / Shutterstock.com;
xicocool / pixabay.com

Inhalt

Zur Erinnerung an Albert Leininger, dessen Schicksal die Vorlage für die Geschichte um Elises kleinen Bruder Hans gab.
UNS ALLEN ZUR MAHNUNG!

Für meine Großeltern,
die uns durch ihre bedingungslose Liebe zeigten, wie wertvoll es ist zusammenzustehen.

Prolog

Drei Tropfen Blut landen auf dem vor ihm liegenden Papier. Mit seiner zitternden Rechten kann er den Bleistiftstummel kaum halten. Er verzieht das Gesicht vor Schmerz, gleichzeitig erinnert er sich innerlich grinsend daran, wie er den Stift vom notdürftig zusammengezimmerten Schreibtisch des Aufsehers hat mitgehen lassen.

Mit dem Unterarm wischt er die Blutstropfen weg, die sich sodann als langgezogene rotbraune Spur über das Papier ziehen, was noch schlimmer als zuvor aussieht. Aber das ist nicht wichtig. Es zählt nur eines: Endlich kann er anfangen zu schreiben.

Elsass, im Juni 1945

Meine liebe Elise,
Du kannst Dir nicht vorstellen, wie sehr ich Dich vermisse. Tagtäglich wate ich hier durch knöcheltiefen Schlamm auf den Feldern und komme mir vor wie ein Muli. Das Menschsein wird einem hier endgültig ausgetrieben. Dabei dachte ich, nichts könnte schlimmer sein als Krieg. Doch das, was sie Frieden nennen, ist keiner. Ich werde wie ein Tier behandelt, bin ein Nichts. Nur die Gedanken an Dich halten mich am Leben. Wie gern würde ich Dich jetzt in den Arm nehmen, Dir liebe Worte ins Ohr flüstern, Dich auf Händen tragen und Dir immer wieder sagen, was für eine wunderbare Frau Du bist. Nie hätte ich gedacht, ich könnte einmal so sehr lieben. Nicht als ich zusehen musste, wie meine Kameraden neben mir in Stücke gerissen wurden, nicht als ich selbst verletzt wurde und nicht wusste, ob die Wunde je wieder heilen würde, nie. Mit jedem Tag und mit jeder Nacht, die vergeht, wächst meine Sehnsucht nach Dir. Ein unermesslicher Schmerz kommt über mich, wenn ich Dich vor mir sehe und doch nicht weiß, wie Du die letzten Kriegswirren überstanden hast. Das Einzige, was mich nicht aufgeben lässt, sind die Gedanken an Dich, meine Herzensheimat. Du hast mir Mut gegeben und ich bewundere Deine Kraft. Ich bete jeden Abend, dass Du lebst, dass es Dir gut geht und dass Du mich nicht vergessen hast. Doch dann holt

mich wieder die Traurigkeit ein, weil ich nicht weiß, was das Schicksal mit mir vor hat. Ob ich diesen Ort hier jemals verlassen werde oder mich der Hass der Franzosen auf die Deutschen irgendwann völlig vergiftet. Ich versuche, mein Herz nicht den Feindseligkeiten zum Fraß vorzuwerfen. Aber ich merke, wie es mir mit jedem Tag schwerer fällt, mich zusammenzunehmen …

Mitten im Satz hält er inne. Langsam lässt er den Bleistiftstummel sinken, steckt ihn sich zwischen die Lippen und liest, was er geschrieben hat. Er beißt auf den Stift, seine Zähne bohren sich in die hölzerne Ummantelung. Schließlichd knüllt er den Brief wütend zusammen, springt von seinem Bettrand auf. Dann wirft er das Papierknäuel zu Boden, tritt mit dem Fuß darauf, bis es nur noch ein plattgewalztes Etwas ist.

»Ich kann sie doch nicht auch noch mit meinen Sorgen belasten«, flüstert er und verwirft endgültig seinen Wunsch, ihr zu schreiben.

Mit einer Hand fährt er sich über die Wange, auf der vor kurzem die Peitschenhiebe des Bauern gelandet sind, für den er arbeiten muss. Doch kaum hat er seine Blessuren berührt, zuckt er vor dem brennenden Schmerz zurück.

In diesem Moment geht die Tür auf, eine tiefe Stimme brüllt seinen Namen. Er blickt auf und sieht die Peitsche …

1. Schrei, mein Junge!

Montag, 20. August 1945

In der untergehenden Sonne wirkten die Schatten der Bäume wie Monster, die nur darauf warteten, Elise zu verschlingen. Sie trat schneller in die Pedale des klapprigen Herrenrades, das sie auf Ferdinands Hof gefunden und in ihren Besitz genommen hatte.

»Ruhig, mein Kleiner. Nicht weinen.« Das vorherige ohrenbetäubende Brüllen ihres Kindes war in ein leises Wimmern übergegangen.

Seit Stunden trug sie Reinhard nun schon in einem Tuch vor ihre Brust gebunden. Wie so oft hatte sie ihn zur Hamsterfahrt mitgenommen. Mit einem kleinen Wesen wie ihrem vier Monate alten Sohn erregte man das Mitleid der Großbauern in der Vorderpfalz, das stellte sie immer wieder fest. Aber heute hatte sie keine Milch für ihn bekommen können und das mitgebrachte Fläschchen hatte er schon zu Mittag leergetrunken. Ihren Finger konnte sie ihm unterwegs auch nicht reichen, um daran zu nuckeln und sich auf diese Weise zu beruhigen.

»Wir müssen nach Hause, mein Schatz.« Wieder einmal machte sie sich Vorwürfe, dass sie ihren Sohn nicht stillen konnte. So sehr sie sich auch bemüht hatte, es war ihr einfach keine Milch eingeschossen.

Sie verzog das Gesicht, als sie daran dachte, was Mutters Freundin Anneliese zusammenfantasiert hatte: Dies sei eindeutig Gottes Strafe für ihr unstetes Leben. Die Mutter hatte Elises fehlende Milch damit begründet, dass sie nichts mehr zuzusetzen hätte. Und das hörte sich viel plausibler an. Dabei hatten sie so sehr gehofft, mit der Bewirtschaftung von Ferdinands Hof endlich genügend zu ernten, um die ganze Familie satt zu bekommen. Doch nicht nur das fehlende Saatgut hatte eine gute Ernte verhindert. Von dem wenigen, was sie anpflanzen konnten, war kaum etwas gediehen in all dem Regenwetter und den lange Zeit so kühlen Temperaturen. Nur die vier Kühe in Ferdinands Stall gaben wenigstens Milch. So bot sie ihrem Sohn zunächst mit Wasser verdünnte Kuhmilch zu trinken. Je älter er wurde, umso seltener fügte sie Wasser hinzu.

»Ach, Reinhardchen«, murmelte sie und sah sich nach den Besatzern um, die überall Wache hielten. Bald würde die Abenddämmerung hereinbrechen und dann wollte sie erst recht keinem dieser Männer mehr gegenüberstehen. Vor allem nicht, weil der letzte, dem sie begegnet war, ihr einen Teil der wenigen Kartoffeln weggenommen hatte. Beim Gedanken an sein hämisches Grinsen stieg Wut in ihr auf. All die Mühe, die von ihr gefertigten und eingetauschten Schuhe, der weite Weg auf dem Rad, waren fast umsonst gewesen.

Das Grauen hatte begonnen, als die Franzosen die Besatzungszone von den Amerikanern übernommen hatten. Die Amis waren ganz anders gewesen. Freundlicher. Ihrem kleinen Bruder hatten sie sogar Schokolade geschenkt. So etwas wäre von den Franzosen, die den besiegten Deutschen unverhohlene Verachtung entgegenbrachten, niemals zu erwarten.

Ihre Oberschenkel brannten. Immer wieder sah sie suchend in den Wald, doch bis jetzt konnte sie keinen Uniformierten ausmachen. Vielleicht komme ich ungesehen durch, feuerte sie sich selbst an. Gleich würde sie die Grenze zwischen der amerikanischen und der französischen Besatzungszone erreichen. Es muss einfach klappen, dass ich es unbehelligt nach Hause schaffe, sprach sie sich Mut zu. Hoffnungsvolle Gedanken jagten abwechselnd mit der Angst durch ihren Kopf. Ihre Schultern schmerzten, so verkrampft saß sie auf dem Drahtesel. Dass Reinhard nicht aufhörte zu schreien, machte die Sache nicht besser. Sie hatte fast den Scheitelpunkt des sandigen Weges erreicht, in den ihre Fahrradreifen immer wieder einsanken, da entdeckte sie den Wachsoldaten. Er stand an einen Baum gelehnt. Neben ihm sein Gewehr. Bitte nicht, dachte sie und hoffte gleichzeitig, er würde sie durchwinken. Vielleicht, wenn Reinhard noch ein wenig lauter schrie? Sie fixierte den Franzosen und fuhr ihm langsam entgegen.

Er hob die Hand und gab ihr ein Zeichen, anzuhalten. Elise bremste, stieg vom Fahrrad und schob es auf den Mann zu. Die Prozedur kannte sie von ihren vielen Hamsterfahrten der vergangenen Monate und doch schlug ihr Herz noch schneller, als sie dem Kontrolleur gegenüberstand.

Seine Mütze verriet, dass er Franzose war. Er zog das Fahrrad zu sich heran und inspizierte den Korb auf dem Gepäckträger.

Mit zitternden Händen streichelte Elise über das kleine Bündel mit dem Kind. Reinhards Stimmchen wurde sofort leiser. Ihr Blut pulsierte spürbar und sie wusste nicht, ob ihre Erregung von der Anstrengung, dem weinenden Reinhard oder ihrer Angst ausgelöst wurde.

Argwöhnisch beobachtete sie jede Bewegung des Soldaten. Zuerst nahm er die spitze Papiertüte mit Mehl, dann die wenigen Kartoffeln und die schrumpeligen Rüben aus ihrem Korb. Als er nach dem fettfleckigen Papier griff, in dem das Stückchen Speck eingewickelt war, das sie ergattert hatte, verkrampften sich ihre Hände. Grinsend öffnete er das Papier, roch an dem Fleisch und schloss genießerisch die Augen.

»Bitte nicht den Speck«, flehte Elise leise.

Der Soldat beachtete sie nicht, zog ein Messer aus seiner Uniformhose und setzte es am dünnen Fettrand an. Geschickt schnitt er eine Ecke davon ab und schob es sich in den Mund.

Elise zog die Augenbrauen zusammen. Es war so schwierig gewesen, dieses Stückchen Speck zu bekommen. Das wollte sie nicht kampflos dem Wachmann überlassen. Kurzentschlossen zwickte sie ihrem Sohn in die Wange und im gleichen Augenblick brüllte der Kleine laut auf. Erschrocken sah der Soldat zu ihr herüber. Schnell legte er alles zurück in den Korb, nickte ihr zu und schob das Rad in ihre Richtung.

Elise bemühte sich um einen freundlichen Gesichtsausdruck, obwohl sie den Kerl am liebsten geohrfeigt hätte. Ohne ihn weiter anzusehen, schwang sie sich aufs Rad. Doch bevor sie losfahren konnte, griff er nach dem Lenker. Dabei berührte er sie. Erschrocken zog sie ihre Hand zurück und umklammerte den Kleinen. Sie verstand nicht, was der Franzose redete. Doch seine Stimme wirkte sanft, nicht fordernd. Aus dem Augenwinkel sah sie ihn an. Er hatte eine Narbe auf der Wange, die fast wie ein Herz aussah. Unsicher nestelte sie an dem Stofftuch, das Reinhard umschloss. Jetzt jammerte er nur noch leise. Und doch schnürte jeder Laut ihres Kindes das unsichtbare Band um ihre Brust enger.

Sie wollte das Fahrrad wieder anschieben. Doch erneut hielt der Franzose sie zurück. Elise streckte den Rücken durch und fixierte seine Augen.

»Non«, sagte er und deutete auf das Rad.

Was hatte er vor? Elise schüttelte den Kopf, aber er ließ sich nicht beirren. Wieder sagte er etwas, das sie nicht verstand. Offensichtlich erwartete er, dass sie stehenblieb. Mit großen Schritten lief er in Richtung der nahen Hecken. Jetzt erst entdeckte Elise das Militärfahrzeug, das dort stand. In ihrem Kopf hämmerte es. Lauf weg! Fahr sofort los! Doch es ging nicht. Ihre Füße standen wie mit Bleigewichten verankert auf dem Boden. Sie sah dem Soldaten hinterher, der zwischen den Büschen verschwand. Die Autotür quietschte und fiel kurz darauf ins Schloss. Schon raschelten Äste und Blätter und er tauchte wieder auf. Seine Mütze war verschoben. Mit einer Feldflasche in der Hand kam er auf sie zu.

Als sei das sein Kommando, setzte auch Reinhards Geschrei wieder ein. Schweiß rann Elise über den Rücken. An ihrer Brust spürte sie die Hitze, die bestimmt nicht nur von ihrem Sohn ausging. Der Soldat hielt ihr die Flasche entgegen. Ihr Mund war trocken. Alle Muskeln angespannt. Auf keinen Fall wirst du mich anfassen, dachte sie und blitzte ihn böse an. Doch er lächelte nur und deutete auf die Flasche. Elise rührte sich nicht.

Der Soldat schüttete etwas aus der Flasche zu Boden. »Bebé«, flüsterte er und kam langsam näher.

Meinte er Reinhard? Sie versuchte auszuweichen, aber mit der Radstange zwischen den Beinen war das kaum möglich. Ihr Blick streifte den Fremden, der sicher doppelt so alt war wie sie selbst.

Wieder flüsterte er »Bebé.« Dieses Mal ließ er die Flüssigkeit aus der Flasche auf seine linke Hand tropfen und zeigte sie Elise. Es schien Milch zu sein. Doch woher sollte sie das wissen? Vielleicht war es eine Falle?

Elise winkte ab. »Nein, danke.«

Er goss sich noch mehr Milch in seine Handkuhle und schlürfte sie aus. Aufmunternd nickte er ihr zu. Zögerlich griff Elise nach der Flasche und tat es dem Soldaten gleich. Es war wirklich Milch. Auf einmal fühlte sie sich leichter. Sie schob das Tuch ein wenig beiseite und setzte die Flasche an Reinhards Mund.

Der Kleine streckte die Zunge heraus, die Milch tropfte links und rechts von seinen Mundwinkeln und lief über die Wangen. Gierig schluckte er mit geschlossenen Augen, hustete, schluckte wieder. Elise nahm die Flasche weg, Reinhard schmatzte. Sie träufelte von der Milch auf seine kleine Faust und schon saugte er daran. Dankbar sah sie den zustimmend nickenden Soldaten an, dessen Blick auf Reinhard ruhte.

»Danke.« Elise gab dem Wachmann die Flasche zurück und stieg auf ihr Fahrrad.

Er zwinkerte ihr zu und sie beeilte sich, weiterzukommen. Jetzt würde sie es vielleicht sogar nach Hause schaffen, ohne dass ihr Sohn wieder vor Hunger schreien musste.

Von drinnen drang Licht heraus, als Elise ihr Fahrrad endlich in die Hofeinfahrt schob. Sie nahm den Korb vom Gepäckträger. Reinhard ruhte still auf ihrer Brust unter dem Tuch. Vorsichtig legte sie einen Finger unter sein Näschen. Kurze, warme Luftzüge streiften ihre Haut. Sie zog das Tuch etwas höher und betrat das Haus. In der Küche klapperte Geschirr und ihr sechsjähriger Bruder Hans plapperte munter. Deine Energie möchte ich haben, dachte Elise. Müde stellte sie den Korb auf die erste Stufe der Treppe, lehnte sich gegen die Wand und schloss die Augen.

»Elise! Da bist du ja endlich.« Ihr kleiner Bruder stürzte auf sie zu.

Abwehrend hob sie die Hand. »Psst. Reinhard schläft.«

Ein paar Schritte hinter Hans tauchte die Mutter auf. »Mein Gott, Mädel. Wo warst du denn so lange? Ich hab mir solche Sorgen gemacht.«

Elise deutete auf den Korb. »Es hat sich gelohnt.«

In der Küche holte sie alles hervor, was sie bei ihrer Fahrt in die Vorderpfalz beim Hamstern ergattert hatte. »Kartoffeln habe ich bekommen, Mehl und ein paar Rüben. Dafür musste ich nur zwei Paar Schuhe hergeben. Und schau: Ein Stück geräucherten Speck. Den habe ich bei dem netten Bauern bekommen, dem ich heute die Schuhe für sein Töchterchen gebracht habe. Ihr hättet die Kleine sehen sollen, wie sie unaufhörlich durch die Stube getänzelt ist.« Sie faltete das fettige Papier auf und hielt es ihrer Mutter unter die Nase.

Die Mutter sank auf einen Stuhl und strich sich die angegrauten losen Strähnen hinter die Ohren. »Gut gemacht, Mädchen.« Dabei klang ihre Stimme so leer, wie es die Vorratskammer seit Monaten war. Nicht einmal aus ihren Plänen, im eigenen Garten etwas anzupflanzen, war etwas geworden. Ein paar verkrüppelte Rüben hatten sie geerntet, die Kartoffeln waren in der nassen Erde verfault. Mutter kam einfach nicht darüber hinweg, dass sie es nach wie vor kaum schafften, den Hunger der ganzen Familie zu stillen.

Elise betrachtete sie besorgt. Tiefe Falten zogen sich von ihren Mundwinkeln nach unten. Ihre Haut wirkte fast durchsichtig und ihre einst glänzend schwarzen Haare wichen deutlich den grauen Strähnen und ließen sie alt wirken, obwohl sie erst vierundvierzig war.

»Du siehst müde aus, Mutter.«

»Ach, woher denn. Das geht schon. Es muss ja.« Die Mutter rieb sich über die Arme. Dann erhob sie sich und trat vor Elise. »Wie ging es mit Reinhard?«

»Er hat viel geweint. Aber jetzt schläft er endlich.« Sie überlegte, ob sie ihrer Mutter von dem Franzosen erzählen sollte, doch dann ließ sie es sein. »Es tut mir in der Seele weh, wenn er Hunger leiden muss. Er versteht das doch noch gar nicht.«

»Ich wollte sowieso gerade melken gehen. Dann kriegt er seine Milch. Hans, komm!« Ihre Mutter nahm den Bruder an die Hand und wandte sich zum Gehen.

»Halt, Mutter. Warte. Lass mich zu Ferdinands Hof gehen. Dann kann ich mir für morgen früh gleich alles herrichten. Außerdem will ich sehen, wie weit Theo mit seiner Arbeit gekommen ist.« Sie öffnete das Tuch, holte Reinhard heraus und legte ihn in die Arme ihrer Mutter. »Bleib du mit Reinhard hier. Wir beide erledigen das.« Ohne eine Antwort abzuwarten, nahm sie Hans bei der Hand und verließ mit ihm die Küche.

»Was hat Theo denn geschafft?«, wollte Hans wissen.

»Er hat mir versprochen, die Bank im Hof zu reparieren und das bisschen Korn zum Müller zu bringen.« Dankbar dachte Elise daran, dass ihr einstiger Schulkamerad seit seiner Rückkehr von der Front auf Ferdinands Hof aushalf. Die ersten Wochen, nachdem Ferdinand ihr mit einem notariellen Schreiben seinen Hof für die Dauer seiner Abwesenheit übertragen hatte, war sie unzählige Stunden auf dem Gelände gewesen. Täglich aufs Neue hatte sie die Hoffnung gehabt, irgendwo Saatgut zu finden oder zumindest die Landmaschinen verleihen zu können. Doch außer ein wenig Korn und dem üblichen Heu auf den Feldern war nichts zu holen gewesen. Bei dem vielen Regen war die Heuernte mit der Sense kaum zu bewältigen. Glücklicherweise war an einem dieser nassen und zu kühlen Julitage plötzlich Theo auf dem Hof aufgetaucht. Geschickt hatte er sich daran gemacht, das Heu zu mähen, und kürzlich hatte er das Korn geschnitten und zum Trocknen in die Scheune gelegt. Theo war froh, sich nützlich machen zu können und sich wenigstens ein kleines Zubrot zu verdienen.

Draußen schwang sie sich aufs Rad und Hans stieg vor ihr auf die Stange. Auf dem steindurchsetzten Sandweg mussten sie besonders aufpassen. Mit festem Griff umklammerte sie den Lenker.

Hans' Kopf stieß bei jedem Stein, über den sie holperte, gegen Elises Brustkorb. Es fühlte sich an, als klopfte jemand gegen ihre Herzenstür. Elise versuchte, diesen Gedanken zu vertreiben. Da fiel ihr der französische Soldat wieder ein. Und sie sah die strahlenden Augen des Bauernmädchens vor sich, das die von ihr gefertigten Schuhe im Tausch gegen den Speck bekommen hatte.

Nicht mehr lange, dann habe ich wieder genügend Butter für Herrn Weber. Das gibt Leder für zwei Paar Schuhe. Mit einigem Stolz dachte sie an die heimlichen Tauschgeschäfte, die sie mit ihrem neuen Chef aufgebaut hatte. Wie froh war sie gewesen, als er ihr kurz nach der Geburt ihres Sohnes die Heimarbeit angeboten hatte. Seither schnitt sie das Leder zu, ihre Mutter steppte die Schuhe und sie durften mittlerweile auch alle anderen Arbeitsschritte zu Hause erledigen.

Kurt Weber hatte Glück gehabt. Rechtzeitig, bevor der Bombenhagel auf Pirmasens niedergegangen war, hatte er sein Leder aus der Stadt geschafft. So lag zwar die Fabrik in Schutt und Asche, aber er hatte immer noch sein Material. Das war mehr als das, was die meisten seiner Kollegen vorweisen konnten. Nur Maschinen fehlten. Die lagen zerstört unter den Trümmern der Siebenhügelstadt. Da kamen ihm die Heimarbeiterinnen gerade recht. Und weil es in der Stadt noch schwieriger war, an Essbares zu gelangen, tauschte er Leder gegen Elises heimlich gestoßene Butter. Sicher, das war verboten, doch es ging nun mal nicht anders.

Keinesfalls durfte ihre Familie etwas von dieser Vereinbarung erfahren. Was sie nicht wussten, machte ihnen keine Sorge. Hänschen würde so etwas ohnehin nicht für sich behalten können. Und ob ihre Mutter dies billigen würde? Doch Elise war davon überzeugt, das Richtige zu tun. In diesen Zeiten war eben alles anders.

In der Hauptstraße trat sie kräftig in die Pedale. Hans legte seine Hände auf ihre. Seine Beine wippten immer wieder gegen Elises Knie. Auf dem festgefahrenen Weg kamen sie schnell voran und bogen kurz darauf in Ferdinands großen Hof ein.

Seit der einst stellvertretende Ortsgruppenleiter der NSDAP sich kurz vor Ankunft der Amerikaner aus dem Staub gemacht hatte, kümmerte sie sich um seine Tiere. Er hatte ihr glaubhaft versichert, dass er seine Fehler eingesehen hatte und ihr den Hof vorläufig überschrieben. Damit hatte er ihr einen Gefallen tun wollen und hoffte sicher auch darauf, dass sie ihm verzieh. Immerhin war er es gewesen, der ihren Julius in die Flucht geschlagen hatte.

Ihr Herz schmerzte, wenn sie an Reinhards Vater dachte, diesen Mann, den sie so sehr liebte und von dem sie seit seinem Verschwinden nur ein einziges Lebenszeichen erhalten hatte. Ungezählte Male schon hatte sie den Brief von Julius gelesen, den sie neben ihrem Bett in der kleinen Kommode aufbewahrte. Wie schön wäre es jetzt, wenn wir hier gemeinsam arbeiten könnten, schoss es ihr durch den Kopf. Er würde sicher den Zaun auf der Weide erneuern und einen Unterstand für die Tiere bauen, damit sie auch bei Regen nach draußen könnten.

Das Letzte, was sie von ihm gehört hatte, war die Nachricht seines Kameraden, der ihr im Frühjahr den Brief aus einem französischen Kriegsgefangenenlager gebracht hatte. Nur dieses Schreiben war ihr geblieben, in dem er so liebevolle Worte für sie gefunden hatte und ihr seine Sehnsucht nach ihr bestätigte.

Schluss! Sie verbot sich jeden weiteren Gedanken an Julius, der ihr doch nur die Tränen in die Augen trieb.

Elise fuhr langsam über den matschigen Boden des von drei Seiten eingerahmten Innenhofes. Links befanden sich die Räume des kleinen Sägewerkes, direkt vor ihr lag der meterlange Stall, den Ferdinands Vater viele Jahre vor dem Krieg gebaut hatte. Doch niemand von Ferdinands Familie war mehr am Leben. Rechts lag das Wohnhaus. Im abendlichen Halbdunkel sahen die unbeleuchteten Fenster wie gierige Mäuler aus. Schnell wandte sie sich ab. Ihr Bruder sollte nicht merken, dass ihr dieses Gelände unheimlich war.

Hans sprang von der Stange, als das Rad langsam ausrollte. Elise bremste, stieg herunter und lehnte das Fahrrad an die Wand.

Es waren nur ein paar Schritte zum großen Stalltor. Hans hüpfte neben ihr her. Da klirrte etwas. Es war ein leises metallisches Geräusch. Ihr Bruder bückte sich und hielt Elise das zerborstene Stück eines Vorhängeschlosses entgegen. Blitzartig sah sie zum Tor und erkannte, dass es nur angelehnt war. Auch die Sitzbank war nicht repariert. Sollte Theo etwas zugestoßen sein? Sie griff ihren kleinen Bruder an der Schulter und flüsterte: »Einbrecher!«

Hans riss Augen und Mund auf, doch sie hielt ihm sofort die Hand vors Gesicht. »Kein Mucks, hörst du?«

Er nickte, aber sie spürte, dass er vor Furcht am ganzen Körper bebte. Ein eiskalter Schauer wanderte ihr über den Rücken. Ruhig bleiben, ermahnte sie sich und konzentrierte sich auf verdächtige Laute. Außer dem gleichmäßigen Wiederkäuen der Kühe war aus dem Stall nichts zu hören. Sie presste Hans mit dem Rücken an sich, versuchte etwas zu erkennen, indem sie sich vorsichtig nach allen Seiten umsah. Aber da war nichts. Was, wenn es Plünderer waren? Wenn Kühe fehlten? Das dumpfe Wummern ihres Herzens spürte sie bis in den Kopf.

Ferdinands Hof stand nun schon seit Monaten leer. Niemand wusste, wo er sich aufhielt. Ob er irgendwo aufgespürt worden war oder sich den Besatzern gestellt hatte. Im Dorf war bekannt, dass Elise und Theo meist nur morgens oder abends auf den Hof kamen, wenn die Tiere gefüttert und gemolken werden mussten. Tagsüber war meist niemand anwesend. Sollte dies jemand ausgenutzt haben?

Ich muss mich bewaffnen!, schoss es ihr in den Sinn. Die Werkstatt! Sie drückte ihre Hand auf Hans' Brust. Schritt für Schritt zog sie ihn rückwärts. Bei jeder Bewegung presste sie ihn noch enger an sich. Immer wieder blieb sie stehen und lauschte. Da knackte es hinter ihr. Elise schnellte herum. Von dem aufgeschichteten Holzstapel sprang die Katze in den Hof und stolzierte an ihnen vorbei.

»Mistvieh!«, fluchte Elise leise. Sie spürte, dass ihr Gesicht einer Fratze glich. Es war nicht mehr weit zur Tür. Endlich erreichten sie den Eingang zu Ferdis Sägerei. Elise schob das schmale Brett beiseite, unter dem Ferdinand sein geheimes Schlüsselversteck eingerichtet hatte. Nur Elise kannte es. Und Theo natürlich. Dem hatte sie es anvertraut, seit sie gemeinsam den Hof betreuten.

Noch einmal drehte sie sich zum Stall um. Sie schob Hans vor sich her. Ihre Finger zitterten. Der Schlüssel ratzte über das Holz. Erschrocken hielt sie inne. Der aufgehende Mond schickte ein wenig Licht herunter. Gerade so viel, dass Elise einen Blick auf ihren Bruder erhaschen konnte. Die Angst in seinen Augen versetzte ihr einen Stich in der Magengrube. Beruhigend strich sie ihm über die Wange.

»Hans, du versteckst dich in der Werkstatt«, wisperte sie.

Schließlich klackte das Schloss und die Tür sprang auf. Elise schob Hans hinein. Vom einstigen Holzhandel war kaum mehr etwas übrig. Nur ein paar kleine Werkzeuge hingen noch an der Wand. Und Ferdinands Säge hatten die Amerikaner bei ihren Durchsuchungen im Frühjahr stehen lassen. Wohl aus Mitleid, weil sie dachten, der Hof gehöre ihr.

Sie tastete nach oben. Ein hölzerner Griff war das Erste, was sie spürte. »Der Hammer.« Erleichtert nahm sie den Stiel fest in die Hand. Dann beugte sie sich zu ihrem Bruder. »Du bleibst hier.«

»Aber die Diebe.«

Obwohl kaum Licht hereindrang, sah sie, dass es in seinen Augen glänzte.

»Hans, hör mir zu: Du musst Acht geben. Wenn die noch da sind, schreie ich. Dann läufst du sofort nach Hause und holst Mutter.«

Hans krallte seine Hände in Elises Taille. Der stechende Schmerz seiner spitzen Finger nahm ihr die Luft.

»Du bist mein Beschützer.« Sie strich ihm noch einmal über den Kopf, ehe sie die Werkstatt verließ.

Entlang der Hauswand schlich sie zum Stall hinüber. Nur ganz leicht setzte sie ihre Füße auf. Langsam schob sie mit einer Hand die Tür auf, den Hammer zum Schlag bereit.

Längst hatte sich die Dunkelheit auch über den Stall gelegt. Mit zusammengekniffenen Augen versuchte sie, etwas zu erkennen.

Stechend drang ihr der Geruch von Kuhmist entgegen. Nach jedem Schritt hielt sie inne und spitzte die Ohren.

Plötzlich muhte eine Kuh. Elise erstarrte. Jeder Pulsschlag rauschte in ihren Ohren. Erneut streifte ihr Blick durch den Raum. Es war ihr, als müsse sie irgendwo etwas entdecken. Doch alles blieb ruhig.

Nach einer Weile ließ sie ihre Waffe sinken und holte die kleine Laterne vom Haken. Den Hammer klemmte sie zwischen die Knie, damit sie die Hände frei hatte, um das Streichholz anzuzünden. Das Flämmchen flackerte auf, sie entzündete die Kerze und leuchtete in die Dunkelheit hinein.

Die Kühe standen vollzählig nebeneinander und kauten friedlich wie jeden Tag. Langsam schritt sie vorbei an den einzelnen Stallboxen zur anderen Seite, wo sie die große Kanne für den Milchtransport deponiert hatte. Diese stand unberührt da. Doch der Heuhaufen dahinter war auseinandergerissen. Das Butterfass war offen und der Deckel fehlte. Elise stieg über die Milchkanne und leuchtete in das Fass. Nur ein kläglicher Rest ihrer am Morgen gestoßenen Butter war noch da. Darin waren deutliche Fingerspuren erkennbar.

Ob Theo …? Mit voller Wucht trat sie gegen den leeren Holzkübel, der wie ein angeschlagener Boxer hin und her wankte und schließlich ins Heu fiel. An der Stallwand rutschte sie zu Boden, schlug mit der Faust in die raschelnden Grashalme. »Ihr verdammten Schweine!«

Irgendjemand hatte ihr Versteck gefunden. Elise leuchtete wieder in den Stall hinein. Sie schluckte. Eins war ihr klar: Ohne Butter würde sie kein Leder bekommen. Dann besann sie sich. Das Butterfass musste hier sofort weg.

Sie zerrte den hölzernen Bottich aus dem Heu. Die Laterne hängte sie an die Wand und trug das kniehohe Fass Richtung Werkstatt.

Hans linste durchs Fenster. Er drehte sich erst zu ihr um, als sie die Werkstatttür hinter sich schloss und das Licht andrehte.

»Wo sind die Diebe?« Der Junge richtete sich auf.

»Keiner da.«

»Was haben die geklaut?«

»Nichts.«

»Was hast du da?« Hans deutete auf das Butterfass.

»Ein altes Butterfass von Ferdinand«, erklärte Elise und stellte das kniehohe Behältnis hinter die Säge.

»Komm, Hans. Wir müssen die Kühe melken. Es ist schon spät.«

Hans hielt sie an der Hand, während Elise die Tür verschloss. Den Schlüssel wollte sie zurück in sein Versteck schieben, entschied sich dann aber anders. Schnell verstaute sie ihn in ihrer Rocktasche. Ihr Blick fiel auf das Fensterbrett neben der Tür. Da steckte seitlich in einer Ritze etwas, das ihr zuvor nicht aufgefallen war. Im fahlen Mondlicht ergriff Elise das Papier. Es war ein Brief. Ihr Name stand darauf. Und die Adresse von Ferdinands Hof.

Julius!, schoss es ihr durch den Kopf. Doch das konnte unmöglich sein. Er wusste nichts davon, dass sie jetzt täglich hier vorbeikam und sich um vieles kümmerte.

Hans zerrte an ihrer Hand. »Was hast du da?«

Elise schob das Schreiben in ihren Rockbund. »Nichts, nichts. Nur ein altes Papier.« Dann eilte sie mit ihrem Bruder im Schlepptau über den Hof. Erst als sie das Tor erreichten, ließ Hans sie los und verschwand im Inneren.

Elise griff in den Bund ihres Rockes. Was hatte dieses Schreiben nur zu bedeuten? Doch sie widerstand dem Impuls, den Brief zu öffnen. Sie musste endlich die Kühe melken und Milch für Reinhard nach Hause bringen.

Hans saß bereits neben seiner Lieblingskuh auf dem Schemel. Gleichmäßig traf der Milchstrahl in den Edelstahleimer. Elise beobachtete den Buben, der geschickt und zügig das Euter bearbeitete. Sie holte die große Milchkanne vor. Dann nahm auch sie sich einen Schemel. Es dauerte nicht lange, bis sie beide die vier Kühe gemolken hatten. Die Lieferkanne war zur Hälfte gefüllt. Hans lächelte Elise an. Sie holte eine der kleinen Feldflaschen her, die sie im Stall aufbewahrte, um täglich Milch für Reinhard mitzunehmen, legte die Flasche in die halbvolle Kanne und sah zu, wie die Milch durch die Öffnung rann.

Unwillkürlich erinnerte sie sich daran, wie Julius aus dieser Flasche getrunken hatte und ein Lächeln huschte über ihr Gesicht. Dann legte sie etwas von dem Stroh über die Kanne, schüttelte aber gleich wieder den Kopf, weil sie wusste, dass das die Milch sicher nicht vor Plünderern retten konnte.

»Die Kanne muss in die Werkstatt. Hilf mir.« Elise zog den Bollerwagen, den sie sonst zum Ausliefern nutzte, aus der Ecke und hob die Kanne hoch. »Schieb den Wagen näher«, keuchte sie.

Hans folgte ihrer Anweisung. Mit einem lauten »Hau-Ruck« beförderten sie beide die Kanne auf den Bollerwagen. Schweißnass lagen Elises Hände um den Griff, als sie ihn über den holprigen Hof zerrte. Mitsamt der Milchkanne schob sie das Gefährt in die Werkstatt und verriegelte die Tür. Den Schlüssel steckte sie ein und eilte zurück zum Stalltor. Dort hockte Hans mit der Feldflasche in der Hand und hatte einen dicken Holzkeil unter das Tor geschoben. Stolz deutete er auf sein Werk. »Ich bin kein kleiner Junge mehr, stimmt's?«

Elise schmunzelte. »Nein, bist du nicht. Du bist jetzt ein richtiger junger Mann.«

Er sprang in die Höhe. Hielt dann aber gleich wieder inne. »Meinst du, die Plünderer kommen wieder?«

Elise winkte ab. »Ach was, die haben ja gar nichts mitgenommen. Hier gab es wohl nicht das Richtige für die.« Bei jedem Wort spürte sie, wie ihr Hals brannte. Denn das, was die Diebe heute mitgenommen hatten, war ihr Vorrat für die nächste Woche gewesen. Wie sie das Herrn Weber erklären sollte, wusste sie noch nicht.

Hans unterbrach ihre Gedanken. »Wir können nicht mit dem Rad heimfahren«, stellte er fest.

»Wieso nicht?«

»Es ist zu dunkel.«

»Dann schiebe ich dich.« Sie half ihm, sich auf den Sattel zu setzen und nahm selbst die Lenkergriffe in die Hand. Hans hielt stolz die Feldflasche, als sie ihren Heimweg antraten.

2. Kuhhandel

Montag, 20. August 1945

»Jetzt wird es aber höchste Zeit, dass du schlafen gehst«, flüsterte Elise und deutete ihrem Bruder an, die Feldflasche auf die unterste Treppenstufe zu stellen. Richtung Küche gewandt rief sie: »Ich bringe schnell Hans ins Bett.« So gewann sie wenigstens ein bisschen Zeit, denn Hans würde heute Abend der Mutter nichts mehr von der Angst berichten können, die sie beide auf dem Hof ausgestanden hatten.

»Du, Elise …« Hans blinzelte mehrmals.

»Ja?« Sie hauchte ihm einen Kuss auf die Stirn und zog die Bettdecke über den kleinen Körper.

»Denkst du, dein Mann kommt irgendwann wieder?«

»Mein Mann?« Elise spürte den Stich in der Magengrube.

»Ja, Reinhards Vater.« Nach einer kurzen Pause fügte Hans hinzu: »Der ist doch dein Mann, oder?«

Elise versuchte zu lächeln. »Reinhards Papa, ja. Das ist mein Mann. Das kann man so sagen.« Schnell schluckte sie, denn, wenn die Bilder ihrer heimlichen Treffen in der Waldhütte vor ihrem inneren Auge auftauchten, lag die Sehnsucht ihr wie ein Stein im Bauch und zugleich schlug ihr Herz wie damals, als sich Julius' Hände auf Wanderschaft begaben und ihr diese wohligen Schauer bescherten.

»Kommt er wieder heim? Oder bleibt er fort. So wie unser Vater?«

»Ich denke schon, dass er wiederkommt«, beeilte sie sich zu sagen. »Ich hoffe es.« Sie schloss für einen Moment die Augen. »Nein. Ich bin ganz sicher«, flüsterte sie.

Sogleich tauchten vor ihr seine glänzenden Bernsteinaugen auf, die wie Edelsteine glitzerten und sie erinnerte sich an den Moment, als er ihr seine Liebe gestanden hatte. Nicht einmal die karge Waldhütte hatte diesen besonderen Moment schmälern können.

Hans gähnte, richtete sich aber noch einmal auf. »Dann haben wir wieder einen richtigen Mann im Haus. Wie früher.« Er legte sich zurück aufs Kissen. »Sonst müsst ihr ja warten, bis ich groß bin.« Lächelnd drehte er sich zur Seite. »Gute Nacht, Elise.«

Mit dem Handrücken wischte sie sich eine Träne aus dem Auge. Ihre Mundwinkel zuckten. »Gute Nacht, Brüderchen.«

Gleichmäßig ratterte die Nähmaschine, als Elise die Treppe herunterkam und die Küche betrat. Dort saß die Mutter an ihrem Arbeitsplatz, den sie zur Zeit nur für die wenigen Aufträge von Herrn Weber nutzen konnte. Viele andere Frauen im Ort hatten nicht einmal das. Deshalb genoss Elise es regelrecht, wenn die Maschine in Betrieb war.

Den Stubenwagen hatte ihre Mutter dicht neben sich gestellt und immer wieder wanderte ihr Blick von der Arbeit zu ihrem schlafenden Enkelsohn.

Unter dem dicken Kissen, das ihre Mutter mit Gänsefedern gefüllt hatte, war der Kleine nur zu erahnen. Elise beugte sich über ihren schlafenden Sohn und streichelte sein glänzendes Näschen. Da fielen ihr die Worte ihres Bruders wieder ein. »Bald kommt dein Vater«, sagte sie jetzt im Brustton der Überzeugung. Wollte sie sich damit selbst Mut machen? Sie wandte sich ihrer Mutter zu, die im gleichen Moment ihre Arbeit unterbrach und ihre Hand auf Elises legte. »Wir schaffen das schon.«

Selten hatte Elise sich so sehr auf Mutters Zuversicht gestützt wie jetzt. Doch es blieb keine Zeit, weiter nachzudenken, denn im Stubenwagen regte sich ihr Sohn. Noch bevor Elise ihn herausnehmen konnte, begann er zu schreien.

»Hast du Milch mitgebracht?« Mutter erhob sich von ihrem Stuhl.

»Ja, draußen auf der Treppe.« Elise zeigte in den dunklen Flur, schmiegte den Kleinen an ihre Wange und streichelte ihm über sein Köpfchen.

Mutter goss die Milch in den vorbereiteten Topf und schürte das Feuer im Holzofen. Beruhigend redete Elise auf Reinhard ein, dessen Stimmchen sich schon wieder überschlug. »Ruhig, mein Schatz. Gleich gibt es Milch für dich. Psst. Ruhig.«

Nicht einmal das leise Zischen im Topf konnte ihn trösten, als Mutter die Milch in das Fläschchen füllte und es Elise reichte. Sie legte den Kleinen in ihre Armbeuge und hielt ihm die Flasche entgegen. Kaum berührte der Sauger Reinhards Lippen, sog er gierig daran. Er strengte sich so sehr an, dass sich nach kurzer Zeit Schweißperlen auf seiner Stirn bildeten. Nachdem er die Milch mehr als zur Hälfte getrunken hatte, entzog Elise ihm die Flasche, um ihn durchatmen zu lassen. Doch sofort verfiel er wieder in lautes Geschrei und sie beeilte sich, ihm den Sauger zurückzugeben. Es war nur noch wenig Milch in der Flasche, als die Atemzüge Reinhards gleichmäßiger wurden. Die Augen fielen ihm zu. Schließlich nuckelte er nur noch.

Elise wischte ihm den Schweiß von der Stirn. Sie stellte die Flasche beiseite, nickte ihrer Mutter zu und legte ihren Sohn zurück in den Stubenwagen.

»Gute Nacht, Mutter. Geh schlafen. Es reicht für heute«, sagte sie und schob den aus Weiden geflochtenen Stubenwagen mit ihrem Sohn Richtung Treppe. Links und rechts griff sie das Korbgeflecht und trug es hinauf in ihr Zimmer. Erneut streichelte sie über Reinhards Wange. Dann fiel sie auf ihr Bett.

»Es reicht für heute«, murmelte sie, griff in ihre Rocktasche und zerrte den Brief heraus. Achtlos warf sie ihn aufs Kopfkissen. Vielleicht sollte ich ihn nicht lesen, überlegte sie. Doch dann riss sie den Umschlag auf und erkannte im selben Augenblick die Schrift.

Meine liebe Elise,

ich muss Dich unbedingt sprechen. Seit einigen Tagen halte ich mich in eurer Nähe versteckt. Habe einen Franzosen kennengelernt, der mir zu ordentlichen Papieren verhilft. Das kostet. Bitte, Du musst meine Kühe verkaufen, damit ich ihn bezahlen kann. Es muss schnell gehen. Er weiß nicht, wie lange er noch hier ist.

Ein dankbarer Gruß

Ferdinand

Langsam ließ Elise den Brief sinken. Die Kühe verkaufen? Wie stellte er sich das vor? Und was sollte sie dann ihrem Sohn zu trinken geben? Ziegenmilch? Dann blieb nichts mehr für Hans. Und für Großvater, der ohnehin schon so oft verzichtete. »Ich esse nichts von dem Wenigen, was da ist. Gib es Henny. Meine Schwiegertochter sieht nicht gut aus«, sagte Großvater dann stets, wenn er wieder einmal abwehrend die Hand hob.

Und sie gehorchte ihm, denn sie wusste ohnehin, dass jedes Widerwort schon auf dem Weg zu ihm versiegte.

Mit der Faust schlug sie auf ihr Kissen. »Du machst es dir verdammt leicht, Ferdinand.« Sie knüllte das Schreiben zusammen und warf es in die Zimmerecke. Unruhig sank sie auf ihr Kissen. Die Arme unter dem Kopf verschränkt, starrte sie zur Decke. Irgendwie passte das alles nicht zusammen. Butterdiebe auf dem Hof, ein netter Franzose und dieser merkwürdige Brief. Wann hat Ferdinand den Brief auf seinen Hof gebracht? Wo ist er überhaupt? Nie hat er mir gesagt, wohin er geht. Jetzt soll er zurück sein? Will er mich auf die Probe stellen? Steckt vielleicht Gerda mit ihm unter einer Decke?

Gerda … Beim Gedanken an ihre einst beste Freundin zuckten Elises Augenlider. Sie hatte sich so sehr verändert. Einige lustige Momente fielen ihr ein: Als sie beide die Gans vom Pfarrer eingefangen hatten, die sich vor seinem startenden Moped erschreckt hatte. Mit wildem Flügelgeflatter und noch lauterem Gekreische hatte das Federvieh Runden um die Kirche gedreht. Von beiden Seiten hatten sie sich angeschlichen, um sich dann mit Hechtsprüngen auf die Gans zu werfen. Da waren sie noch Kinder gewesen. In der Schule hatten sie ihre Arbeiten getauscht, um den Lehrer zu überführen, dem man nachsagte, die Töchter von bekennenden Nazis zu bevorzugen – Gerdas Vater war bereits vor Kriegsbeginn in der Partei gewesen. Damals fand sie solche Streiche noch amüsant. Sogar auf die BDM-Treffen hatte sie sich gefreut, musste sie doch in dieser Zeit keine Arbeiten in Haus und Hof erledigen. Doch dann kam der Krieg und je länger er dauerte, umso mehr durchschaute sie die Propaganda und Lügenmärchen, die man dem Volk auftischte. Gerda hingegen hatte das alles offenbar nie hinterfragt. In ihrem Eifer hatte sie sogar die doppelte Menge an Strümpfen für die Soldaten an der Front gestrickt – und Elise damit aus der Patsche geholfen, der die Strickstrümpfe einfach nicht gelingen wollten. Dafür war Elise Gerda dankbar gewesen.

Doch dann kam ihr das vergangene Jahr in den Sinn. Gerda war nicht mehr die Gleiche gewesen. Immer wieder hatte sie Elise der Lüge bezichtigt. Sie schüttelte den Kopf. Wie konnte sie mir nur ihren Vater auf den Hals hetzen? Sie hätte mich ohne mit der Wimper zu zucken ins Zuchthaus gebracht. Und das nur, weil sie glaubte, ich hätte ihr Ferdinand weggeschnappt. Ja, sie dachte sogar, er sei der Vater meines Kindes.

Elise strich über ihre Bettdecke. Gut, er hat durchaus Anlass dazu gegeben, so etwas zu denken. Zu oft hat er deutlich gemacht, mich heiraten zu wollen. Trotzdem. Gerda kennt mich doch. Sie hätte mir einfach glauben müssen. Ich habe sie schließlich nie belogen. Nie wollte ich mehr von Ferdinand, als unsere gute Freundschaft. Und dass ich ihr Julius verschwiegen habe, den alle als Deserteur bezeichneten, hätte sie verstehen müssen. Bei diesem Vater.

Elise drehte sich auf die Seite. Dabei berührte die von Julius gefertigte Herzhälfte, die sie seit Monaten um den Hals trug, ihre Schulter.

»Ach, Julius. Wenn du doch nur hier wärst.« Elise schloss die Augen. In ihren Gedanken lief sie zur Waldhütte, um seinen verletzten Fuß zu versorgen. Tagelang hatte sie mit ihm um sein Leben gekämpft, die schlimme Entzündung behandelt und sein Fieber zu senken versucht. Und als es ihm endlich besser ging … Sie spürte seine Berührungen auf ihrer Haut und sah den verschmitzten Ausdruck in seinen Augen. »Gib nicht auf, Julius. Du kommst bestimmt bald frei. Ich wünsche es mir so sehr.«

Wie so oft in den vergangenen Monaten fiel Elise in einen unruhigen Schlaf.

3. Großvaters Rat

Dienstag, 21. August 1945

Es war noch stockdunkel draußen, als Elise erwachte. Sie hörte den gleichmäßigen Atem ihres Sohnes. Die Bettdecke raschelte. Sie hielt kurz inne, stieg aber schließlich doch aus den Federn und schlich aus dem Schlafzimmer. Auf Zehenspitzen tippelte sie zur gegenüberliegenden Tür ihres Großvaters. Schon als sie den Raum betrat, fielen ihr die unzähligen Nächte ein, in denen Großvater sie gedeckt hatte, wenn sie heimlich zur Waldhütte gelaufen war, um Julius zu versorgen. Je öfter sie an die vielen Tage dachte, an denen sie über die Heidelbeerlichtung gelaufen war, umso bewusster wurde ihr, was hätte passieren können. Zuchthaus hätte ihr geblüht und Julius … Nein, keine trüben Gedanken mehr.

Für einen Moment sah sie Julius' strahlende Augen vor sich. Sie atmete tief durch, trat näher an Großvaters Bett. Ein kühler Windhauch ließ sie frösteln. Seit Kriegsende schlief Großvater mit offenem Fenster, als könne er damit die neue, kaum erkennbare Freiheit demonstrieren. Doch auch, wenn er gern von neu gewonnener Freiheit sprach, klang das eher wie Durchhalteparolen. Die Missernte auf den Feldern, die geschlossenen Schuhfabriken im Dorf und in der Stadt, weil die Pirmasenser Schuhfabrikanten mit den alliierten Bomben nicht nur ihr privates Hab und Gut verloren hatten, sondern auch ihre Fabriken und Vorräte, gaben Zeugnis von einer anderen Wirklichkeit. Und was nutzten Essensmarken, wenn es dafür kaum etwas gab? Wenigstens hatte sie ein kleines Auskommen durch den Schuhfabrikanten Weber.

Sie erinnerte sich daran, wie sie ihn zufällig im Dorf getroffen hatte, kaum, dass die Amerikaner einmarschiert waren. Weber saß in einem Auto und winkte ihr freundlich zu. Eine Seltenheit, nicht nur, weil er im Auto durch Clausen fuhr. Seit ihrer kundgewordenen Schwangerschaft galt sie bei den meisten Dorfbewohnern als Dreckmensch, mit dem sie nichts zu tun haben wollten. Diejenigen, die anders dachten, trauten sich kaum, ihr offen gegenüberzutreten, aus Angst vor dem Mob. Sogar Anneliese, Mutters Freundin, kam nur in den Abendstunden zu ihnen herauf. Auch sie hatte Elise anfangs verurteilt, doch irgendwann hatte sie ihr sogar eine selbst gestrickte Weste für Reinhard geschenkt. Seither kam Anneliese wieder regelmäßig zu Mutter. Heimlich allerdings. Zumindest beteiligte sie sich aber nicht mehr offen an irgendwelchen Hetzkampagnen. Elise hatte eher den Eindruck, Anneliese würde ihr gern dazu verhelfen, wieder in der Dorfgemeinschaft anerkannt zu werden. Großvater hingegen begegnete der Freundin seiner Schwiegertochter nach wie vor mit Argwohn.

Wenn Elise zur Kirche ging, suchte man sich ringsum andere Sitzplätze und doch fühlte sie sich mit Argusaugen beobachtet. Das betraf nicht nur sie selbst, sondern auch Hänschen und ihre Mutter. Sie hatte sich daran gewöhnt und versuchte, gar nicht mehr auf irgendwen zuzugehen.

Umso verwunderter war sie gewesen, als Weber die Scheibe an seinem Fahrzeug geöffnet, ihr freundlich entgegengelächelt und nach Ferdinand gefragt hatte. Grinsend dachte sie daran, dass sie dem Fremden den Weg zu Ferdis Hof erklärt hatte, um ihn nur wenige Minuten später selbst dort zu begrüßen. Suchend stand er inmitten des verlassenen Geländes und sah sie verdutzt an: »Sind Sie etwa …?«

»Mit Ferdinand verbandelt?« Sie lachte auf. »Nein. Sicher nicht. Aber ich kümmere mich um seine Tiere«, hatte sie damals geantwortet.

Schulterzuckend hatte Weber sie angesehen.

»Ferdinand ist abgehauen. Er hatte Schiss vor den Amis.« Noch heute wunderte sie sich, wie emotionslos sie das damals offengelegt hatte.

Nach einer Weile hatte Weber endlich erklärt, was er wollte. Er suchte einen Zuschneider, denn er wollte unbedingt seine Firma zum Laufen bringen, ehe einer seiner Konkurrenten wieder beginnen konnte. Wie elektrisiert hatte sie ihm erklärt, dass sie bereits vor der Geburt ihres Sohnes als Zuschneiderin tätig war und dass sie sehr gern wieder mit Leder arbeiten würde.

Wenige Minuten später waren sie sich einig. So konnte auch Mutter wieder zu Hause steppen.

Webers pünktliche Zahlungen waren eine Wohltat in den Wirren der Besatzungszeit. Eine Konstante zwischen so vielen Unsicherheiten. Auch wenn es nicht viel war. Es war immerhin etwas. Als er dann auch noch Leder gegen ihre Butter tauschte, konnten Elise jede Woche zusätzliche Schuhe herstellen, die sie bei ihren Hamsterfahrten gegen Lebensmittel eintauschte.

Der Mond drang herein und schickte sein fahles Licht auf Großvaters Gesicht. Die Furchen auf seinen Wangen wirkten noch tiefer als am Tag. Elise kniete sich neben sein Bett, griff nach seiner Hand, legte ihre Wange darauf. Der Großvater räusperte sich im Schlaf und sie gab seine Hand frei. Eigentlich wollte sie ihn wecken, doch seine entspannte Miene hinderte sie daran. Eine Weile beobachtete sie ihn. Erinnerungen stiegen in ihr auf. An Julius, dessen Schlaf sie nächtelang bewacht hatte. Schon beim Gedanken an ihn, zog sich das Band um ihre Brust enger. Sie erhob sich und schlich zurück zur Tür.

Da hörte sie Großvaters Stimme: »Elise, bist du das?«

Bevor sie antworten konnte, flammte die Nachttischlampe auf.

»Was ist los? Ist was passiert?« Seine Stimme war rau.

Sie drehte sich zu ihm um. »Ich brauche deinen Rat.«

»Mitten in der Nacht?« Großvater runzelte die Stirn.

Elise trat neben sein Bett und hielt ihm den Brief entgegen. »Ich habe Post bekommen.«

Großvater nahm das Schreiben und faltete es auf. Sie reichte ihm seine Lesebrille. Seine Augen schienen geradezu über die Worte zu fliegen. Elise hielt den Atem an. Warum sagte er nichts? Sie räusperte sich, rieb die feuchten Hände ineinander und ließ sich auf der Bettkante nieder. Jetzt wo sie ihm besser ins Gesicht schauen konnte, versuchte sie, irgendeine Regung zu erkennen. Schließlich legte er den Brief beiseite.

»Darauf habe ich gewartet.« Er sah Elise nicht an.

»Wieso?«

»Ferdinand kann nicht einfach irgendwo anders neu anfangen. Er ist Clauser mit Leib und Seele. Und er ist es nicht gewohnt, um etwas kämpfen zu müssen. Da ist es doch höchst verwunderlich, dass er sich in seiner Not nicht schon viel eher auf das besinnt, was ihm gehört.« Großvater redete, als müsse er einen Schuldspruch und eine Verteidigung auf einmal vortragen.

»Was mache ich jetzt?«

»Nichts.« Großvater nahm die Brille ab und legte sie auf den Nachttisch.

Elise riss die Augen auf. »Ich kann doch nicht einfach so tun …« Er legte einen Finger auf seine Lippen und Elise stoppte mitten im Satz.

»Wann hast du den Brief bekommen?«, fragte er.

»Das weiß ich nicht.« Elise zuckte die Schultern.

»Du musst doch wissen, wann der Brief ankam.«

»Ich habe ihn heute gefunden.«

Jetzt sah der Großvater sie großäugig an. »Gefunden? Wo?«

»Auf Ferdis Hof. Am Werkstattfenster.«

Großvater streckte ein Bein unter der Decke heraus und rutschte an den Bettrand. Es fiel ihm sichtlich schwer, sich aufzurappeln und neben ihr zu sitzen. Trotzdem legte er einen Arm um ihre Schulter.

»Ich kann nicht einmal sagen, ob der Brief schon länger am Fenster steckt.«

Ein lauter Seufzer drang aus Großvaters Kehle. »Dann beobachtet er dich vielleicht.«

Unwillkürlich ballte sie die Faust.

Großvater legte den Kopf in den Nacken. »Elise, wir brauchen die Milch.«

»Wem sagst du das? Was soll ich denn Reinhard zu trinken geben? Und die Butter …« Erschrocken presste sie die Lippen aufeinander.

Mit seinen faltigen Fingern strich er sich über die Stirn: »Ich weiß, dass der Weber dir das Leder nicht schenkt. Niemand hat etwas zu verschenken.«

»Ach, Großvater.« Elise beugte sich zu ihm hin und legte ihren Kopf auf seine Schulter.

»Ich würde an deiner Stelle so tun, als hätte ich den Brief nie bekommen. Am besten, du verbrennst ihn.«

»Aber wenn er mich wirklich beobachtet?«

»Dann wird er sich schon melden. Vielleicht gehst du mal allein auf den Hof.« Deutliche Falten zogen sich über Großvaters Stirn. »Er braucht dich. Also muss er mit dir verhandeln.« So wie Großvater sprach, ließ er keine Zweifel an seiner Meinung aufkommen.

Elise schluckte. »Da ist noch etwas.«

»Was denn?« Er zog sie enger an sich. »Was bereitet meiner starken Enkelin Sorgen?«

»Meine Butter ist weg.« Mit dem Kloß in ihrem Hals konnte sie kaum reden. »Jemand war im Stall. Man kann sogar die Fingerspuren im Butterfass erkennen.«

»Ein Brief von Ferdinand und gleichzeitig Plünderer? Seltsamer Zufall.« Großvaters Zähne knirschten. Das war ein Zeichen dafür, dass er längst nicht alles ausgesprochen hatte, was er dachte. »Wir müssten die Kühe hierher holen.«

Elise schüttelte den Kopf. »Das geht doch nicht.«

Sie wussten beide, dass der Platz im kleinen Stall zwischen den alten Hühnern und der Ziege nicht für vier Kühe ausreichte. Elise sah den Großvater lange an. Dann erhob sie sich und drückte seine Hand. »Uns wird etwas einfallen. Gute Nacht, Großvater.«

»Gute Nacht, Mädel.« Jetzt lächelte er und das war gut.

Lieber Ferdinand,

schön, dass Du wieder nach Hause kommen willst. Wo treibst Du Dich jetzt herum? Und wie stellst Du Dir alles in Zukunft vor?

Ich möchte gar nicht lange herumreden: Ich kann Deine Kühe nicht verkaufen. Ich brauche die Milch. Sonst reicht es nicht zum Überleben. Und das bist Du mir jetzt schuldig, nach allem, was geschehen ist. Stelle Dich den Franzosen. Du hast niemandem nachhaltig geschadet, auch wenn Du in der Partei warst …

Mitten im Satz hörte sie auf zu schreiben. »Was soll ich denn erklären? Warum rechtfertige ich mich dafür, dass ich meinen Sohn füttern muss?« Sie warf den Kopf in den Nacken und den Stift quer durch den Raum. Klackernd landete das Schreibgerät in der Zimmerecke. Sofort huschte ihr Blick in den Stubenwagen. Doch Reinhard lag still da. Sie rutschte mit ihrem Stuhl näher an ihn heran und beugte sich über das kleine Bündel. Die Nasenflügelchen bewegten sich bei jedem seiner Atemzüge. »Wenn ich dich nicht hätte«, flüsterte sie und strich sanft über die dicke Decke unter der der Kleine wie eine Puppe wirkte.

Mit einer schnellen Handbewegung wischte sie den Brief vom Tisch und wünschte sich, ihre Sorgen ebenfalls so leicht entfernen zu können.

»Tut mir leid, Ferdinand. Ich muss jetzt erst einmal an uns denken.«

Sie legte sich auf ihr Bett, drehte die kleine Nachttischlampe aus und starrte in die Dunkelheit. Großvater hat recht, beruhigte sie sich selbst. Und doch rebellierte ihr Magen gegen diese Erkenntnis, denn eigentlich wollte sie keine neuen Streitigkeiten heraufbeschwören. Auf jeden Fall würde sie eine der Kühe zu ihnen holen, damit sie wenigstens ihren Sohn versorgen und eine kleine Ration Butter stoßen konnte. Wenn Ferdinand dann plötzlich auftauchte, würde sie ihm eben erklären, dass nur noch drei Kühe da seien. Das musste er verstehen. Und für ein Tier reichte der Platz in ihrem kleinen Stall.

4. Geschenke?

Dienstag, 04. September 1945

Alles wirkte so idyllisch, als sie frühmorgens Richtung Pirmasens aufbrach. Die vom Nachtnebel feuchten Baumwipfel glitzerten in der aufgehenden Sonne. Elise summte das Lied ihres Heimatdorfes. »Wie lieb ich dich, moi Clause, du Deerfel uff de Heeh. Du bisch mer so ans Herz gewachs, wo ich ah geh und steh …«*

Reinhard brabbelte leise dazu, als wollte er ihren Gesang unterstützen.

Die Blätter der Bäume auf den weithin sichtbaren Hügeln des Pfälzerwaldes begannen sich bunt zu färben und Elise musste sich regelrecht zwingen, ihr Fahrrad in Gang zu setzen. Immer wieder legte sie eine Hand auf das Tragetuch vor ihrer Brust, in dem Reinhard ruhte. Längst hatte sich der Säugling an ihre gemeinsamen Ausflüge gewöhnt. Nur Hunger konnte ihn aus der Ruhe bringen.

Unterwegs dachte sie daran, wie sich alles verändert hatte. Sogar das Wetter schien sich an den überall sichtbaren Kriegsrückständen zu orientieren. Nie hatte Elise einen Sommer mit so viel Regen erlebt. Nie eine derart miserable Ernte gesehen. Selbst die Heidelbeeren waren dieses Jahr später reif als sonst. Wenigstens gab es auf der Lichtung und an ihren geheimen Plätzen etwas zu ernten. Die niedrigen Büsche trotzten allen Wirren.

»Es tut mir leid, ich habe keine Butter. Bei uns waren die Plünderer.«

Herr Weber, der ihr in seinem von den Bomben auf Pirmasens verschonten Büro gegenüberstand, rührte sich nicht. Seine Augen ruhten auf Elise.

Unwillkürlich trat sie einen Schritt zurück. »Es tut mir wirklich leid«, flüsterte sie und wich seinem Blick aus. Die Stille war

** kompletter Text und hochdeutsche Übersetzung Seite 234*

kaum zu ertragen. Gerade, als Elise gehen wollte, räusperte sich ihr Auftraggeber, sagte aber nichts.

Sie drückte den metallenen Griff nach unten und öffnete die Tür, die in den Hinterhof führte, wo sich auch Monate nach Kriegsende noch immer Trümmerberge stapelten. Zum Eingang hin hatten ein paar Männer einen Weg freigeschaufelt.

»Willst du tatsächlich mit leeren Händen nach Hause kommen, Elise?«

»Ich muss doch. Ich kann Ihnen nichts liefern. Also können wir nichts tauschen.«

Hinter ihr kratzte der Stuhl über den Boden, Webers Schritte näherten sich. »Ich gebe dir einen Vorschuss.«

»Aber …« Elise drehte sich zu ihm um. »Ich weiß nicht, wann ich wieder Butter bringen kann.« Fest umklammerte sie den Körper ihres Sohnes, der im Tragetuch ruhte.

»Komm, Mädel. Ich habe hier noch ein paar Reste. Vielleicht kannst du damit etwas anfangen.« Er griff Elises Hand und zerrte sie hinter sich her. Aus dem kleinen Raum neben Webers Büro drang der typische Geruch nach gegerbtem Leder. Herr Weber schob sie in Richtung einer mittelgroßen Kommode. »Schau mal da hinein. Nimm dir, was du brauchst.«

Elise legte die Hand auf den Schrank und blieb mit der feuchten Haut auf dem lackierten Holz hängen. Dann öffnete sie die Tür, fand Lederstücke in Braun und Schwarz. Sogar ein Stück cremefarbenes Leder entdeckte sie.

»Und ich darf wirklich?« Sie sah zu ihm auf.

Er nickte. Also kniete sie nieder und zog das erste Stück heraus. In Gedanken zeichnete sie bereits die Formen für Kinderschuhe auf. »Das reicht für kleine Füße.« Drei weitere Stücke legte sie ebenfalls auf ihren Stapel. Dann schloss sie die Tür und erhob sich. Sie wies auf ihre Auswahl und ließ den Blick vom Leder zu Herrn Weber wandern. »Das würde ich gerne nehmen.«

»Nicht mehr?« Weber schritt zur Kommode und holte einige weitere Stücke. Er hielt sie Elise entgegen. »Hier, nimm das auch.«

Wie erhaben und stolz dieser Mann wirkte. Die Schläfen leicht angegraut, die Barthaare fein gestutzt und immer ein Schmunzeln im Gesicht. Er ist wie mein Vater, dachte Elise und wollte auf keinen Fall seine Gutmütigkeit ausnutzen. Deshalb hob sie abwehrend die Hand. »Nein, danke. Wirklich nicht. Und nächste Woche bringe ich Ihnen wieder Butter, damit ich das hier bezahlen kann.« Sie klemmte das Leder unter ihren Arm und verließ den Raum.

»Warte einen Moment.« Im dämmerigen Flur trat Herr Weber hinter sie. »Du kannst mir vielleicht auch helfen.« Für einen Augenblick spürte sie seine Hand auf ihrer Schulter.

Langsam drehte Elise sich zu ihm um. »Ich Ihnen?« Sie zog die Augenbrauen zusammen.

Weber pustete hörbar die Luft aus. Seine Wangenknochen bewegten sich, als müsste er seine Gedanken zermalmen. Es dauerte eine Weile, bis er leise sagte: »Du gehst doch immer Hamstern.«

Elise riss die Augen auf, legte den Zeigefinger auf ihre Lippen.

»Keine Sorge. Uns hört niemand. Hier ist doch keine Menschenseele.«

Elises Bauch rumorte. »Ihre Frau und ...«

Weber unterbrach sie. »Ich habe ein Angebot von einem Franzosen. Die wollen Schuhe von uns.«

Sie spürte deutlich, wie ihr die Hitze in den Kopf stieg. »Und was kann ich da machen?«

»Also ...« Er hüstelte. »Ich brauche jemanden, der die Schuhe übergibt.«

»Sie meinen?« Elise richtete den Finger auf sich.

»Du wärst unauffällig, besonders mit dem Kind.«

Unwillkürlich griff sie nach hinten. Ihre Hand berührte die kühle Wand. Mit einem kleinen Schritt rückwärts fand sie Halt. »Ich soll mit Reinhard ...?«

Herr Weber betupfte sich die Stirn mit einem Taschentuch. »Ich würde dich gut entlohnen. Und es gäbe neue Aufträge für dich und deine Mutter.«

Elise rang nach Luft. Ihre Stimme kratzte, als sie einwarf: »Und wenn sie mich erwischen?«

Doch Weber winkte ab. »Es sind Franzosen. Keine Russen.«

»Das macht es nicht besser«, murmelte sie. Die Gedanken rasten durch ihren Kopf. Sie sah sich vor einer Horde Soldaten stehen, die ihr ihren Sohn entrissen. Dann tauchte der freundliche Franzose des Vortages vor ihrem inneren Auge auf und lächelte sie an. Doch sofort wurde er von einem anderen zu Boden gerissen, der Elise den Gewehrlauf an die Schläfe legte. Ein zweiter baute sich vor ihr auf und fletschte seine abgebrochenen Zähne. Elise würgte. Sie schloss die Augen, schüttelte den Kopf und rutschte an der Wand entlang Richtung Tür.

»Du musst dich nicht gleich entscheiden. Wenn du nächstes Mal eure Arbeiten bringst, teilst du mir deine Antwort mit. Einverstanden? Wir dürfen nur nicht zu lange warten. Sonst sucht der Kerl sich am Ende einen anderen Lieferanten.«

»Einverstanden«, murmelte sie.

»Wenn ich wieder mehr Arbeit hätte, könnte ich dir auch öfter Lederreste schenken. Und die Lieferungen werden selbstverständlich zusätzlich bezahlt. Deine Mutter könnte jede Woche mindestens zehn Paar Schuhe extra steppen. Nicht einmal mehr Butter müsstest du dann stoßen.« Er redete wie ein Wasserfall. Und doch drangen seine Worte wie durch einen Schleier in Elises Ohren.

Ihre Wangen glühten. »Ich denke darüber nach.« Sie hielt Weber die Hand hin. »Ich muss jetzt gehen.«

»Wir kommen schon zusammen.« Überschwänglich schüttelte der Schuhfabrikant ihre Hand. Sie antwortete nicht und verließ den Raum, ohne sich noch einmal umzudrehen.

5. Eine Entscheidung

Donnerstag, 06. September 1945

Elise schob den Vorhang am Fenster ihres Schlafzimmers beiseite und ließ den Blick über die bewaldeten Hügel schweifen. Auf dem Weg vor dem Haus sprang ein Kätzchen mit riesigen Sätzen entlang, das sicher eine Maus verfolgte. Als Elise ihr Fenster einen Spalt öffnete, hörte sie leises Gackern. Die Hühner warteten ungeduldig darauf, wieder nach draußen zu dürfen.

An einem der gegenüberliegenden Waldstücke, die sich rund um Clausen und Pirmasens zogen, verharrten Elises Augen. Irgendwo dort sollte die Übergabe stattfinden. Sie lehnte die Stirn gegen die Scheibe und schloss die Augen.

Was soll ich bloß tun? Wenn ich nur nicht ständig kämpfen müsste. Wenn wir endlich genug zum Leben hätten, haderte sie im Stillen. Schnell öffnete sie die Augen, schlug mit der flachen Hand auf den Fenstersims und verharrte. Langsam drehte sie sich um, doch Reinhard rührte sich nicht. Die Sonne blitzte hinter den Bäumen auf dem Kreuzberg hervor. Immerhin lacht die Sonne noch, dachte sie bei sich.

Auf leisen Sohlen verließ sie das Schlafzimmer, holte ihre Schüssel in der Küche und lief zur Lichtung, auf der sie ihre blauen Lieblingsbeeren fand. Zumindest fühlte sie sich hier frei von den Folgen des Krieges, der Besatzung und den vielen Einschränkungen, die man ihnen zu all den Mängeln auferlegt hatte. Wieder einmal hoffte sie, zwischen den Heidelbeerbüschen die richtige Lösung zu finden.

Wie so oft zupfte sie zügig einen Strauch nach dem anderen leer und bald war der Boden der Schüssel mit blauen Beeren bedeckt. Nach einer Weile, als ihr Rücken schmerzte, richtete sie sich auf und sah sich um. Ihr Blick blieb an dem Felsen hängen, in dessen Nähe sie vor mehr als einem Jahr den verletzten Julius aufgefunden hatte. »Wenn du wenigstens ein Lebenszeichen schicken würdest. Irgendwas.« Oft redete sie mit ihm, als könnte er sie verstehenn. Beim Gedanken daran, dass er schon so lange gar nichts mehr von sich hatte hören lassen, stiegen ihr Tränen in die Augen. Im gleichen Moment vernahme sie leises Schluchzen. Ein eiskalter Schauer lief über ihren Rücken. Sie lauschte und fragte sich, ob das ein Zufall sein konnte. Jemand schnäuzte sich die Nase. Es drang vom Felsen herüber. Vorsichtig erhob sich Elise, ohne den Sandsteinbrocken aus den Augen zu lassen. Schritt für Schritt näherte sie sich. Dann erstarrte sie. Die Frau, die mit angezogenen Beinen am Felsen lehnte, war ihre frühere Freundin Gerda. Ihr Kopf lag auf den Knien, die Arme hatte sie um ihre Beine geschlungen.

Soll ich hingehen?, fragte sich Elise. Oder soll ich mich besser beeilen, hier wegzukommen, nach allem, was sie mir angetan hat? Wieso sitzt Gerda hier bei unserem Felsen? Vor Elises innerem Auge tauchten verstörende Bilder auf, als Gerdas Vater zu ihnen nach Hause gekommen war und Elise hatte verhaften wollen. Weil sie einen Deserteur versteckte. Seine boshaft blitzenden Augen würde sie nie wieder vergessen. Unwillkürlich verkrampften sich ihre Muskeln, wenn sie daran dachte, dass dieser Nazi völlig unbehelligt geblieben war. Sogar als Bürgermeister tat er jetzt seinen Dienst. Ernannt von den Franzosen. Und Ferdinand, der nie zu den Vernichtern hatte gehören wollen, war geflohen. Ihn hätten sie nicht davonkommen lassen, da war sie sich sicher. Er konnte sich eben nicht so gut verkaufen wie dieser einstige SS-Mann.

Gerda war es, die mich verraten hat, hämmerte es in ihrem Kopf. So etwas tut keine Freundin. Das kann ich ihr niemals verzeihen. Und doch schaffte Elise es nicht, wegzugehen. Sie atmete tief durch, machte einen großen Satz über die Hecke und ließ sich neben das Häufchen Elend fallen. Unsicher legte sie eine Hand auf Gerdas Bein.

Erschrocken wich Gerda zurück. Sie schniefte und schob Elises Hand beiseite. »Lass mich!«

»So ähnlich hat mich schon einmal jemand von hier wegschicken wollen.«

Aus rot unterlaufenen Augen sah Gerda sie an.

»Aber so leicht lasse ich mich nicht vertreiben.« Elise lächelte ihr aufmunternd zu.

»Lass mich! Ich will mit niemandem reden.« Gerda rutschte ein Stück von ihr weg.

»Ich verstehe. Mit mir wohl am allerwenigsten. Ich bin ja nur ein Dreckmensch. Ich, mit meinem unehelichen Kind.«

Ihre Glieder fühlten sich schwer an, als sie sich erhob. Sie sah noch einmal zu Gerda hinunter, die ihren Kopf wieder auf die Knie gelegt hatte. Die Haare waren zerzaust und als sie sich umsah, entdeckte Elise die Posttasche, die ein paar Meter weiter in der Hecke lag. Ob Gerda beim Post austragen Ärger hat?, versuchte sich Elise einen Reim auf die Situation zu machen. Wortlos ging sie hin, sammelte die herausgefallenen Briefe zusammen und steckte sie zurück in die Tasche. Dann stellte sie alles neben Gerda ab und stieg um den Felsen herum zu den Büschen. Immer wieder wanderte ihr Blick hinüber, dorthin, wo sie ihre einst beste Freundin wusste. Was mochte passiert sein, das Gerda derart aus der Bahn warf? So sehr Elise auch grübelte, fand sie keine Antwort.

Sie pflückte weiter von den Beeren. Ihre Schüssel füllte sich zusehends und als die Kirchenglocke schlug, beendete sie ihr morgendliches Werk. Sie schickte einen letzten Blick zum Felsen, ehe sie sich auf den Heimweg begab.

Da hörte sie Gerdas Stimme. »Elise, bist du noch da?«

Mit einer schnellen Bewegung drehte sie sich um. Gerdas Kopf mit den von Tränen glänzenden Wangen tauchte hinter dem Sandstein auf. Mühsam wirkte jeder Schritt, den sie auf Elise zukam.

Elise stellte ihre Schüssel ab und trat ihr entgegen. »Was ist denn passiert?«

»Ich habe … ich meine …« Gerda schüttelte den Kopf.

Elise ergriff ihre Hand. Noch ehe sie sie richtig festhalten konnte, warf Gerda sich ihr entgegen, schlang die Arme um sie und heulte auf Elises Schulter.

Elise streichelte über Gerdas Rücken. »Beruhige dich«, sagte sie sanft.

Eine Weile standen sie da. Elise hielt Gerda fest und versuchte, deren Erschütterung zu verstehen. »Gerda, sprich doch mit mir.«

Urplötzlich endete Gerdas Schluchzen. Sie krallte Elise an beiden Armen. »Ich bin … er ist …«

Elises Herz holperte. »Von wem sprichst du?«

»Ein Franzose.«

»Ein Franzose? Was ist mit ihm?«

Gerda senkte den Kopf.

»Was hat er dir getan?«

Schon brach Gerda in neuerliches Schluchzen aus. »Ich bin. Ich … Er hat…«

Aus den Wortfetzen, die Gerda von sich gab, konnte Elise sich keinen Reim machen. War sie das Opfer eines Übergriffes geworden? Es wurde so vieles gemunkelt.

»Bitte nicht mehr weinen.« Elise redete ruhig, doch Gerda schien sie gar nicht zu hören. Es drangen nur glucksende Laute aus ihrer Kehle. Elise dirigierte sie zurück zum Felsen, setzte sich und nahm Gerda bei der Hand. »Komm.«

Wie ein nasser Sack fiel Gerda neben sie, stützte den Kopf auf beide Hände und aus ihrem Schluchzen wurde ein klägliches Wimmern.

»Es gibt Hilfe. Für jedes Problem.« Elise wagte einen neuen Vorstoß. »Vielleicht kann ich dir helfen.«

Gerda drehte sich in Elises Richtung. »Warum solltest du? Nach allem, was ich dir angetan habe?«

»Jetzt red schon.« Elise fixierte Gerdas Augen.

»Er heißt Jacques. Er ist … Er hat eine Frau.«

»Und weiter?« Elise schickte ein Stoßgebet zum Himmel. Das Letzte, was sie Gerda wünschte, war eine unglückliche Liebe. Die hatte sie doch schon mit Ferdinand erlebt, der Gerdas Werben damals nicht wahrgenommen hatte, sondern sie, Elise, im Auge hatte.

»Jacques hat gesagt, dass er mich liebt. Ich soll mit ihm gehen. Aber er hat doch zu Hause eine Frau. Bestimmt hat er auch Kinder. Und jetzt bin ich … ich bin schwanger.«

Für einen Moment hatte Elise den Eindruck, ihr Herz bliebe stehen. »Du bist was?«

Gerda sprang auf. »Ja, du hast richtig gehört. Mach dich nur lustig über mich.« Ihre Stimme drang schrill in Elises Ohren. »Du kannst es allen erzählen. Ich habe mich von einem Franzosen schwängern lassen!« Sie drehte sich im Kreis, den Finger gen Dorf gerichtet. »Los geh! Sag ihnen, dass die feine Gerda einen Franzosen-Bastard in sich trägt.« Mit beiden Fäusten trommelte Gerda gegen ihren leicht gewölbten Bauch, dann sackte sie auf die Knie. Elise sprang ihr entgegen.

»So beruhige dich doch.«

Gerda schnellte in die Höhe, stieß Elise beiseite. »Sag es ihnen! Ich habe es verdient!« Mit riesigen Schritten hetzte Gerda von der Lichtung und verschwand schließlich auf dem Weg zum Dorf. Elise stand wie versteinert da.

Die Kirchenglocke riss Elise aus ihren Gedanken. Mit hängenden Schultern trottete sie zurück zu ihrer Schüssel. Sie setzte sich zwischen die Heidelbeersträucher und ihr Blick wanderte zwischen den Bäumen hindurch auf die gegenüberliegenden Wiesen zurück zu den nahen Büschen. Da entdeckte sie die Posttasche, die Gerda in der Aufregung hatte liegen lassen.

»Himmel, sie muss doch zur Arbeit!« Elise schnappte die Tasche mit einer Hand, nahm die gefüllte Schüssel in die andere und verließ mit großen Schritten den Wald. Zu Hause stellte sie die Heidelbeeren auf die Gartenbank und rannte sofort weiter ins Dorf hinunter.

Je näher sie zum Haus von Gerdas Eltern kam, umso langsamer wurde sie. Der Kloß in ihrem Hals wurde dicker und hielt sich trotz mehrmaligen Schluckens hartnäckig. Sich nach allen Seiten umsehend, schob sie die Gartentür auf. Ob ich anklopfen soll? Elise entschied sich dagegen, huschte unter Gerdas Fenster und warf ein Steinchen gegen die Scheibe. Das Fenster war gekippt.

»Gerda? Bist du da?«, rief sie leise.

Schluchzte da jemand? Elise strengte sich an, irgendwas wahrzunehmen. Jetzt hörte sie nichts mehr. Erneut rief sie nach Gerda. Es rührte sich nichts. Also ging sie unverrichteter Dinge zurück zur Straße. Gerade hatte sie die Posttasche an den Zaun gehängt, da öffnete sich die Haustür. Erschrocken sah sie auf. Im Eingang stand Gerdas Großmutter und blitzte sie an: »Mach bloß, dass du wegkommst!«

»Ich will Gerda etwas bringen.«

»Hau ab!«

Elise nahm die Tasche und ging auf Gerdas Großmutter zu. »Die hat sie …« Die alte Frau mit dem grimmigen Blick und den wenigen Haaren entriss ihr die Tasche. »Sag bloß, du klaust jetzt auch noch Post. Du Dreckmensch. Sieh zu, dass du Land gewinnst.« Die Alte spuckte beim Sprechen, als liefe ihr das Gift über.

Elise drehte sich um und schüttelte den Kopf.

»Du bist eine Schande für das ganze Dorf. Gut, dass deine Großmutter das nicht mehr erleben muss.«

Elise sog die Luft ein. Dann schnellte sie herum. »Sie wäre auf ihren Urenkel genauso stolz wie mein Großvater«, sagte sie mit fester Stimme.

Das höhnische Lachen, das sie als Antwort erhielt, übertönte jeden ihrer Schritte.

»Gerda will nichts mit so billigen Dreckmenschen zu tun haben. Bleib ihr bloß fern!«

Elises Muskeln verkrampften sich. Ohne sich umzudrehen, brüllte sie: »Alte Hexe!« Erst als sie ganz sicher war, dass Gerdas Großmutter sie nicht mehr sehen konnte, blieb sie stehen. »Arme Gerda.«

Elise hatte das Gefühl, in ihrem Inneren tobe ein Gewitter. Nach der Reaktion von Gerdas Großmutter war ihr klar, warum ihre Freundin so verzweifelt war. Wenn Gerda wirklich schwanger sein sollte, muss ich unbedingt mit ihr reden, dachte sie.

Schon vom Weg her hörte sie Reinhard weinen. Hektisch lief sie ins Haus und betrat die Küche. Mutter redete auf den Kleinen ein, sah kurz zu Elise auf und kümmerte sich gleich wieder um ihren Enkel. Sie hielt ihm das Fläschchen hin, sofort kehrte Ruhe ein. Nur Reinhards angestrengtes Atmen war zu hören. Gegenüber ihrer Mutter ließ Elise sich auf den Stuhl fallen.

»Wo kommst du her?« Weder den Vorwurf noch die Sorge konnte Mutter in ihrer Stimme verbergen.

»Tut mir leid.« Elises Augenlid zitterte.

»Du hast Verantwortung.« Mutter hob den Kopf. »Nicht nur für dich.«

Es ist wirklich eigenartig, wie groß Mutters Fürsorge jetzt ist. Wenn ich daran denke, dass sie mir damals zur Abtreibung geraten hatte. Elise schluckte. »Ich bin aufgehalten worden.« Mit einer Hand wischte sie die trockenen Krümel vom Tisch. »Kommt nicht wieder vor.«

»Wollen wir es hoffen«, brummte die Mutter. Dann erhob sie sich, stellte die Milchflasche zurück auf den Tisch und legte Elise ihren Sohn in den Arm. Der Kleine schmatzte mit geschlossenen Augen. Da polterte Hans herein. Sogleich stoppte ihn die Mutter. »Psst.«

Ertappt hielt Hans die Hand vor den Mund. Auf Zehenspitzen schlich er zu Elise und streichelte mit einem Finger über Reinhards Wange.

»Hänschen, du musst zur Schule.« Die Mutter schob ihn in den Flur. Wenig später hörte Elise, wie die Haustür ins Schloss fiel und Mutters Schritte sich auf der Treppe nach oben entfernten. Nachdem Reinhard sein Bäuerchen gemacht hatte, holte Elise ihr Tragetuch, band ihr Kind vor ihre Brust und packte den großen Korb zusammen. Draußen schnallte sie das Geflecht auf den Gepäckträger, setzte sich auf ihr Fahrrad und fuhr los.

Glücklicherweise gab es keine neuerlichen Plünderungen auf Ferdinands Hof. Nachdem Elise die Kühe gemolken hatte und die Milch abgefüllt war, schleifte sie die Kanne auf den Bollerwagen. Daneben stellte sie den halbvollen Melkeimer. In Windeseile schloss sie die Werkstatttür auf, sah sich mehrmals um, kippte die Milch vom Eimer ins Butterfass und grinste, weil Reinhard das Plätschern mit leisem Gurgeln kommentierte. Genauso schnell, wie sie hereingekommen war, verließ sie die Werkstatt, stellte den Melkeimer zurück in den Stall und schob das Stalltor ordentlich zu. Erst dann zerrte sie den Wagen mitsamt der Kanne hinter sich her zur Milchabgabestelle.

Schon von Weitem erkannte sie, dass außer dem Milchzähler niemand da war. Sie verlangsamte ihren Schritt, warf einen kurzen Blick auf ihren schlafenden Sohn und raunte ihm zu: »Zumindest ersparen wir uns heute die Schmähungen.«

»Guten Morgen, Herr Küstner», begrüßte sie den Kontrolleur am Milchhäuschen, der ihr freundlich zulächelte und auf ihre Milchkanne schaute.

»Wollen wir mal sehen, was du heute bringst.«

Elise hielt die Luft an. Wie jedes Mal, wenn sie bei der Abgabe war, befürchtete sie, dass ihre Menge nicht reichte.

»Auf Ferdinands Hof waren Plünderer.« Ein wenig zitterte ihre Stimme.

Herr Küstner reagierte nicht. Seine Augen folgten dem Milchstrahl, als er sie in den großen Messbehälter kippte. Schließlich stellte er die Kanne zurück auf den Wagen. Zufrieden nickte er Elise entgegen. »Ist doch ganz ordentlich. Da hättest du sogar noch ein Fläschchen mehr für deinen Buben abzwacken können.«

Elise stieg die Hitze in den Kopf. »Nein, nein. Es geht schon so.« Schnell verabschiedete sie sich und eilte zurück zum Hof.

Elises Weg nach Pirmasens führte durch Rodalben. Das Dorf lag unten im Tal und war zumindest von den großen Bombenangriffen auf Pirmasens, sowie den fehlgeleiteten Bombern im vergangenen November, verschont geblieben. Mit Grauen erinnerte Elise sich an den nebligen Novembertag, als Clausen das versehentliche Ziel amerikanischer Bomben geworden war. Der Schock von damals saß tief.

Auch heute fuhr Elise über die weiten Felder vor dem Dorf, ins Rodalber Tal, um dann über die Bärenhalde nach Pirmasens zu gelangen. Heute blieb keine Zeit für eine Pause, wie sie sie sich sonst hin und wieder gönnte, um den einmaligen Blick auf ihren Heimatort zu genießen. Sie trat energisch in die Pedale, bis sie den höchsten Punkt überschritten hatte und es endlich rollen lassen konnte. Der Fahrtwind wehte ihr um die Nase, bis sie Rodalben erreichte. Auf direktem Weg radelte sie weiter Richtung Pirmasens. Bald schmerzten ihre Beine, weil sie nun wieder bergauf musste. Rinnsale aus Schweiß bahnten sich den Weg über Elises Rücken. Zwischen den Trümmern der Stadt schob sie ihr Rad. Obwohl der Krieg nun schon einige Monate vorbei war, sah es hier noch immer so aus, als seien erst tags zuvor die Bomben gefallen.

Endlich erreichte sie das kleine Fabrikgebäude. Sie lehnte ihr Fahrrad gegen einen Mauerrest, zupfte ihren Rock zurecht und hob Reinhard im Tragetuch an. Sie hauchte ihm einen Kuss auf die Stirn. »Jetzt ist es soweit, mein Junge. Wir müssen zeigen, dass wir auch die verbotene Lieferung gemeinsam meistern.« Dann trat sie vor die hölzerne Tür und klopfte an. Sofort wurde von innen geöffnet.

Herr Weber hatte die Brille vorn auf der Nase sitzen, ein Zeichen dafür, dass er über seinen Zahlen brütete. Die Stoffhose wirkte viel zu groß an seinen dünnen Beinen. Überhaupt war er viel zu dürr. Es war beruhigend, dass die Entbehrungen nicht einmal an ihm spurlos vorbeigingen.

»Auf dem Fahrrad mit dem Sohn?«, fragte er verwundert.

»Ja … Ich, ich muss ihn in Zukunft wohl öfter dabei haben.«

»Dann hast du dir die Sache also überlegt? Komm herein, wir reden drinnen.« Weber zerrte Elise am Arm und deutete mit dem Kinn auf die zerbombten Mauern. »Es muss ja niemand mitkriegen.«

Kaum war die Tür hinter ihr ins Schloss gefallen, räusperte sich Elise. »Ja. Ich mache es!« Da ihre Hände völlig außer Kontrolle schienen, legte sie sie auf den Körper ihres Sohnes. Ihren

Jungen zu berühren gab ihr Sicherheit. Zumindest ein wenig. Er streckte sich. Sein Händchen wanderte aus dem Tuch heraus und landete an ihrem Hals, was ihr trotz der Anspannung ein Lächeln entlockte.

Weber sah sie über den Rand seiner Brille an. »Es freut mich, dass du mich unterstützt. Es wird nicht zu deinem Schaden sein.«

Jetzt könnte ich noch nein sagen, dachte Elise. Doch Herr Weber unterbrach ihre Überlegungen. »Übermorgen wäre bereits die erste Lieferung.«

»Und wie oft wird das dann sein?«

»Jetzt bringen wir das erst mal hinter uns und dann sehen wir weiter.« Herr Weber ging zurück zu seinem Schreibtisch, setzte sich und bot Elise mit einer einladenden Handbewegung den gegenüberliegenden Stuhl an. Skeptisch sah er sie an. »Klappt das denn mit dem Fahrrad und dem Kind?«

Sie nickte. »Das geht schon.«

»Am besten nimmst du das Rad auch für die Lieferung mit. Und deinen Korb. Da packen wir die Schuhe hinein. Es werden erst mal zehn Paar. Denkst du, die passen rein?«

Wieder nickte sie. Ihre Hände wurden feucht. Zunehmend unruhiger bewegte Reinhard sich im Tuch. Er trat gegen Elises Körper und im nächsten Moment schrillte seine Stimme durch das Büro. Elise legte ihre Hand auf sein Köpfchen und versuchte, ihn zu beruhigen, doch es nützte nichts. Unsicher sah sie Herrn Weber an. »Tut mir leid.«

»Nicht doch.« Weber winkte ab. »Hat er Hunger?«

Elise presste die Lippen aufeinander.

»Also ja?« Der Fabrikant erhob sich hinter dem Tisch und ging zur Tür. »Ich schau mal.« Er verließ den Raum und verschwand im dunklen Flur.

Es dauerte nicht lange, da tauchte er wieder auf und hielt eine Tasse in der Hand. Hinter ihm betrat eine blasse Frau das Büro, die Elise nicht kannte. Herr Weber stellte die Tasse vor Elise ab. »Hier, einen Schluck Milch haben wir noch.« Sie nahm die Tasse, träufelte Reinhard tröpfchenweise die Milch in den

Mund, der zuerst hustete, dann schmatzte und schluckte. Immer wieder zappelte er gierig der Tasse entgegen. Nach einer Weile wurde er ruhiger und nuckelte zufrieden an seiner Hand. Herr Weber nahm die Frau in den Arm und sagte: »Das ist Helga, meine Ehefrau. Sie hat den Jungen oben in unserer Wohnung gehört.«

Frau Weber lächelte müde aus ihrem Porzellanpuppengesicht. »Ein hübsches Kind.« Ihre Stimme klang so zart, dass Elise den Eindruck hatte, sie streichelte ihr über die Wange.

»Ist das keine zu große Strapaze für Sie und Ihren Sohn?«

»Ach, Reinhard ist das gewohnt.«

»Wenn Sie mal Hilfe brauchen mit dem Kind können Sie es mir gern bringen. Ich habe Zeit.«

»Das merke ich mir. Dankeschön!« Elise blickte von Frau Weber zu ihrem Mann.

Der riss die Augen auf, schüttelte hektisch den Kopf und fragte: »Du meinst, wenn sie nach Pirmasens kommt? Zum Arbeiten.« Er legte seiner Frau die Hand auf die Schulter.

Elise verstand sofort, was das bedeutete: Seine Frau sollte nichts von seinen illegalen Geschäften wissen. »Ach so. Nein, nein. Reinhard ist heute nur ausnahmsweise dabei. Sonst ist er immer bei meiner Mutter. Und ich arbeite ja auch zu Hause«, bekräftigte sie und wich Frau Webers Blick aus. »Ich muss aber jetzt wirklich gehen, wenn ich bei Tageslicht wieder heimkommen will. Sonst macht sich meine Mutter Sorgen.« An der Tür drehte sie sich noch einmal mit einem freundlichen Lächeln um. »Schön, Sie kennengelernt zu haben.«

»Kommen Sie gut nach Hause. Und passen Sie gut auf den Kleinen auf«, erwiderte Frau Weber leise. »Ist es nicht wundervoll? So ein kleines Wesen?« Mit leuchtenden Augen sah Frau Weber zu ihrem Mann auf, der mindestens einen Kopf größer war als sie.

»Ja, ja. Sehr schön.« Hektisch tätschelte er die Schulter seiner Frau und schob sie dann beiseite. »Ach, Elise. Ich bringe Ihnen noch das Leder.« Herr Weber folgte ihr in den Hof. Er nestelte an ihrem Korb. »Meine Frau soll nichts davon wissen. Das würde sie nicht verkraften«, äußerte er hastig.

Elise nickte. »Ich verstehe.« Sie begutachtete noch einmal den Gepäckträger und setzte sich dann aufs Rad.

6. Was ist geschehen?

Donnerstag, 06. September 1945

Zurück im Dorf machte Elise einen kurzen Umweg zu Ferdinands Kühen, um etwas Milch für Reinhard mitzunehmen. Bald würde er wieder vor Hunger brüllen. Als sie zu Hause eintraf, winkte sie ihrer Mutter zu, die gerade aus dem Stall heraustrat. Elise ging ins Haus, stellte den Korb mit dem Leder neben die Steppmaschine, die Milch auf den Tisch und öffnete dann ihr Tragetuch. Verschlafen hob Reinhard seine Ärmchen.

»Man kann sich gar nicht satt sehen an dir, mein kleiner Schatz«, flüsterte sie, ohne den Blick von ihrem Sohn zu wenden.

»Hast du deinen Bruder im Dorf gesehen?«

Obwohl ihre Mutter hinter ihr stand, bemerkte Elise sofort, dass sie sich Sorgen machte.

»Was ist denn geschehen?«

»Er wollte spielen gehen. Aber er ist schon so lange fort. Bald wird es dunkel.«

Elise lächelte ihre Mutter beruhigend an. »Mach dir doch keine Sorgen. Er wird bei Fritz oder Georg sein.«

»Ich habe so ein komisches Gefühl.«

Elise legte ihrer Mutter Reinhard in die Arme. »Ich gehe ihn holen. Du kannst derweil den Kleinen füttern.«

Ihre Mutter antwortete nicht, ließ sich auf dem Stuhl nieder und legte ihren Kopf an die Wange des Kindes.

Als sie das Haus verließ, wanderte Elises Blick hinauf zur Lichtung. Ob die Buben im Wald spielten? Sie entschied sich, zuerst zu Kirchners Hof zu gehen. Meistens spielten die Buben bei Fritz im Heu. Mit großen Schritten lief sie den Berg hinunter und bog um die Kurve. Bald erreichte sie die kleine Gasse, in der Kirchners Hof als einziges Haus stand. Auf dem Gelände sah sie sich suchend um und entdeckte Irene, Fritz' Mutter, am Küchenfenster. Sie gehörte zu den Frauen im Dorf, die Elise wegen ihres unehelichen Kindes verurteilten und die es nach wie vor nicht gern sah, dass der Bruder einer solchen Person mit ihrem Sohn spielte. Elise hielt die Luft an. Sie rechnete damit, dass nun eine Salve an Schimpftiraden auf sie niederprasselte. Doch Irene rang offenbar nach Luft.

»Geht es dir nicht gut?«, rief Elise ihr entgegen.

»Weißt du, wo die Buben sind?« Irenes Stimme vibrierte.

»Sind sie denn nicht hier?«

»Hätte ich dich da gefragt?« Die Kirchnerin schlug das Fenster zu.

Elise straffte ihren Rücken, ging zur Tür, klopfte an und trat ins Haus.

Irene erschien im Rahmen der Küchentür. »Was ist denn?« Fritz' Mutter wirkte seltsam verstört.

»Ich suche meinen Bruder. So wie du deinen Sohn suchst. Waren die Buben heute nicht hier?« Elise verschränkte die Arme vor der Brust.

Irene zuckte die Achseln. »Sie haben in der Scheune gespielt, dann sind sie in die Küche und haben Essigwasser getrunken.«

»Und dann?«

»Dann sind sie wieder rausgegangen.«

»Und wo sind sie jetzt?« Elise bemühte sich, nicht genervt zu wirken, aber warum ließ sich Irene jedes Wort aus der Nase ziehen?

Irene biss sich auf die Lippen. »Das weiß ich nicht.« Ihre Stimme erstickte. »Als ich später raus bin, waren sie verschwunden.«

»Wann war das?« Elises Fragen wurden drängender.

»Ist noch nicht allzu lange her.«

»Dann sind sie sicher im Wald bei den Felsen.«

»Mein Fritz kommt nie zu spät heim. Normalerweise ist er um die Zeit längst zu Hause.« Die graublonde Frau zog ein Taschentuch aus ihrer Schürze, schnäuzte sich und wischte über ihre Augen. Ihre Unruhe übertrug sich auf Elise. Obwohl sie sich beim besten Willen nicht vorstellen konnte, was den Jungs passiert sein sollte, wollte sie so schnell wie möglich in den Wald.

Um Irene zu beruhigen, legte sie nach: »Vielleicht war ihr Räuberspiel heute besonders spannend. Ich gehe sie holen.« Sie ließ Irene im Küchenflur stehen und verließ das Haus.

Es dauerte nicht lange, bis Elise den Waldrand erreichte. »Hans? Seid ihr da?«, rief sie laut.

Niemand antwortete. Elise lauschte in den Wald hinein. Sie war sich sicher, ihren Bruder und seine Freunde hier zu finden. Über den schmalen Pfad machte sie sich auf den Weg zur Quelle. Dort waren die drei schon öfter gewesen, um Kröten zu fangen. Das Wasser des Buschebrunnens gluckerte gleichmäßig. Wieder rief Elise nach ihrem Bruder. Doch außer dem Geplätscher und dem leisen Rauschen der Bäume hörte sie nichts. Sie setzte sich auf einen Stein und tauchte ihre Hand ins kühle Nass. Wie angenehm das war.

»Wo seid ihr nur?«, murmelte sie.

Plötzlich schreckte sie auf. Was war das? Ganz in der Nähe hörte sie Stimmen. Das mussten die Kinder sein. »Hans! Hans, wo bist du?«, rief sie laut aus.

Elise sprang auf, rannte zu der dicken Buche, die ihr den Blick auf die dahinterliegenden Büsche versperrte und gerade, als sie einen neuerlichen Ruf ausstoßen wollte, tauchte Hans hinter den belaubten Hecken auf. Seine Wangen glühten.

Sofort grabschte Elise nach seiner Hand. »Menschenskind, wo treibt ihr euch denn herum? Wo sind die anderen beiden?«

»Wer?« Hans sah Elise mit Unschuldsmiene an.

»Fritz und Georg. Wer denn sonst?«

»Ach die.« Hans winkte ab. »Die kommen gleich.«

Kaum hatte ihr Bruder zu Ende gesprochen, kroch Fritz unter dem Dickicht hervor. Direkt hinter ihm tauchte Georg auf. Elise bemerkte sofort, dass Fritz versuchte, ihrem Blick auszuweichen.

»Sagt mal, habt ihr was angestellt?«

»Wir?«, fragten Hans und Georg wie aus einem Mund.

Fritz schüttelte stumm den gesenkten Kopf.

»Ihr macht doch keine Dummheiten?« Elise hob mahnend den Zeigefinger.

»Nein!« Das war jetzt eine deutliche Antwort ihres Brüderchens, der sich neben sie stellte und sich dicht an sie schmiegte. Die anderen beiden rappelten sich auf und kamen ebenfalls näher.

»Wisst ihr eigentlich, wie spät es ist? Ihr müsstet schon längst zu Hause sein.«

Elise trieb die Buben an, die vor ihr auf dem Pfad entlang trotteten. Sie drehte sich noch einmal um, konnte aber absolut nichts Auffälliges entdecken. Trotzdem wurde sie das Gefühl nicht los, dass die drei irgendetwas vor ihr verbergen wollten. Sie vertraute darauf, dass Hans es ihr bestimmt sagen würde, wenn sie allein waren. Als sie beim heimischen Hof ankamen, scheuchte Elise ihren Bruder ins Haus. »Und ihr geht jetzt sofort zu euren Müttern. Die machen sich schon Sorgen«, wandte sie sich an die beiden anderen.

»Meine nicht. Die kommt erst nach Hause, wenn es dunkel ist«, rief Georg und eilte Fritz hinterher, der bereits den Weg Richtung Dorf eingeschlagen hatte. Zumindest er schien ein schlechtes Gewissen zu haben.

Mutters Schelte hielt sich in Grenzen. Elise beobachtete, wie der ganze Körper ihrer Mutter bebte, als sie ihren Sohn darum bat, nie wieder so lange wegzubleiben. Hans schien die Aufregung nicht zu verstehen. Er sah die ganze Zeit nur großäugig von Elise zur Mutter.

Nach einer Weile entschied Elise, dass es nun reichte. »So, jetzt sollte sich der junge Mann stärken, bevor er zu Bett geht.« Aus der Vorratskammer holte sie das krümelige Brot, bei dem sie vermutete, dass wie zu Kriegszeiten Sägespäne hineingebacken wurden. »Mutter, du isst auch was.« Sie rechnete mit einem Widerspruch, doch ihre Mutter stellte wortlos Teller auf den Tisch. Ihre eingefallenen Wangen und die tiefen Augenringe ließen sie viel älter wirken, als sie war. Und jetzt, wo sie sich über den Tisch beugte, wurde auch deutlich, dass sie ihre Schürze schon längst nicht mehr ausfüllte. Wie ein Häufchen Elend mit grauen Haaren, dachte Elise.

Sie schnitt für jeden eine Scheibe Brot ab, legte die vierte auf einen Extrateller und strich dünn von der Ziegenbutter darauf, die noch übrig war. Neben dem Brot platzierte sie ein paar Heidelbeeren und bat Hans, dem Großvater das karge Mahl hinauf zu bringen.

Hans sah gierig auf den Teller.

»Deins mache ich jetzt auch fertig. Geh schon. Großvater wartet.«

Schnell verließ ihr Brüderchen die Küche.

Später, als sie gemeinsam am Tisch saßen und Reinhard neben ihnen im Stubenwagen schlief, lehnte Elise sich zurück. »Fast könnte man meinen, alles sei gut.«

Hans biss gerade wieder ein großes Stück von seinem Brot ab. Mit vollem Mund brabbelte er: »Esch ischd doch gut.«

»Ja, ja. Selbstverständlich.« Elise streichelte ihrem Bruder über seinen Lockenschopf.

Die tief eingefallenen Augen und die spröden Haare der Mutter hingegen sprachen vom Gegenteil. Elises Brustkorb verengte sich, als sie ihre Mutter musterte, die sich nicht am Gespräch beteiligte und deren Blick ins Leere ging.

»Hans, gehst du schon hinauf? Ich komme gleich fürs Abendgebet.«

Hans schlürfte von seinem Wasser, drückte der Mutter einen Kuss auf die Wange und verließ die Küche.

Als sie seine Schritte auf der Treppe hörte, griff Elise nach Mutters Hand. »Du siehst nicht gut aus.«

Ihre Mutter senkte den Kopf.

»Mach dir doch nicht so viele Sorgen. Wir schaffen das schon. Geh heute mal zeitig schlafen. Ich kümmere mich um den Stall.«

»Ich muss noch die Schuhe fertig machen.«

»Ich weiß. Kommende Woche nehme ich sie mit zu Herrn Weber. Er hat einen neuen Kunden. Dann verdienen wir mehr.«

»Ach, Mädel. Wie gut, dass du so beharrlich bist. Aber vielleicht habe ich auch bald etwas Gutes zu vermelden.« Für einen Moment leuchteten Mutters Augen.

Elise sah sie fragend an. »Was willst du damit sagen?«

Doch Mutter schüttelte nur still den Kopf, streichelte ihr über die Wange und legte dann ihre Hand auf Reinhards Decke. »Hoffentlich findet ihr euer Glück.«

»Wir wissen ja, was wir wollen. Das ist schon mal ein Anfang.«

Hans lag bereits im Bett, als Elise das elterliche Schlafzimmer betrat, in dem ihr kleiner Bruder zusammen mit der Mutter nächtigte. Den Vater konnte der Sechsjährige natürlich nicht ersetzen und je länger Mutter allein war, umso größer schien ihre Sehnsucht nach einer starken Schulter zu sein. Unser Vater war so ein wundervoller Mensch, dachte Elise. Dann sah sie Hans eindringlich an.

»Sag mal, Brüderchen. Was habt ihr denn jetzt wirklich im Wald gemacht?«

Hans bekam rote Ohren. »Nichts. Hab ich doch schon gesagt.«

»Und warum glaube ich dir das nicht?« Elise kniff die Augen zusammen.

»Aber es war nichts«, beteuerte er übereifrig. »Wir haben …«

Sie sah ihn prüfend an. »Was habt ihr?«

Er begann herumzudrucksen. »Wir wollen uns ein Lager bauen. Georg hat eins gesehen von den Soldaten. Und sowas wollen wir auch.«

»Oh, Hans.« Elise schluckte. Der Junge war noch zu klein, um die Dimensionen dessen zu erfassen, was vielen Soldaten widerfahren war. Aber wie sollte sie ihm das in wenigen verständlichen Worten erklären? Er würde es nicht verstehen und sie wollte ihn auch nicht unnötig ängstigen. Schrecken hatte er in seinem jungen Leben nun wirklich schon genug erlebt. Wenn sie nur an Vaters Todesnachricht dachte und die Bombenopfer im Dorf. Hänschens erschrockene Blicke …

Es fiel ihr schwer, das Gute-Nacht-Lied anzustimmen. Und als sie sang: »Morgen früh, wenn Gott will, wirst du wieder geweckt«, betete sie inständig, dass der Herr im Himmel sich etwas Gutes für den Buben erdenken würde.

7. Lebenszeichen

Samstag, 08. September 1945

Elise stellte Reinhards leeres Fläschchen auf den Küchentisch und legte den Kleinen in seinen Stubenwagen. »Wir schaffen es auch allein, mein Sohn. Wenn dein Vater nicht mehr …« Ruckartig schnellte ihre Hand in die Höhe. Sie legte sie vor den Mund und schüttelte den Kopf. Zwischen den Fingern presste sie hervor: »Entschuldige, Reinhard. Aber manchmal verliere ich die Hoffnung.«

Gedankenverloren streichelte sie über die Decke, die ihren Sohn wärmte. Langsam nuckelte er sich in den Schlaf. Dabei vertiefte sich das Grübchen in seinem Kinn bei jedem Atemzug. Wenig später rutschte seine Hand zur Seite und seine Saugbewegungen wurden vom gleichmäßigen Atmen abgelöst. Erst jetzt drehte Elise sich um und sortierte die Heidelbeeren zum Dörren auf ein Blech. Ordentlich platzierte sie die kleinen, tiefblauen Früchte nebeneinander. Währenddessen versuchte sie, sich einen guten Plan für den Auftrag von Herrn Weber zurechtzulegen. Doch das gelang kaum, es war alles zu ungewiss.

Wenn es soweit ist, werde ich ganz früh aufbrechen, entschied sie.

Leises Klopfen unterbrach ihre Gedanken. Elise ging zur Haustür. Draußen stand Gerda mit zerzausten Haaren, eingefallenen Wangen und matten Augen.

»Meine Güte, wie siehst du denn aus?«

Gerda antwortete nicht, sondern kramte umständlich in ihrer Tasche. »Du hast Post.«

»Ich?« Sofort fiel Elise Ferdinands Schreiben ein. Doch der Brief, den Gerda ihr entgegenhielt, trug eine andere Handschrift. Elise griff hastig danach. Dabei streifte sie Gerdas Arm. »Brauchst du Hilfe?«, bot sie an.

Gerda atmete hörbar. »Wo kann ich es wegmachen lassen? Weißt du das?«

»Du willst …?« Elise erstarrte. Wie konnte sie nur so etwas denken? Doch dann fiel ihr ein, dass auch ihre eigene Mutter damals so etwas geäußert hatte, als sie mit Reinhard schwanger war.

»Mein Vater schlägt mich tot.« Gerda sprach so klar, dass Elise ein eiskalter Schauer über den Rücken lief.

»Aber Gerda! Es ist dein Kind. Dein Fleisch und Blut.«

»Ein Franzosenbankert, den ich nicht gewollt habe.« Gerda wischte sich über die Augen.

»Den du nicht willst oder nicht wollen darfst? Es gibt immer einen Weg.« Sacht legte Elise den Arm um Gerdas Schulter.

Die schüttelte den Kopf. »Nicht für mich.«

»Kannst du bitte einen Moment warten? Ich möchte dir etwas zeigen.«

Elise eilte zur Küche, warf den Brief auf den Tisch, schob den Stubenwagen heraus und zog die Decke weit zurück. So konnte Gerda direkt auf den schlafenden Reinhard blicken. »Sieh ihn dir an. Egal, was geschieht, er wird mich immer an seinen Vater erinnern und an meine glücklichen Stunden mit ihm.«

Gerdas Wangen zitterten. »Glückliche Stunden? Davon hatte ich nicht viele.«

Elise ging nicht auf diese Bemerkung ein. »Möchtest du ihn mal auf den Arm nehmen?«

Abwehrend hob Gerda die Hände. »Nein, ich … Ich muss weiter.« Noch während sie sprach, wandte Gerda sich zum Gehen. Auf dem Weg blieb sie noch einmal stehen und sah zu ihr herüber. »Bei dir ist alles ganz anders. Du hast wenigstens die Unterstützung deiner Familie.« Dieser Unterton in Gerdas Stimme sorgte bei Elise für eine neuerliche Gänsehaut.

»Ich bin für dich da!«, rief sie ihr nach, obwohl sie Gerda nicht mehr sehen konnte. Aber sie war sicher, dass sie gehört wurde.

Zurück in der Küche ließ Elise sich am Tisch nieder. Auf dem Brief stand als Absender der Name Susanna Schäfer. Mit dem Messer strich sie an der Umschlagkante entlang. Plötzlich erstarrte sie. Schäfer? So lautete Julius' Nachname. Was musste passiert sein, dass seine Mutter oder eine andere Verwandte ihr schrieb. Schlimme Gedankenfetzen jagten ihr durch den Kopf und lähmten zugleich ihre Hände. Auf einmal verließ sie der Mut, den Brief zu lesen.

Im gleichen Augenblick sah sie Julius, als stünde er leibhaftig vor ihr. Sie blickte auf seine markanten Wangenknochen und auf das Grübchen in seinem Kinn. Dann betrachtete sie erneut den Umschlag in ihrer Hand, atmete tief durch und zog schließlich das zusammen gefaltete Schreiben heraus.

Verehrtes Fräulein Zweier,

ich bin die Mutter des verwundeten Soldaten Julius Schäfer. Leider hat er es nicht nach Hause geschafft. Heute, am 7. August 1945 erhielt ich, nach vielen Monaten der Ungewissheit, die Nachricht, dass er sich in französischer Gefangenschaft befindet. Er schreibt, es gehe ihm gut.

An dieser Stelle atmete Elise laut auf. Dann las sie weiter.

Doch ich bin nicht sicher, ob dem so ist. Zugleich bat er mich, Ihnen mitzuteilen, dass er am Leben sei und er sich noch einmal herzlich bei Ihnen für Ihre Hilfe bedanken möchte. Leider darf er Ihnen nicht persönlich schreiben. Doch seinen Dank kann ich übermitteln. Dem möchte auch ich mich anschließen. Es tut mir gut, zu wissen, dass jemand für ihn da war, als es ihm schlecht ging.

Nun hoffe ich auf seine baldige Heimkehr und wünsche, dass auch Sie den Krieg unbeschadet überstanden haben.

Ein Dankeschön von Herzen

Susanna Schäfer

Das Blut pulsierte in Elises Ohren. Sie las den Brief erneut, strich das Papier glatt, legte es auf den Tisch und bettete ihre Stirn darauf.

Julius lebt! Und seiner Mutter ist es wichtig, mich zu informieren. Wie froh wird sie sein, ihren Sohn am Leben zu wissen. Die Sorge um das eigene Kind hört nie auf, dachte sie. Ihr Blick streifte Reinhard. Wie wird sich Frau Schäfer freuen, wenn sie eines Tages von ihrem Enkelkind erfährt. Ob Julius'

Bruder inzwischen aus Afrika zurückgekehrt war? Damals hatte er sich besorgt geäußert, weil er lange nichts mehr von ihm gehört hatte.

Vielleicht sollte ich Frau Schäfer gleich von Reinhard berichten. Oder soll ich ihr schreiben, wie sehr ich ihren Sohn liebe?, überlegte Elise. Entschieden schüttelte sie den Kopf. Das sollte sie besser Julius überlassen, wenn er wieder daheim war.

Sie dachte an den jungen Mann, der ihr vor einiger Zeit eine Botschaft von Julius gebracht hatte und dem sie ein paar Kleidungsstücke ihres Vaters mitgegeben hatte. Er hatte ihr damals mitgeteilt, dass Julius in einem französischen Arbeitslager sei.

Jetzt wusste sie, dass er lebte. Vor Freude hätte sie am liebsten laut aufgeschrien. So sprang sie vom Stuhl, der nach hinten wegkippte, konnte ihn gerade noch auffangen und stürzte, immer zwei Stufen auf einmal nehmend, die Treppe empor.

»Großvater, stell dir vor, Julius' Mutter hat mir geschrieben!« Durch die noch geschlossene Tür schickte sie die Freudenbotschaft zu ihrem alten Vertrauten voraus.

Großvater saß in seinem Ohrensessel und streckte ihr die faltige Hand entgegen. »Elischen. Welch ein Glück!«

Sie schwang sich auf die Armlehne neben ihm und hielt ihm den Brief hin. »Er lebt! Ich könnte die ganze Welt umarmen!« Überschwänglich fiel sie dem Großvater um den Hals.

»Und bei mir fängst du damit an«, witzelte der Großvater.

»Darf ich den Brief lesen? Oder möchtest du mir erzählen, was er schreibt?«

Sie richtete sich auf. »Er hat nicht selbst geschrieben.«

Großvater legte die Stirn in Falten.

»Der Brief ist von seiner Mutter.«

»Wieso das?«, wunderte sich Großvater.

Elise strich sich eine Haarsträhne aus dem Gesicht. »Er ist immer noch bei den Franzosen gefangen.«

Schlagartig verfinsterte sich Großvaters Blick. »Weißt du, wo er ist?«

»Nichts Genaues.«

»Dann ist er vielleicht gar nicht so weit weg von hier.« Er sank zurück.

»Ist das gut oder schlecht für ihn?« Dass ihr Großvater so nachdenklich aussah, ließ Elise fast das Blut in den Adern gefrieren. »Bitte sag es mir. Warum halten die unsere Männer immer noch fest?«

Der Großvater streichelte ihre Hand. »Die Franzosen haben uns besiegt. Jetzt ist es an ihnen, ihre Macht über uns zu demonstrieren. Vielleicht wollen sie sich für das rächen, was deutsche Soldaten ihnen angetan haben.«

Elise schluckte. »Ja, aber Julius …?«

Großvaters Blick wanderte aus dem Fenster. »Ist genauso ein Deutscher wie die anderen Soldaten. Und du weißt nicht, welche Befehle er hat ausführen müssen. Aber mach dir nicht zu viele Sorgen. Dein Julius ist ein zäher Bursche. Er wird durchhalten.«

Elise kaute auf ihrer Unterlippe. »Hoffentlich«, murmelte sie. Nach einer Weile, die sie schweigend nebeneinandergesessen hatten, richtete sie sich auf.

Großvater lächelte aufmunternd. In diesem Moment wünschte sich Elise, dass sie Julius auch jetzt helfen könnte wie damals, als sie ihn verletzt bei den Heidelbeeren angetroffen hatte. Doch dieses Mal nutzten weder Großvaters Weisheiten noch ihre Hausmittel. Sie musste beten und hoffen.

Als hätte der Großvater ihre Gedanken gelesen, legte er noch einmal nach: »Ich bin sicher, er wird dich, ich meine natürlich: euch, bald in seine Arme schließen.«

Reinhard und Hans schliefen längst. Draußen hüllte der Nebel alles in eine dumpfe Stille. Feuchtkühle Luft schlug Elise entgegen, als sie aus dem Haus trat. Sie lief zum Stall hinüber. Der Schein der kleinen Laterne brach sich in den Nebeltröpfchen.

Hinter der Stalltür ächzte Mutter. »Besser geht es nicht.«

Elise schob die Tür weiter auf.

Drinnen hatte ihre Mutter den Boden mit trockenem Laub bedeckt. In der Futterkrippe lag Heu. Sie hatte sich nach einigem Zögern damit einverstanden erklärt, heimlich eine von Ferdinands Kühen bei ihnen unterzustellen . »Ich hoffe, die Kuh weiß das zu schätzen. Und ich hoffe, unsere Ziege nimmt es uns nicht übel, dass sie sich den Platz mit einer Kuh teilen muss.«

Elise grinste. »Möchtest du sie gleich fragen?« Sie beugte sich zu Lotta hinunter und streichelte die Ziege am Hals. »Ihr werdet euch schon vertragen, nicht wahr? Jetzt müssen wir aber los. Nicht, dass die Kinder aufwachen.«

»Welche Kuh holen wir überhaupt?« Mutter sah Elise fragend an.

»Milli. Sie ist die Jüngste.«

Die Dunkelheit fraß den Nebel auf, als Elise neben ihrer Mutter den Stall verließ. Sie hakte sich bei ihr ein, griff nach dem Besen und zusammen machten sie sich auf den Weg zu Ferdinands Hof. An jeder Hausecke verlangsamten sie ihre Schritte, vergewisserten sich, dass niemand sie sah, und schlichen weiter. Elises Gefühle schlugen Purzelbäume. Sie wollte die Kuh wegen der Milch. Doch zugleich fühlte sie die zentnerschwere Last auf ihren Schultern, weil sie etwas Verbotenes taten. »Hoffentlich tun wir das Richtige«, murmelte sie.

Mutter schien ähnlich zu denken, denn sie flüsterte: »Hier müssen wir besonders aufpassen.«

Aus Marthas Wirtschaft drang noch Licht zwischen den Fensterläden hindurch. Es waren keine Stimmen mehr zu hören. Seit dem von den Franzosen verhängten Ausgehverbot durfte nach zehn Uhr niemand mehr auf die Straße. Erst recht nicht ins Wirtshaus. Aber Martha hielt sich nicht daran. Sie verschloss von innen die Tür, wenn noch letzte Gäste da waren. Und sobald sich der Letzte auf den Heimweg gemacht hatte, entfernte sie die Spuren des Tages.

Elise legte den Finger auf die Lippen und zerrte ihre Mutter mit sich.

Ferdinands Hof wirkte wie ausgestorben. In der Mischung zwischen Dunkelheit und Nebel konnten sie kaum das Stalltor erkennen. Mit eingezogenen Köpfen schlichen sie nebeneinander über das Anwesen. Der Kies knirschte und Mutter zitterte wie Espenlaub.

»Reiß dich zusammen!«, zischte Elise. Einhändig zog sie das Stalltor auf, lehnte den Besen gegen die Wand und griff im Inneren nach dem Streichholz und dem Kerzenstummel auf dem Mauervorsprung. »Komm rein.«

Da ihre Mutter wie erstarrt dastand, übernahm Elise weiter das Kommando. Sie schob die Mutter vor sich her zur Stallbox von Milli. Geschickt packte sie das Tier am Hals und legte ihm den Strick um. Dann schob sie den hölzernen Verschlag beiseite. »Komm Milli, du musst mit uns gehen.« Ruhig redete sie auf die Kuh ein, die sie aus ihren großen Augen anglotzte. Elise gab ihrer Mutter das Seilende in die Hand. »Hilf mir.« Als ihre Mutter nicht reagierte, schubste sie sie an. »Los jetzt. Wir haben nicht ewig Zeit.«

Mit einem Mal kam Bewegung in ihre Mutter. Sie ging ein paar Schritte rückwärts, bis sich das Seil spannte. Behäbig trat Milli aus ihrer Box. Elise streichelte dem Tier über den Kopf und klopfte ihm aufmunternd die Seite. »Du musst keine Angst haben. Dir geschieht nichts.«

Schritt für Schritt folgte die Kuh Elises Mutter aus dem Stall. Im Hof blieben sie stehen. Elise streichelte das Fell des Tieres. »Geh weiter, nicht anhalten.« Sie warf das Vorhängeschloss, das sonst den Stall sicherte, zu Boden und hastete zur Werkstatttür. Mehrfach trat sie dagegen, bis das Holz nachgab. Dann drehte sie sich um und stieß ihren Rücken gegen die Tür. Die Scharniere quietschten, als wollten sie ihren Schmerz mitteilen und schließlich polterte Elise rückwärts in den dunklen Raum. Ohne etwas richtig sehen zu können, schmetterte sie die Werkzeuge von der Wand, kippte den Tisch um und klemmte sich das Butterfass unter den Arm. Dann rannte sie zurück auf den Hof. Ihre Mutter samt der Kuh waren schemenhaft auf der Straße zu erkennen. Elise schnappte sich den Besen und folgte ihnen. Obwohl sie keine sichtbaren Spuren auf dem festgetretenen Sand der Straße entdeckte, wedelte sie mit dem Besen hinter dem Tier her. Auf keinen Fall durfte irgendjemand sehen, in welche Richtung sie gegangen waren.

Vorn zerrte die Mutter am Strick. Elise stellte sich vor, welche Gedanken ihr durch den Kopf gingen. Was sie hier taten, war nicht ungefährlich. Je länger sie darüber grübelte, umso schneller schlug ihr Herz. Bald pulsierte das Blut so heftig in ihren Adern, dass ihr der Kopf dröhnte. Sie wusste, sie durfte weder einem französischen Aufpasser noch einem der Dörfler begegnen, unter denen immer noch viele waren, die nur darauf warteten, einen anderen an den Pranger zu liefern. Hinterher rieben sie sich dann zufrieden die Hände, wenn einer ins Zuchthaus musste. Bei uns würden einige sich sicher besonders freuen, wenn sie uns ausliefern könnten, schoss es ihr in den Sinn.

Unaufhörlich wischte sie mit dem Besen hinter der Kuh her. Das Butterfass rutschte aus der Umklammerung, Elise erhaschte es gerade noch rechtzeitig, bevor es auf den Boden gekracht wäre. Jetzt bogen sie in die Hauptstraße ein und die Mutter wurde langsamer.

»He, was ist?«, fauchte Elise.

Die Mutter drehte sich kurz zu ihr um, schritt dann aber weiter.

Mit Argusaugen besah Elise jedes Haus, doch alles lag friedlich in einem fast undurchdringlichen Nebelbett. Gleich würden sie Marthas Gasthaus erreichen und schon rebellierte ihr Bauch. »Bitte, lieber Gott, lass es gut gehen.« Elise schickte ein leises Stoßgebet gen Himmel.

Sie kniff die Augen zusammen und wusste, ihre Mutter tat das gleiche, obwohl sie nur deren im Nebel verschwimmenden Rücken sehen konnte. Glücklicherweise brannte kein Licht mehr im Wirtshaus und sie passierten auch diese Gefahrenstelle ungesehen. Jetzt war es nicht mehr weit, bis sie den Anstieg auf den Kreuzberg in Angriff nehmen konnten. Elise feuerte ihre Mutter noch einmal an: »Gleich haben wir es geschafft.«

Gerade als sie in ihre Straße einbogen, raschelte es neben Elise. Ihr Atem stockte. Ihr Kopf schnellte herum. Nur schemenhaft erkannte sie eine Maus, die hinter die Gartenmauer des Nachbarhauses huschte. Elise pustete die Luft aus. »Mistvieh.«

Mit sanften Schlägen auf die Hinterbacke trieb sie die Kuh an. Endlich hatten sie auch das letzte fremde Grundstück hinter sich gelassen. Mit ausladenden Bewegungen wirbelte sie den Besen durch den Sand. Zufrieden sah sie den Weg hinunter, ohne irgendwas ausmachen zu können. Niemand wird etwas sehen, ermunterte sie sich im Stillen und folgte ihrer Mutter zum heimischen kleinen Stall.

8. Vorbereitungen

Montag, 10. September 1945

Elise sah aus dem Fenster. Vor dem sternklaren Himmel setzten sich die Hügel und Wiesen dunkel ab. Die Natur malt die schönsten Bilder selbst, dachte sie, wünschte sich sogleich aber wieder dichte Nebelschwaden für ihre kommende Aufgabe herbei. Im Nebel würde niemand sie sehen können. Oder zumindest weniger gut. Sie lehnte ihre Wange gegen die kühle Scheibe und umfasste die Herzhälfte aus Holz, die sie am Hals trug. »Ach, Julius. Ich muss die Lieferung für Herrn Weber machen. Wenn ich kein Leder mehr bekomme, habe ich nichts, was ich noch eintauschen könnte.« Sie schloss die Augen. Julius wäre sicher dagegen, dass sie sich und ihr Kind bewusst in Gefahr brachte. Mit einer Hand strich sie über die Fensterbank. Die Zweifel an ihrem Vorhaben wurde sie damit allerdings nicht los. Dann schlurfte sie zu ihrem Bett zurück, legte sich aufs Kopfkissen und zog die Decke bis zum Kinn. Ich muss endlich schlafen, dachte sie. Wenn es hell wird, brauche ich all meine Kraft und meine Sinne. Doch sie wälzte sich noch einige Male hin und her, bis endlich die Müdigkeit sie übermannte.

Schweißgebadet wachte Elise auf. Im Dunkeln tastete sie sich vor bis zum Lichtschalter. Der Wecker zeigte halb fünf. Elise schaltete das Licht wieder aus, drehte sich auf den Rücken und starrte in die Dunkelheit. Unruhig rieb sie ihre Hände über die Bettdecke. Spätestens in zwei Stunden würde Reinhard aufwachen. Bis dahin wollte sie alles vorbereitet haben. Also schälte sie sich unter der Decke heraus. In Windeseile entledigte sie sich ihres Nachthemdes, zog den Rock und die Bluse an und streifte ihre Schürze darüber.

Zuerst ging sie zum Stall hinterm Haus. Dort melkte sie ihre Ziege Lotta und dann die Kuh, die den nächtlichen Umzug gut überstanden hatte. Nur die Hühner waren offenbar noch unsicher, denn sie gackerten laut, als wollten sie sagen, dass es ihnen hier jetzt zu eng war. Sie warf beiden Milchtieren etwas Heu über das brusthohe Mäuerchen, das noch ihr Vater gebaut hatte, als sie damals die Ziege vom Schwein trennen mussten. Bevor sie melkte, trieb sie die Hühner nach draußen, die immer lauter wurden. So früh mussten sie sonst nie den Stall verlassen.

Die Ziegenmilch kippte sie in einen Bottich, den halbvollen Melkeimer der Kuh brachte sie in die Küche. Dort füllte sie einen Teil davon in den Topf. Elise lächelte zufrieden. Das würde für Hans und Reinhard reichen. Den Rest stellte sie in der Vorratskammer neben das Butterfass, das sie am Vorabend hier deponiert hatte. Nach ihrer Rückkehr wollte sie der Mutter alles erklären.

Langsam löste die Sonne den Mond ab, als sie sich auf den Weg zu Ferdinands Hof machte. So konnte sie noch einmal prüfen, ob sie in der Nacht wirklich keine Spuren hinterlassen hatten.

Lässig betrat sie den Hof und verbot sich jegliches schlechte Gewissen. Von irgendwas mussten sie schließlich leben. Und die Lebensmittelmarken waren der blanke Hohn, weil die angebotenen Vorräte nie für alle Ortsbewohner ausreichten. Ferdinand konnte nicht von ihr erwarten, dass sie ihm den Hintern rettete. Zuerst musste sie für ihre Familie sorgen. Zudem waren ja noch drei Kühe da. Die sollten genügen, damit ihm der Franzose Papiere besorgte. Vor allem musste sie erst einmal mit Ferdi reden. Doch wie sollte sie das anstellen? Saß er etwa hier irgendwo und beobachtete sie? Elise sah sich um. Der Hof wirkte genauso verlassen wie an den Tagen zuvor. So früh brauchte sie noch nicht mit Theo zu rechnen. Der kam eher nachmittags, wenn er von seiner Arbeit beim Schreiner in Rodalben heimkehrte.

Langsam schritt sie über den Innenhof. Bevor sie den Stall betrat, schickte sie noch ein kurzes Stoßgebet los. »Lass die anderen Kühe heute genügend Milch geben.«

Wie jeden Tag entzündete sie die Kerze, holte den Melkschemel heran, wandte sich den Stallboxen zu und … blieb wie angewurzelt stehen.

Warum war es hier denn so still? Kein Schnauben, kein Wiederkäuen, nichts. Der Schemel rutschte ihr aus der Hand und fiel polternd zu Boden. Elise sprang zur ersten Box. Das Holztürchen war aus der Angel gerissen. Auch an den anderen Tierbehausungen waren die Türen offen, eine lag auf dem Boden. Und die Kühe – verschwunden. Elises Herz klopfte wie im Dauerfeuer gegen ihre Rippen. »Nicht aufregen, nicht aufregen.« Ein ums andere Mal wiederholte sie diese Worte. Langsam drehte sie sich um, lauschte, doch es war nichts zu hören. Sie fiel auf die Knie, lehnte den Kopf gegen das schiefhängende Türchen und schluchzte laut auf. »Das darf doch nicht wahr sein? Wie soll ich das denn Ferdi erklären? Was haben wir denn getan?«

Mit der Faust hieb sie auf das am Boden liegende Türchen ein. Dann rappelte sie sich auf, eilte in den Hof und sah sich um. Doch es gab nichts Auffälliges. Keine Spuren. Sie erhaschte einen Blick zur Kirchturmuhr, deren Zeiger in der aufgehenden Sonne glänzten. Kurz vor sieben. Mit etwas Glück war der Milchmann schon da. Sie hetzte vom Hof.

Schon von Weitem sah sie Herrn Küstner, den Kontrolleur am Milchhäuschen stehen, das sich an der Abzweigung von der Hauptstraße zur Friedhofstraße befand. Wild mit den Armen fuchtelnd brüllte sie ihm entgegen: »Hilfe! Die Kühe!«

Sein Blick richtete sich fragend auf sie.

»Bei Ferdinand, Plünderer.« Atemlos blieb sie vor dem Mann stehen.

Der stemmte die Hände in die Seiten.

Elise schnaufte vernehmlich. »Die Tiere, alle weg. Ich wollte gerade melken.« Sie schlug die Hände vors Gesicht.

»Weg? Alle Kühe?« In seiner Stimme schwang ein kritischer Unterton mit.

»Sie glauben mir nicht?« Ihre Wangen glühten. »Kommen Sie, ich zeige es Ihnen.« Schnell ergriff sie seine Hand.

Doch er entriss sich ihr. »Halt, halt, halt, junges Fräulein, ehm, junge Frau.«

»Bitte, Sie müssen sich das anschauen.« Elise fuchtelte mit den Armen durch die Luft. »Vor ein paar Tagen hat Milch in meiner Kanne gefehlt und jetzt sind die Kühe weg.« Sie senkte den Kopf. »Wie soll ich jetzt nur meinen Sohn ernähren?«

Herrn Küstners Augen wanderten mehrmals an Elise auf und ab. Schließlich räusperte er sich. »Ich kann hier nicht weg.«

»Aber ich muss Ihnen doch beweisen ...«

Er winkte ab. »Ich notiere das in der Liste. Dann wird sicher die Gendarmerie vorbeikommen und deine Angaben prüfen.« Er nahm einen Stift und kritzelte in ein kleines Buch. Elise konnte nicht erkennen, was er da aufschrieb. Irgendwie musste sie verhindern, dass jemand sie zu Hause kontrollierte. »Aber ich kann doch nicht den ganzen Tag auf Ferdinands Hof warten, bis ein Kontrolleur kommt. Ich muss zur Arbeit.« Bei diesen Worten fiel ihr siedendheiß ein, dass sie schon sehr spät dran war.

»Na gut, es ist ja nicht weit. Ich komme mit.«

Erleichtert atmete Elise auf.

Nachdem Herr Küstner alles begutachtet hatte und ihr zumindest glaubhaft versicherte, dass er von einer gezielten Plünderung ausging, entschied Elise, Theo wenigstens kurz zu informieren. So konnte sie ihm den Schock ersparen, wenn er am Nachmittag auf den Hof kam. Es war ja nicht weit in die nahegelegene Seitengasse zu dem Häuschen, das Elise immer an ihre von Großvater gezimmerte Puppenstube erinnerte. Die Fensterchen waren geziert mit kleinblumigen Vorhängen. Hinter jeder Scheibe stand eine Pflanze. Und immer brannte eine Kerze in der kleinen Laterne an dem Fenster direkt neben der Haustür. Elise pochte gegen die Tür. Sie hoffte inständig, Theo würde noch zu Hause sein. Da öffnete er auch schon und sah sie überrascht an.

»Was machst du denn hier?«

»Ferdis Kühe sind weg.«

»Wie weg?« Er rieb sich über den Arm. »Was soll das heißen?«

»Küstner meint Plünderer.« Elise zuckte die Achseln.

»Ach du Scheiße!« Theo wich die Farbe aus dem Gesicht. »Was machen wir denn jetzt?«

»Keine Ahnung. Und wenn ich ehrlich bin, kann ich da auch gerade nicht weiter drüber nachdenken. Ich muss dringend nach Pirmasens zur Arbeit. Ich wollte nur, dass du Bescheid weißt. Nicht dass du erschrickst, wenn du später auf den Hof kommst.«

»Wie sind die denn reingekommen?«

»Du stellst Fragen.« Elise schüttelte den Kopf. »Die haben das Tor geöffnet, im Stall einiges kaputtgemacht und die Tiere mitgenommen.«

»Aber, das muss doch jemand bemerkt haben.«

»Ja. Ich. Vor etwa einer Stunde.« Elise drehte sich um. »Ich muss jetzt gehen. Wir können es ohnehin nicht mehr ändern.« Sie winkte noch einmal über ihre Schulter und eilte mit Schritten, als trüge sie Siebenmeilenstiefel, heimwärts.

Viel später als erwartet, kam Elise nach Hause. Ihre Mutter saß am Küchentisch und packte fertige Schuhe in den Korb. Sie sah kurz auf.

Elise ließ sich ihr gegenüber auf den Stuhl fallen. »Alle Kühe sind gestohlen.«

Mutter erstarrte in der Bewegung. »Was?«

»Sie sind weg. Die Türen sind aufgebrochen, der Stall ist leer.«

»Um Himmels willen.« Schlagartig änderte sich die Gesichtsfarbe ihrer Mutter. Ihre gerade noch rosig wirkenden Wangen wurden so fahl wie in den vielen Wochen zuvor, um kurz darauf wieder knallrot zu leuchten. »Was machen wir denn jetzt?«

Elise tätschelte Mutters Hand und versuchte, ihre Aufregung nicht allzu deutlich zu zeigen. »Zuerst müssen wir ruhig bleiben. Und dann muss die Kuh draußen weg.«

»Wohin denn?« Mutters Augen weiteten sich.

»Wir bringen sie in den Wald.«

»In den Wald?« Unsicherheit schwang in Mutters Worten mit.

Doch Elise ließ sich davon nicht beirren. »Wenn sie dort jemand findet, kann er nicht beweisen, dass wir es waren. Und wenn in ein paar Tagen Ruhe einkehrt, holen wir sie zurück.«

Die Mutter erhob sich von ihrem Stuhl, kam auf Elise zu und legte ihr die Hand auf den Rücken. »Wie kommst du nur auf solche Einfälle?«

»Wir haben jetzt keine Zeit für Gefühlsduselei. Ich muss dringend nach Pirmasens. Hast du Reinhard gefüttert?« Elise befreite sich aus Mutters Umarmung und packte ein Fläschchen für ihren Sohn zu den Schuhen in den Korb, ehe sie den Kleinen ins Tragetuch legte.

Sie spürte Mutters Augenpaar, das jeder ihrer Bewegungen folgte. Schließlich drehte sie sich zu ihr um. »Hör zu. Du bringst die Kuh auf den höchsten Punkt. Du weißt schon, bei der großen Felsengruppe kannst du sie anbinden. Und dann sieh zu, dass du alle Spuren bei uns im Stall wieder verwischst. Ich komme heute etwas später heim. Herr Weber hat um ein Gespräch gebeten. Ich soll jemanden anlernen.« Mit zusammengekniffenen Augen band sie sich das Tragetuch mit ihrem Sohn um. »Bis zum Abend.« Sie kaute auf ihrer Unterlippe und versuchte, den Blickkontakt zu ihrer Mutter zu vermeiden.

»Du willst den Kleinen mitnehmen, um jemanden anzulernen?«

»Das geht schon. Es ist ja erst ein Gespräch. Mach dir keine Sorgen.« Elise schluckte, denn ihre Mutter anzulügen, tat ihr unendlich leid. Gerade wenn deren Ängste schier zu spüren waren. Aber die Wahrheit würde sie erst recht nicht ertragen.

»Pass auf euch auf.« Sacht strich Mutter über Elises Unterarm.

»Natürlich. Das weißt du doch.« Sie drehte sich um und schluckte, denn kaum etwas von der Sicherheit, die sie gerade vorgab, war echt.

Nassgeschwitzt erreichte sie zusammen mit Reinhard den Hinterhof des Weberschen Fabrikgeländes. Oder besser gesagt dessen, was davon übrig war. Sie schwang sich vom Rad, nahm den Korb vom Gepäckträger und hastete zum Eingang. Die

Tür stand sperrangelweit offen. Drinnen ratschte Webers Stuhl über den Boden.

»Entschuldigen Sie mein Zuspätkommen, aber bei uns ist der Teufel los«, sagte sie statt einer Begrüßung.

»Schon gut, schon gut. Keine langen Erklärungen. Hier habe ich dir alles hergerichtet.« Weber zeigte auf mehrere einzeln zusammengebundene Schuhpaare auf der Kommode. »Übergabe ist in knapp zwei Stunden. Du fährst nach Niedersimten und von dort weiter an der Felsalbe entlang. Dem Bachlauf folgst du, bis du zu einem kleinen Weiher kommst. Dort steht eine Hütte. Da gehst du hinein und wirst erwartet.« Webers Halsschlagader pulsierte so heftig, dass Elise es mit bloßem Auge erkannte. War das jetzt die Angst, dass ihr etwas passieren könnte oder dass ihm ein Geschäft durch die Lappen ging?

Sie griff nach den Schuhbündeln. »Ich habe die fertigen Teile von Mutter dabei.«

Weber drängte sie nach draußen. »Ja, gut. Die nehme ich mit rein. Los, los. Die Zeit wird knapp.« Herr Weber ergriff Elises Lieferung. Sie spürte seinen Blick im Nacken, als sie ein Paar Schuhe nach dem anderen in den Korb packte. Unsicher drehte sie sich zu ihm um. Er musterte sie lange, warf einen Blick auf das schlafende Kind vor ihrer Brust, schließlich hüstelte er: »Auf dem Rückweg kommst du hier vorbei.«

»Mache ich.« Unwillkürlich legte sie eine Hand auf den kleinen Körper ihres Sohnes.

»Das Geld, das du bekommst, musst du gut verstauen.« Herr Weber schob eine Hand unter sein Hemd und Elise verstand, was er meinte.

»Ich bringe es Ihnen schon sicher hierher.« Langsam stieg Ärger in ihr auf. Wenn er so wenig Vertrauen in mich hat, wieso schickt er mich dann?

Sie umfasste den Lenkergriff und schob ihr Rad auf die Straße.

»Bis nachher!«, hörte sie Herrn Weber noch rufen, eine Antwort sparte sie sich.

9. Übergabe

Montag, 10. September 1945

Entlang des Bachlaufes kam Elise nur langsam vorwärts. Sie zählte die Sekunden, denn wenn sie flüchten musste, wollte sie wenigstens ungefähr wissen, wie weit es noch war. Zugleich kniff sie die Augen zusammen, um irgendetwas in der Ferne zu erkennen. Obwohl auf den Höhen rund um Clausen der Himmel strahlte, lag hier im Tal eine kaum zu durchschauende Nebelsuppe. Damit hatte sie nicht gerechnet, denn in Rodalben, was ja auch im Tal lag, war nicht einmal Frühnebel zu sehen gewesen, als sie vor etwa zwei Stunden dort hindurchgefahren war. Sie hatte sich Nebel gewünscht und ihn an der richtigen Stelle bekommen. Nun galt es, sich auf den Weg zu konzentrieren. Das gelang ihr kaum, weil sie ständig Gestrüpp beiseiteschieben musste, durch sumpfigen Boden watete und dann wieder einmal ein paar Meter weit sehen konnte. Zwischen den Schwaden drang hin und wieder ein heller Sonnenstrahl hindurch, der die Wassertröpfchen glitzern ließ. Hier findet mich kein Mensch, schoss es ihr durch den Kopf, während sie mit den Dornen einer Beerenhecke kämpfte. Einhändig schob sie das Rad, den anderen Arm legte sie schützend vor das Körperchen ihres Sohnes. Zum Glück verhielt er sich ruhig.

Zwei Stunden hatte Herr Weber gesagt. Ob sie überhaupt rechtzeitig ankommen würde? Wenn mich mein Gefühl nicht täuscht, kann es nicht mehr weit sein, feuerte sie sich an. Für einen Moment blieb sie stehen, um sich zu orientieren und um durchzuschnaufen, da erkannte sie zwischen einigen Bäumen einen Holzverschlag. Sie drehte sich um die eigene Achse, suchte jeden Winkel ab, um irgendetwas zu erkennen, doch es fiel ihr nichts auf. Ohne ihren Blick von der Hütte zu wenden, trat sie Schritt für Schritt näher. Reinhards Fläschchen nahm sie aus dem Korb und steckte es in ihre Rocktasche. Ganz gleich, was nun passieren würde, sie wollte ihr Kind nicht wieder vor Hunger schreien lassen. Ihre Finger zitterten, als sie den Korb vom Gepäckträger löste. Reiß dich zusammen!, ermahnte sie ihre innere Stimme. Wie auf Geheiß reckte sie den Hals, um wenigstens etwas größer zu wirken. Dann trat sie an den Eingang der Hütte. Sie klopfte leise an. Nichts rührte sich. Also drückte sie den rostigen Griff nach unten und schob die Tür vorsichtig auf. Durch einen Spalt spähte sie hinein. Im Halbdunkel des fensterlosen Verschlages erkannte sie einen Holzhaufen, den offenbar jemand hier abgeladen hatte. Sie atmete tief ein, öffnete die Tür noch etwas weiter und blieb auf der Schwelle stehen. »Hallo?« Ihre Stimme war kaum zu hören und doch hatte sie den Eindruck, zu laut zu sein.

Es rührte sich nichts.

Sie hielt den Schuhkorb am ausgestreckten Arm. Plötzlich sprang von der Seite eine Gestalt auf sie zu und schnappte den Korb. Elise wich zurück, rammte mit dem Rücken den Türrahmen und konnte sich einen Fluch nicht verkneifen.

Die Gestalt stellte den Korb auf den Boden und trat nun in den Kegel einfallenden Lichts. »Bonjour, Madame.«

Vor ihr baute sich ein stattlicher Mann auf. Die blauen Augen strahlten über sonnengegerbten Wangen und erinnerten Elise an einen wolkenlosen Sommerhimmel. Nur seine Zähne hatten ihre besten Tage schon hinter sich. Gelbbraune Stummel verunstalteten dieses freundliche Lächeln.

»Guten Tag.« Mehr brachte sie nicht heraus.

»Sie bringe von Wäbeer?«

Elise nickte.

»Isch musse anschauen.« Er nahm den Korb, schob sich an Elise vorbei nach draußen und drehte jeden Schuh in seinen Händen hin und her, als müsste er das Gewicht prüfen. Er brummelte Unverständliches, roch an den Schuhen und stellte schließlich jedes Paar nebeneinander auf den grasbewachsenen Boden. »Bien! Öh, isch meine gut.« Der Mann sah kurz auf, lächelte ihr zu.

In Elises Kopf schwirrte es. Sie bemühte sich, ruhig zu atmen, doch der Kerl hatte etwas an sich, was sie vollends irritierte.

»Entschuldigung, aber ich muss sofort wieder gehen. Ich brauche nur noch das Geld.« Ihre Muskeln waren zum Bersten gespannt. Was, wenn er ihr das Geld nicht gab? Wenn das hier eine Falle war?

Der Franzose band unterdessen die Schuhbänder aller vor ihm stehenden Exemplare zu einem dicken Knoten zusammen und schien von ihr gar keine Notiz mehr zu nehmen.

Was mache ich denn jetzt? Ein Gedankenfetzen jagte den nächsten. Sie sah sich um, räusperte sich, stieg nervös von einem Fuß auf den anderen.

An einem der Bäume hing ein Ast herunter, gerade so dick wie ein Besenstiel und vielleicht etwas länger als Elises Arm. Den muss ich mir holen, schoss es ihr in den Sinn. Sie trat einen Schritt zurück, bereit mit einem Satz den Ast zu erreichen.

Da erhob sich der Franzose, nestelte in seiner Hosentasche. Elise fixierte ihn und behielt gleichzeitig im Augenwinkel den Ast im Blick. Der Franzose summte irgendeine unbekannte Melodie. Sie hatte den Eindruck, gleich würden ihre Adern platzen, so wild pochte ihr Herz. Endlich zog der Mann die Hand aus der Hosentasche und hielt ihr ein Bündel Geldscheine entgegen. »Fur Wäbeer«, erklärte er augenzwinkernd.

Sie griff nach den Scheinen und hielt sie fest umschlossen. Weber hatte bedeutet, sie solle das Geld sofort in ihren Büstenhalter stecken. Doch hier vor diesem fremden Mann wollte sie dies nicht tun. Sie erwiderte sein Lächeln, obwohl sich ihre Wangen wie versteinert anfühlten. Er hielt ihr die Hand hin. »Auf Wiederseeh in eine Woche, Madame.« Mit dem Kinn deutete er auf Reinhard. »Nix mehr Mademoiselle.«

Elise strich über den Rücken ihres Kindes und beobachtete jede Bewegung des Franzosen. Er nahm die Schuhe am dicken Knoten und warf sie sich achtlos über die Schulter. Dann verschwand er mit ausladenden Schritten hinter dem Bretterverschlag.

Elise konnte weder ein Fahrrad noch sonst irgendein Gefährt ausmachen. Die Tür zur Hütte stand offen. Doch das war ihr jetzt gleichgültig. Schnell schob sie das Geld in ihre Bluse, nahm ihr Rad, schnallte den Korb darauf und schob es zwischen Bäumen und Hecken hindurch bis sie kurz vor dem Ort einen befestigten Weg erreichte. Am Rand lag ein dicker Stein. Elise setzte sich darauf, holte Reinhard aus dem Tragetuch und redete leise auf ihn ein. »Mein Junge, du bist ein Goldschatz. Du warst so brav. Ich bin so unendlich stolz auf dich.«

Reinhard kniff die kleinen Augen zusammen. Dann blinzelte er, sah sie an und lächelte. Dabei bildete sich auf seinem Kinn wieder das kleine Grübchen.

»Wie ähnlich du deinem Vater bist. Bald wird er das selbst sehen können.« Elise streichelte Reinhards Wange und gab ihm von der Milch zu trinken, die sie für ihn mitgenommen hatte.

Je höher sie kam, umso weniger hüllte der Nebel alles ein. Bald erkannte sie die ersten Häuser von Pirmasens. Der Schweiß rann ihr über die Schläfen und auch am Rücken bildete ein erster Tropfen seine Bahn. Mit feuchten Händen umklammerte sie den Lenker. Sie musste grinsen bei dem Gedanken an ihre Furcht vor dieser Übergabe. »Das können wir wieder machen, Reinhard. Wenn …« Nach einer vielsagenden Pause fügte sie an: »Wenn Weber uns wirklich so gut entlohnt, wie er versprochen hat.«

Endlich erreichte sie den Hinterhof. In Webers kleinem Büro brannte schon Licht. Elise stellte das Rad an die Hauswand und klopfte fest gegen die Tür. Durch das Fenster sah sie, wie der Kopf ihres Chefs in die Höhe schnellte. Er öffnete ihr und aus seiner Miene sprachen Erleichterung und Anspannung zugleich. »Hat alles geklappt?«

Elise strahlte. »Was haben Sie denn geglaubt?«

Ohne Vorwarnung nahm Weber sie in den Arm und drückte sie so fest an sich, dass sie fürchtete, er könnte Reinhard die Luft zum Atmen nehmen. Sanft aber bestimmt befreite sie sich aus seiner Umklammerung. »Nicht so stürmisch. Das Kind.«

»Oh, Verzeihung.«

Elise drehte sich um, zog das Geld unter ihrem Büstenhalter heraus und hielt es ihrem Auftraggeber unter die Nase.

»Mein Gott. Du hast es wirklich geschafft. Ich danke dir. Endlich geht es aufwärts!«

Elise lehnte sich gegen die Wand und wartete darauf, dass er ihr ihren Anteil gab. Weber ging schnurstracks zu seinem Schreibtisch, zog einen Briefumschlag heraus, packte etwas von dem Geld hinein und überreichte es ihr. »Hier, dein Lohn für heute.«

Noch nie hatte sie den Schuhfabrikanten so gelöst erlebt wie in diesem Moment.

»Eine Kiste mit Essbarem wäre zwar besser, aber trotzdem danke. Auch im Namen meiner Familie.«

»Was hat er denn gesagt? War er zufrieden?«, erkundigte sich Herr Weber.

»Er hat nicht viel geredet. Die Schuhe haben ihm gefallen. Glaube ich. Er will nächste Woche wieder eine Lieferung.« Tatsächlich konnte sich Elise nur an die strahlenden Augen und die schrecklichen Zähne erinnern. Die Reaktion des Franzosen auf die Schuhe war nicht der Rede wert.

Weber tänzelte regelrecht um sie herum, stand immer wieder auf Zehenspitzen und wirkte dadurch noch größer, als er ohnehin schon war. Fehlt nur noch, dass er zu singen anfängt, dachte Elise.

Weber trat noch einmal nahe an sie heran, legte seine Hand auf das Köpfchen ihres Sohnes und lächelte. »Danke auch für deine Hilfe, junger Mann.«

Elise zog die Augenbrauen zusammen. »Ist denn damit jetzt auch mein Leder von vergangener Woche bezahlt?« Ein wenig erschrak sie über ihre Courage. Die Worte waren geradezu aus ihr herausgeflogen. Jetzt kaute sie auf ihrer Unterlippe. Herr Weber schob seine Brille zurecht, atmete hörbar ein und sagte: »Selbstverständlich!«

Er musterte Elise von oben bis unten. »Ich habe selten so eine tapfere junge Frau gesehen«, meinte er anerkennend.

Elise versuchte, seinen Blicken auszuweichen, doch immer wieder trafen sie sich. »Danke. Manchmal wäre es mir lieber, ich müsste nicht so stark sein.« Sofort sah sie Ferdinands leeren Stall vor sich. Dabei war ihr Himmelangst.

»Wenn ich irgendwie helfen kann …« Weber nestelte an seinem Hemdknopf.

»Es wird schon gehen. In diesen Zeiten muss ja jeder sehen, wo man bleibt. Haben Sie denn auch neues Material für meine Mutter?«

»Sicher, sicher.« Der Schuhfabrikant verschwand hinter seinem Schreibtisch und tauchte kurz darauf mit einer Kiste auf, in der sich Leder, Faden und Sohlen befanden. Elise griff danach, legte alles draußen in den leeren Korb am Fahrrad, und noch ehe sie die Kiste auf dem Boden abstellen konnte, stand der Fabrikant neben ihr und nahm sie ihr ab.

»Danke, nochmal. Kommt gut nach Hause.«

»Den Weg kennen wir.« Elise zwinkerte ihm zu. Als sie sich von ihm wegdrehte, packte sie den Umschlag mit dem Geld in ihren Büstenhalter. Sicher war sicher.

Längst hatte die Sonne den Zenit überschritten und jetzt, da Elise wieder den höchsten Punkt vor Clausen erreichte, sah ihr Heimatort aus wie ein Postkartenmotiv. Der hohe Kirchturm mit dem grünlichen Dach ragte majestätisch empor. Hinter dem Dorf erhob sich der Kreuzberg. Elise konnte den Blick nicht abwenden. Die herbstlich gefärbten Bäume bildeten den idealen Kontrast zu den Dächern der Häuser. Eigentlich sollte man sich genau hier, an der Weggabelung, niederlassen und ein Bild malen, dachte sie. Wie friedlich alles wirkte. Der alte Becker-Bauer war mit dem Fuhrwerk auf seinem Feld. Er schien die letzten Reste der Missernte zu entfernen. Ausgerechnet in diesem Jahr so kurz nach dem Krieg hatten die Felder so wenig Frucht hergegeben wie selten. Elise schüttelte den Kopf. Doch dann fasste sie sich mit einer Hand an die Brust. Schuhe waren zum Glück nicht vom Wetter abhängig.

Sie schob das Fahrrad die letzten Meter über den Sandweg hinauf. Da entdeckte sie ihren Großvater auf der Gartenbank. Freudig winkte sie ihm zu. »Hast du auf mich gewartet?«, rief sie ihm schon von Weitem zu.

Er nickte. Seine Augen ruhten auf ihr. Doch je näher Elise kam, umso deutlicher erkannte sie die Sorgenfalten auf seinem Gesicht.

»Was ist denn jetzt schon wieder passiert?« Sie lehnte das Rad an die Hauswand, es kippte und der Korb mit den Schuhteilen fiel vom Gepäckträger.

»Mist!« Elise bückte sich vorsichtig und sammelte alles wieder ein, dann stellte sie den Korb auf den Boden und setzte sich auf die Bank.

Großvaters Blick schweifte über die gegenüberliegenden Wälder, als er zu sprechen anfing: »Ich mach mir Sorgen um Hans. Irgendwas stimmt nicht mit ihm.«

»Wie kommst du darauf?« Elise legte ihre Hand auf Großvaters Bein. »Wo ist er? Hat er irgendwas angestellt?«

»In letzter Zeit hat er es ziemlich eilig, in den Wald zu laufen, wenn er von der Schule nach Hause kommt.«

»Ist das nicht normal in seinem Alter?« Elise versuchte, ihren Großvater zu beruhigen, denn sie empfand es als wunderbar, dass Hans Freunde hatte und deren Eltern ihren Kindern den Umgang mit ihm zumindest nicht verboten. Immerhin war er ihr Bruder.

»Nein, du verstehst nicht, was ich meine«, fiel der Großvater in ihre Gedanken. »Ich fürchte nicht, dass er spielt. Ich fürchte, sie tun etwas Verbotenes.«

»Aber was soll das denn sein, Großvater?« Sie lehnte sich zurück und blinzelte in die tiefstehende Sonne. »Ich habe die Buben letzen Donnerstag gesucht. Beim Buschebrunnen sind sie gewesen. Sie haben sich dort einen Unterschlupf gebaut. Die spielen Soldaten.«

Großvater schnappte nach Luft. Beschwichtigend hob Elise die Hand.

»Ich weiß, dass dir das nicht gefällt. Aber Hans ist noch so klein. Was weiß er denn schon von dem, was Soldat sein bedeutet?« Elise nahm ihren Sohn aus dem Tragetuch und legte ihn ihrem Großvater in die Arme. »Hier, freu dich an deinem Urenkel. Und mach dir bitte keine Sorgen mehr. Wir können Hänschen vertrauen.« Sie lehnte sich an die Schulter ihres Großvaters und folgte seinem Blick. Ich werde ihm jetzt nicht sagen, wo ich war, sonst macht er sich noch mehr Sorgen, dachte sie bei sich.

10. Angst

Montag, 10. September 1945

Elise genoss die Wärme, die von ihrem Großvater ausging. Und damit meinte sie nicht seinen Körper, sondern vielmehr diese Seelenwärme, die es bei ihm in besonderem Maße zu geben schien. Gleichmäßig sog sie die Luft ein und vernahm diesen zarten Geruch von Kernseife, Großvaters liebstem Waschmittel. Sein Kopf lehnte an ihrem und es schien, als sei die Zeit stehen geblieben. Elise blinzelte und ein Lächeln überzog ihr Gesicht. Reinhard hatte seinen Kopf ein wenig gedreht und sein Näschen tief eingegraben in die Falten von Großvaters Pullover. Der Kleine fühlte sich offenbar so wohl wie sie.

»Sag mal, wo ist eigentlich Mutter?«, fragte Elise in die Stille hinein, denn es war ungewöhnlich, dass weder das Geräusch der Steppmaschine aus dem Haus drang, noch die Mutter irgendwo im Garten zugange war.

»Sie ist ins Dorf gegangen. Mehr hat sie nicht gesagt.« Großvaters feste Bartstoppeln verfingen sich in Elises Haaren und zogen bei jedem Wort ein paar Strähnchen aus ihrem Zopf.

Sie sahen sich an und lachten beide auf. Erschrocken legte Elise den Finger auf die Lippen und deutete mit dem Kinn auf Reinhard, der sich jedoch nicht stören ließ.

»Der Bub ist unglaublich. Da kannst du den größten Radau veranstalten, juckt es ihn nicht. Aber wehe, er hat Hunger.« Großvaters Blick wanderte von seinem Urenkel zu seiner Enkelin und streichelte zuerst Elises und dann Reinhards Wange.

»Das ist so ein Moment, den ich am liebsten für die Ewigkeit festhalten würde«, flüsterte sie und legte ihren Kopf zurück an seine Schulter.

»Du wirst noch viele solcher Momente im Leben haben. Dein Kind wirst du aufwachsen sehen, deine Liebe leben und ...« Er sprach nicht weiter.

Elise wischte sich mit dem Handrücken über die feucht gewordenen Augen. Plötzlich ertönte ein lauter Knall. Für einen Moment zitterte der Boden. Reflexartig zog Elise den Kopf ein.

Großvater beugte sich schützend über Reinhard, als erwartete er, dass gleich etwas vom Himmel fiel. Reinhard zuckte zusammen, schlug erschrocken die Augen auf und begann zu brüllen. Beruhigend strich der Großvater über das mit einer Wollmütze geschützte Köpfchen.

Elise sprang auf. »Was war das?«

Mit weit aufgerissenen Augen sah der Großvater sie an. »Elise, lauf! Das war … Du musst Hans finden! Er wird doch nicht …«

Noch bevor er zu Ende gesprochen hatte, wusste Elise, was er sagen wollte. Sie drückte seine Hand. »Ich bringe ihn zurück.«

»Elise, pass auf!«, hörte sie Großvaters Stimme hinter sich, als sie so schnell sie konnte, aus dem Hof lief.

»Lass es nicht wahr sein. Lass es nicht wahr sein …« Unzählige Male wiederholte Elise diesen innigen Wunsch. Sie versuchte zu beten, doch es gelang ihr nicht. Schweiß rann von ihrer Stirn über die Wange. Sie hörte sich selbst schnaufen, stolperte über die Beerensträucher bei der Lichtung auf den dahinterliegenden Weg. Mit großen Schritten jagte sie vorbei an der Waldhütte, in Richtung der Quelle. Ein Weg, der ihr so vertraut war. Doch heute schien er ihr fremd. Da durchdrang ein markerschütternder Schrei ihren Körper. »Friiitz!«

War das Hans' Stimme?

Elise hetzte weiter. Es waren nur noch ein paar Meter bis zum Versteck der Buben. Jemand wimmerte. Um ihren Körper schnürte sich dieses unsichtbare Band, das ihr die Luft zum Atmen nahm. Ihr Magen rebellierte. Lieber Gott, bitte nicht, sagte sie in Gedanken.

Da stand Hans vor ihr. Das Gesicht übersät von Blutspritzern, die Augen so weit aufgerissen, dass es schon gespenstisch wirkte, die Hose war am Bein zerrissen.

Elise machte einen Satz auf ihn zu, drückte ihn an ihre Brust. »Geht es dir gut?« In Windeseile musterte sie ihn von oben bis unten.

Seine Arme hingen schlaff am Körper herab. Der Blick ging ins Leere.

Elise schob ihn von sich, hielt ihn an den Schultern fest. »Hans, was ist? Wo sind die anderen.«

Da vernahm sie das jämmerliche Wimmern.

Elise ließ Hans stehen und hastete dorthin, wo die unheimlichen Laute herkamen. Was sie sah, übertraf alles, was sie sich an Schrecknissen ausgemalt hatte. Fritz lag rücklings auf dem Boden. In seinem Bauch klaffte eine großes blutiges Loch. Sie konnte gar nicht hinschauen, so schlimm sah das aus und fiel neben ihm auf die Knie. Der Bub hechelte nach Luft, das Gesicht war aschfahl, die Augen unnatürlich geweitet.

»Fritz, hörst du mich?«

Er gab nur unverständliche Laute von sich. Hinter dem Busch tauchte Georg auf. Er kniete auf allen vieren. Eine Blutspur zog sich von seiner Stirn hinunter über die Wange. Dann setzte er sich zurück. Mit einer Hand rieb er sich am Kopf, mit der anderen deutete er auf den daliegenden Fritz. Er wollte etwas sagen, brachte aber kein Wort hervor.

»Komm, hilf mir.« Elise zurrte ihre Schürze auf, zog sie aus und schob sie unter dem matten Körper des kleinen Fritz hindurch. »Georg, komm her.« Elise hob die Stimme, weil der Junge sich nicht rührte.

Doch der blieb stehen und sah sie mit versteinerter Miene an.

Elise zerrte die Enden ihrer Schürze auf beiden Seiten unter Fritz heraus und versuchte, einen Knoten zu binden. Wenigstens ein bisschen das Blut stillen, dachte sie. Als sie aufsah, stand Hans in ihrem Blickfeld. Er lehnte am Baum, an seinem Bein war eine deutlich sichtbare Verletzung, die jedoch nicht so schwerwiegend war wie Fritz' Wunde. »Hans, du musst ins Dorf laufen und Hilfe holen.« Sie sah ihn durchdringend an. »Hast du verstanden? Wir brauchen Hilfe. Schnell.«

Hans sah von ihr zu Fritz, dann verlor sich sein Blick. Elise schoss in die Höhe, drückte beide Hände ihres kleinen Bruders und donnerte ihm entgegen. »Lauf! Du musst Hilfe holen. Fritz stirbt sonst!«

Jetzt kam Leben in Hans. »Nein!« Die Stimme ihres Bruders quietschte schrill.

Sie gab ihm einen aufmunternden Klaps auf den Hintern. »Lauf!«, befahl sie noch einmal. Da drehte er sich endlich um und verschwand auf dem Pfad Richtung Hütte.

Elise wandte sich den anderen Buben zu. Auf Fritz' Stirn hatten sich Schweißperlen gebildet. Georg starrte unentwegt auf den Freund.

Ich muss ihn beschäftigen, entschied Elise, stürzte auf Georg zu und rüttelte auch ihn unsanft. Dabei sah sie, dass die Wunde an seiner Stirn wohl nicht all zu tief war.

»Georg.« Leise sprach sie ihn an. »Wir brauchen einen kühlen Umschlag für Fritz. Lauf zur Quelle.«

Georg erhob sich so langsam, als halte ihn eine unsichtbare Hand fest. Er ließ Fritz nicht aus den Augen. Erst als er dastand und Elise sich ebenfalls erhob, wanderte sein Blick ihr entgegen. »Ist er tot?«, flüsterte er.

»Nein, nein«, beeilte sie sich zu antworten.

Doch Fritz wurde zusehends schwächer.

»Geh, Georg. Zieh dein Hemd aus. Mach es nass.« Elise schluckte ihre Aufregung hinunter und nahm sich zusammen. Auf keinen Fall durfte sie die Angst des Jungen verstärken.

Endlich lief er los und sie kniete sich wieder neben Fritz. Plötzlich fiel dessen Kopf zur Seite. Die Lippen verloren ihre Farbe.

»Fritz, he, nicht aufgeben. Du musst wachbleiben. Hörst du?«, rief sie verzweifelt.

»Mama«, röchelte er.

»Sie kommt. Hans ist auf dem Weg zu ihr. Gleich ist sie da.« Beruhigend legte Elise ihre Hand auf seine Stirn. Der kalte Schweiß wirkte unwirklich. Für einen Moment schoss es Elise durch den Kopf, dass sich so wahrscheinlich der Tod anfühlte. Aber das durfte nicht sein! Ihr Blick glitt über den gesamten Kinderkörper. Außer der tiefen Bauchwunde schien er keine weiteren Verletzungen zu haben. Doch aus dieser Wunde bahnte sich unaufhörlich das Blut seinen Weg. Die Schürze bietet nicht genügend Druck, dachte sie und drückte beherzt mit beiden Händen auf die Mitte des Körperchens. Zwischen ihren

Fingern quoll das Blut heraus. »Verdammt!« Sie sah kurz zum Pfad hinüber. »Wo bleiben die denn?«

Fritz' Augen wurden trüb. Die Blutlache erfasste Elises Beine und sie spürte die Wärme, die den Körper des Buben verließ und ihre Knie umschloss.

»Junge. Bleib da. Deine Mama braucht dich. Verstanden? Du musst noch einige Lager mit deinen Freunden bauen, in der Schule brauchen sie dich und deine Mama ...« Elise verstummte, legte kurz darauf aber flüsternd nach: »Lass sie nicht allein.«

Doch Fritz reagierte nicht mehr.

Da vernahm sie etwas entfernt Stimmen. »Hierher! Hier sind wir!« Ihr Hals brannte, als sie den Ankommenden entgegenplärrte.

»Da, da hinten«, hörte sie eine aufgeregte Männerstimme sagen. Die Blätter raschelten und endlich tauchte jemand auf. Den Mann kannte Elise nicht. Neben ihm erschienen Irene und Theo. Fritz' Mutter schlug die Hände vors Gesicht und stürzte auf ihr Kind zu. Sie hob seinen Kopf an, bettete ihn auf ihren Schoß. Elise hielt weiter beide Hände auf seinen Bauch gedrückt, obwohl sie nicht sicher war, dass es noch etwas nützte. Ihre Schultern schmerzten, die Arme brannten.

»Fritz, Fritz! Kind. So antworte doch.«

Theo schob Elise beiseite. »Komm, ich übernehme. Du zitterst ja.«

Elise wendete sich ab. Da erschien Georg mit dem Hemd, das tropfend über seinen Händen hing. Elise stand auf und ging auf ihn zu. »Das hast du gut gemacht.« Sie nahm das Hemd, hielt es Theo hin. »Binde es noch obenauf. Wir brauchen einen Druckverband.« Elise drückte Georg an ihre Brust, hielt ihm die Augen zu. »Alles wird gut«, sagte sie beschwörend.

Sie sah sich um. Irene schluchzte immerfort und wiederholte ständig den Namen ihres Sohnes. Dabei strich sie ihm über die leichenblassen Wangen. Der fremde Mann sah sich suchend um. »Gibt es denn hier nichts, was wir als Trage verwenden können?« Ohne auf eine Reaktion zu warten, schob er Irene und Theo beiseite. »Wir müssen sofort mit ihm zum Arzt.« Er hob den leblosen Körper des Buben auf seine Arme und rannte mit so großen Schritten aus dem Wald, wie Elise noch nie jemanden hatte laufen sehen. Dicht hinter ihm folgte Irene, die von Theo aufgefangen wurde, weil sie immer wieder stolperte.

Elise folgte ihnen zusammen mit Georg und achtete darauf, ein paar Schritte Abstand zu halten.

Der Weg der vor ihnen Eilenden war gezeichnet von einer Blutspur, die sich auch auf dem sandigen Boden des Feldweges nicht verlor und doch immer dünner wurde. Elises Knie schlotterten.

Mit gesenktem Kopf trottete Georg neben ihr her. Gerade wollte Elise ihm auch noch mit der zweiten Hand Halt geben, da erschlaffte der kleine Körper und sackte zusammen. Elise stürzte neben ihn. »Georg. Nicht auch noch du. Komm, wach auf.« Sie klatschte ihm mehrmals die Hand auf die Wange. Da zuckten seine Augenlider. Erschrocken sah er sie an.

»Mensch, Georg.« Elise atmete auf. Sie half ihm aufzustehen und stützte ihn. Mit kleinen Schritten ging es vorwärts.

Vor Elises innerem Auge tauchte der verletzte Julius auf. Wie sie ihn hatte stützen müssen und wie mühsam der Weg zur Hütte gewesen war. Mit ihm war sie vor einem Jahr genau in die andere Richtung gegangen. Doch er hatte es geschafft. Dann mussten es die Buben heute auch packen.

Georgs Herz pochte so heftig, dass Elise den Pulsschlag in ihrer Hand wahrnahm.

Gerade erreichten sie die Lichtung, als ihnen ihre und Georgs Mutter Christa entgegenkamen. Mutter fuchtelte mit beiden Händen durch die Luft. Christa hatte die Stirn so stark zusammengezogen, dass es aussah, als seien ihre Augenbrauen zusammengewachsen. Ihre Hände waren dreckverschmiert. Sie musste im Garten gewesen sein. Ihre Haare waren unter einem Kopftuch versteckt und nur ein paar widerspenstige Strähnen drückten sich unter dem Stoff heraus.

»Elise!« Mutters Stimme kippte und fast sah es so aus, als würde auch sie selbst gleich umfallen. Als sie dicht beieinanderstanden, drückte Elise die Hand ihrer Mutter.

Ohne Vorwarnung holte Christa aus. Im gleichen Augenblick jagte ihre Hand an Elises Wange vorbei in Richtung des Buben.

Reflexartig drehte Elise sich mit Georg zur Seite und trotzdem streifte die Hand die Wange des verstörten Buben.

Unsanft riss Christa jetzt an Georgs Arm. »Dir werde ich zeigen, dass man sich nicht herumtreibt.«

Elise beobachtete, wie ihre Mutter Christa am Arm nahm. »Nicht. Du kannst ihn doch jetzt nicht …«

Christa verengte die Augen zu Schlitzen und wirkte wie eine wild gewordene Bestie. Die buschigen Augenbrauen verstärkten den bösen Blick. Dass ihre Schürze von schwarzen Flecken übersät war, betonte den Auftritt umso mehr. Sie hatte etwas von einer Hexe.

Mutter wandte sich Elise zu. »Was ist mit Fritz?«

Unsicher schüttelte sie den Kopf. Als sie die Hände hob, sah sie die getrockneten Blutspuren, die sich über ihre Unterarme zogen. Sie musterte sich selbst von oben bis unten. Ihre Bluse glich einem Wundverband.

Mutters Lippen zitterten. »Fritz?«

Elise verschränkte die Hände übereinander. »Ich weiß es nicht. Aber es sieht nicht gut aus.« Dann drehte sie sich um, denn sie konnte ihre Tränen nicht länger zurückhalten.

In der Küche lag Hans auf der Bank. Großvater hockte davor auf einem Stuhl und betrachtete das verletzte Bein. Elise drückte ihre Hände gegen die Brust, in der Hoffnung, den Schmerz, der sich dort breitmachte, abzumildern. Die Angst in Großvaters Augen jagte ihr einen Schauer über den Rücken.

»Was ist mit seinem Bein?«

»Es sind keine Splitter drin.«

Elise sank auf den Stuhl, legte den Arm auf den Tisch und als sie ihre verschmierten Hände sah, sprang sie sofort wieder auf. Sie rannte zum Wasserhahn, drehte ihn auf, ließ das kühle Nass über ihre Unterarme fließen und beobachtete wie sich das Wasser in eine hellrote Brühe verfärbte.

Niemand sprach ein Wort. Nur das leise Plätschern des Wassers erfüllte den Raum.

Irgendwann, Elise wusste nicht, wie lange sie so dagestanden hatte, trat ihre Mutter neben sie. »Ich glaube, sie sind jetzt sauber.« Sie drehte das Wasser ab und reichte Elise ein Handtuch.

Dann setzte sie sich an den Tisch. Elise schlich zum Stubenwagen, in dem ihr Sohn friedlich schlief. Sofort fiel ihr Irenes angstvolles Klagen wieder ein. Sie ging zur Bank, hob die Beine ihres kleinen Bruders ein wenig an, setzte sich neben ihn und bettete seine Beine auf ihren Schoß.

Hans' Augen waren gequollen.

»Was ist denn passiert, Hans?«

Der Junge legte den Kopf auf den Tisch und fing laut zu weinen an. Seine Weinattacken wurden von Wortfetzen unterbrochen. Elise verstand nur »Kiste« und »Weglaufen«, aber sie konnte sich keinen Reim darauf machen. Beruhigend streichelte sie dem Häufchen Elend über den Rücken.

Die Mutter hielt kopfschüttelnd die Hände vors Gesicht. Großvaters Wangen wirkten tief eingefallen.

Elise wartete ab, bis Hans sich ein wenig beruhigte. Dann schob sie eine Hand unter seinen Kopf. »Schau mich mal an.«

Ihr kleiner Bruder bewegte sich kaum. Er schniefte und dabei wurde sein Körper noch immer heftig geschüttelt. Trotzdem wollte Elise wissen, was geschehen war. »Jetzt erzähl uns mal: Was hat da so geknallt?«

Hans wischte sich mit beiden Händen durchs Gesicht. Dreckspuren vermischten sich mit nicht getrockneten Tränen.

Mutter schnäuzte sich unentwegt.

Großvaters sah den Buben mit verbissener Miene an.

Hans' Stimme war kaum hörbar, als er endlich, immer wieder unterbrochen von lauten Schluchzern, zu reden begann. »Georg hat gesagt, dass … dort so eine Kiste steht.«

»Wo?«

»Im Wald, hinter … den Hecken.«

»Die habt ihr gestern schon entdeckt, stimmt's?« Elise erinnerte sich an sein aufgescheuchtes Verhalten, als sie ihn im Wald ertappt hatte.

»Nein … Ja. Ja.« Hans senkte den Kopf.

»Und was war das für eine Kiste?« Großvater fixierte den Buben.

»Die war aus Blech. Daneben lagen so kleine runde Dinger.«

Elise runzelte die Stirn.

»Vermutlich Munition.« Die Stimme des Großvaters klang rau.

»Und was war dann?« Elise erhöhte den Druck ihrer Hand auf Hans' Körper.

Tränen liefen über seine Wange. »Georg hat gesagt, wir nehmen die Kiste mit.« Er räusperte sich. »Dann hat Fritz sie geholt.«

»Wie groß war denn diese Blechkiste?« Großvater malte mit den Händen die Größe einer Schiefertafel aus der Schultasche in die Luft.

Hans schüttelte den Kopf. »Bisschen kleiner. Fritz hat sie genommen und wollte, dass Georg sie auch mal hält. Aber der hat gesagt, wir nehmen sie mit nach Hause. Dann haben sie gesagt, ich soll sie tragen und bei uns verstecken, weil wir so nahe am Wald wohnen. Und weil du ja auch mal einen Soldaten versteckt hast.« Hans hob den Kopf und sah Elise an. »Das haben sie gesagt.«

Ihre Zähne bohrten sich in die Unterlippe.

»Aber du wolltest sie nicht mitnehmen, stimmt's?« Großvater gab keine Ruhe.

Hans schüttelte den Kopf. »Nein, das gehört doch einem Soldaten. Vielleicht will er das irgendwann abholen, habe ich gesagt. Da haben die zwei mich ausgelacht. Weißt du, ich habe gedacht, die gehört deinem Mann. Vielleicht.« Die Hand ihres kleinen Bruders fiel schwer nach unten.

»Ach Hänschen.« Elise drückte ihn fest an sich.

»Fritz hat gesagt, ich bin ein Schisser. Dann hat er mir die Kiste aus der Hand geschlagen, aber ich konnte sie auffangen.«

»Du hast was?« Großvater richtete sich erschrocken auf. »Um Gottes willen.«

Mutter riss das Taschentuch vor ihren Augen weg. Entsetzen sprach aus ihrem Blick. Dann fiel ihr Kopf nach Vorn auf den Tisch. Sie jaulte auf, wie ein Hund, um dann in ein leises Wimmern zu verfallen.

Hans redete weiter. »Dann habe ich zu Fritz gesagt, dass er mich mit dem Ding in Ruhe lassen soll. Ich habe die Kiste in den Busch geworfen. Dann …« Die Stimme des Kleinen versagte.

Elise sah ihren Großvater an, der kopfschüttelnd die Augen schloss. Sie sah die Blutlache vor sich, die Eingeweide des Buben, die deutlich zu sehen waren und in denen ihre Hände versunken waren, als sie versucht hatte, seine Blutung zu stillen. Sie würgte, hustete und schluckte die aufsteigende Galle hinunter, die sich in ihrem Hals breit machte.

»Ich wollte das nicht. Ich habe ja nicht gewusst …«

»Du kannst nichts dafür, Brüderchen«, beschwichtigte sie ihn, obwohl sie ihn am liebsten geschüttelt hätte.

Sein Kopf glühte und der ganze Körper schlotterte.

Elise deutete dem Großvater an, sich neben Hans zu setzen. Schwerfällig erhob er sich. Elise rutschte von der Bank und der Großvater schob sich an ihre Stelle.

»Ich gehe ins Dorf», sagte sie bestimmt.

»Was willst du da?« Mutter sah sie aus rot geweinten Augen an.

»Nach den anderen Buben fragen.«

»Lass es, Elise. Wir werden es früh genug erfahren«, wandte der Großvater ein.

Obwohl sie ihm sonst vertraute und auf seinen Rat hörte, widersprach sie ihm diesmal.

»Sei mir nicht böse. Aber Fritz sah schrecklich aus. Ich möchte wissen, ob …«

Sie musste nicht weiterreden. In diesem Moment erklang die Trauerglocke der Kirche. Der ganze Raum erstarrte, keiner rührte sich mehr.

11. Mörder!

Freitag, 14. September 1945

Ruhig war es im Haus, als Elise erwachte. Sie vergewisserte sich, dass Reinhard noch schlief und schob ihn kommentarlos in seinem Korb in Großvaters Stube. Der lag zwar noch im Bett, war aber wach.

Großvater hob eine Hand zum Gruß und im nächsten Moment haftete sein Blick schon wieder am Bettchen seines Urenkels.

»Danke, Großvater.« Elise winkte zu ihm hinüber. Er hatte ihr am Vorabend versichert, nach Reinhard zu sehen, damit sie alles regeln könnte, was es zu tun gab.

Sie wollte nach der Kuh sehen, sie melken und vielleicht auch wieder zurück in den Stall holen. Seit dem Unglück der Buben hatte Elise den Eindruck, der angrenzende Wald sei eine einzige Gefahr – auch für die Kuh.

Dann musste sie unbedingt ins Dorf, um bei Ferdinands Hof vorbeizuschauen. Der schwerste Gang würde sie jedoch zu Irene führen. Schon beim Gedanken daran schnürte es ihr die Kehle zu. Am Nachmittag wollte sie dann gemeinsam mit Hans Georg besuchen.

Das Unglück war jetzt vier Tage her und die Buben hatten sich seitdem nicht mehr gesehen. Hans hatte die ganze Zeit im Bett verbracht, weil Großvater das so angeordnet hatte. Und von Georg hatten sie nichts mehr gehört. Nicht einmal bei Fritz' Beerdigung war er dabei gewesen. Das ließ Elise keine Ruhe.

Sie verließ den Raum, schlich die Treppe hinunter. In der Küche stand ihre Mutter, hielt sich am Stuhl fest und starrte zum Fenster hinaus.

Elise trat hinter sie und legte einen Arm um ihre Taille. »Wie geht es dir?«, fragte sie kaum hörbar.

Mutter hielt ein zusammengeknülltes Taschentuch in der Hand. Unaufhörlich quollen Tränen aus ihren Augen, die sie wegtupfte und Elise fragte sich, ob sie jemals aufhören würde, zu weinen.

»Hänschen wird schon wieder.« Sie betrachtete ihre Mutter von der Seite. Tiefe Furchen überzogen ihr Gesicht und wirkten wie eingefressene Gräben. Die Lippen waren aufgerissen, unter der Nase war die Haut wundgerieben. Ihre Wangen sahen aus, als hätte sie sie mit Mehl gepudert.

»Wenn ich mir vorstelle …« Die Mutter verschluckte sich, hustete und krallte sich mit beiden Händen an das Tischchen, auf dem ihre Nähmaschine stand.

»Du sollst es dir nicht vorstellen. Hans geht es gut.« Zumindest äußerlich, dachte sie, sprach es aber nicht aus.

»Ich kann das alles nicht fassen.« Die Stimme ihrer Mutter hörte sich an wie ein Leierkasten. Mit gefalteten Händen richtete sie ihren Blick wieder zum Fenster hinaus.

»Es ist nicht zu begreifen.« Da sie den Eindruck hatte, ihre Mutter wollte allein sein, verließ Elise das Haus. Die Traurigkeit konnte sie ihr ohnehin nicht abnehmen. Muss nicht jeder zusehen, dass er irgendwie zurechtkommt?, fragte sie sich auf dem Weg in den Wald.

Bevor sie nach der Kuh sah, trieb sie eine innere Unruhe noch einmal an die Stelle, wo zu Wochenbeginn das Unglück geschehen war. Der Wald lag still, ja fast unheimlich vor ihr. Das wurde von den grauen Nebelschwaden, die die Bäume einhüllten, noch unterstrichen. Elise zog ihre Weste enger um sich. Als sie das Plätschern der Quelle hörte, tauchten die Schreckensbilder noch einmal in ihr auf. Sie lehnte sich gegen einen Baumstamm und schloss die Augen. Wie von einer fremden Kraft gelenkt, wanderte ihre Hand an den Hals und legte sich um den Anhänger ihrer Kette. Ein Gefühl von Wärme durchströmte sie. Wieder einmal übermannte sie der Wunsch, endlich Julius' Arme um sich zu spüren und sie fragte sich, wann das wohl der Fall sein würde. Sie hauchte einen Kuss auf das hölzerne Herz, das er einst für sie geschnitzt hatte und dessen andere Hälfte er selbst behalten hatte.

Neben dem Busch war die Erde aufgewühlt. Elise hockte sich nieder. Das Blut, in dem sie gekniet hatte, war kaum mehr erkennbar. Im Gestrüpp glänzte etwas. Elise schob vorsichtig die Zweige auseinander und ergriff einen metallischen Gegenstand mit unregelmäßigen Rändern. Deutliche Blutspritzer waren darauf zu erkennen. Elise griff danach und als sie das Metallstück aus den Hecken zog, entdeckte sie auch den Rest dessen, was die Kinder gefunden hatten. Da lag eine ganze Sammlung von Patronen, die sie einem Gewehr zuordnete. Sowie zwei eierförmige Metallkugeln mit Griff. Elise wich zurück. Der glänzende Metallrest in ihrer Hand sah aus wie ein Stück von einer rechteckigen Dose. Hatte Hans das mit der beschriebenen Kiste gemeint? Sie steckte es in ihre Schürzentasche und machte sich auf den Rückweg.

Hinter der Hütte bog sie ab. Zwischen den Bäumen streifte sie durch das erste gefallene Herbstlaub, das die Heidelbeerbüsche bedeckte. Bald würde die Zeit des Beerensammelns vorbei sein. Es waren nur noch wenige Schritte bis sie die Anhöhe erreichte, als Milli sie mit einem freundlichen »Muuuh«, begrüßte.

Elise lächelte. Das Tier ließ sich nicht aus der Ruhe bringen. Welch ein Glück. Sie löste den Strick vom Baum und trieb die Kuh an. Dieses Mal würde sie nicht den Weg entlanggehen, sondern über die Wiesen und den kleinen Sandsteinbruch, in dem ihr Vater oft gearbeitet hatte. Elise erinnerte sich daran, wie oft sie in Kindertagen hier bei ihm gesessen und ihm bei der Arbeit zugesehen hatte. Wie er Stein um Stein bearbeitet, zum Haus geschleppt und schließlich zu einem Stall für Hühner und Ziegen zusammengesetzt hatte. Wie sie mit Ziegenmilch zum Richtfest anstießen und die Mutter ihn ausschimpfte, weil er alle Milch aufgebraucht hatte. Wenn er doch nur noch einmal alle Milch verschwenden könnte, dachte sie bei sich, blieb einen Augenblick stehen und trieb dann die Kuh wieder an.

Der Nebel versperrte die Sicht ins Dorf. Selbst wenn jemand im Wald unterwegs wäre, würde er sie jetzt nicht sehen. Milli trottete neben ihr her und wenig später stand sie im Stall. Etwas später als in den vergangenen Tagen melkte sie das Tier, was

Milli mit einem lauten Muhen quittierte. Es hörte sich an, als wollte sie sich bei Elise für die Erleichterung bedanken. Den Milcheimer stellte sie neben die Stalltür und machte sich dann auf den Weg ins Dorf.

Ein Pferdefuhrwerk kam näher und sie richtete ihren Blick auf den Boden. Sie wollte heute niemanden freundlich grüßen. Erst als sie auf Ferdinands Hof angekommen war, hob sie den Kopf. Sie sah in den verlassenen Stall, trat in jede Ecke und versuchte, wie in den Tagen zuvor, endlich irgendwo etwas Auffälliges zu finden. Doch es gab keinen noch so kleinen Hinweis darauf, wer die Tiere gestohlen haben könnte.

Mit hängenden Schultern trat sie aus dem großen Tor heraus. Da hörte sie Schritte näherkommen. Unwillkürlich spannten sich ihre Muskeln an. Wer war das? Sie kniff die Augen zusammen, doch die feuchtgraue Wolkenwand versperrte den Blick. Zwei Männerstimmen waren zu vernehmen. Die Schritte wurden lauter und schließlich tauchten die beiden Gestalten schemenhaft im Nebel auf.

»Da sind Sie ja, Elise.« Es war Herr Küstner, der Milchkontrolleur.

Elises Augenlider zitterten. Neben Herrn Küstner stand ein Soldat, ein Franzose. Er lächelte sie an und da erkannte sie ihn wieder.

»Gibt es Neuigkeiten? Was ist mit den Kühen?« Küstner inspizierte das Tor.

Sie zuckte die Schultern. Jetzt nur nicht auffallen, ermutigte sie sich. »Ich habe gerade nochmal nachgesehen. Aber ich kann nichts Auffälliges erkennen.«

»Ich werde schaue, avec toi. Mit Ihne.«

Elise hatte den Eindruck, eine ganze Sammlung von Steinen fiele ihr vom Herzen, als der freundliche Franzose neben ihr den Stall betrat. Es war derjenige, der ihr vor kurzer Zeit Milch für Reinhard geschenkt hatte. Das konnte kein schlechter Mensch sein. Sie schob die Tür weiter auf und betrat vor den beiden Herren den Stall. Mit einer Hand deutete sie in

Richtung der Abtrennungen. »Sehen Sie. Dort waren die Kühe untergebracht.«

Die Männer schoben sich an ihr vorbei, begutachteten die am Boden liegenden Türchen, sahen sich an, der Soldat beugte sich wieder hinunter. Herr Küstner betrat die vordere Box, seine Augen suchten jeden Zentimeter ab. Dann schüttelte er den Kopf. »Sieht nicht gut aus.«

»Was meinen Sie damit?« Schnell trocknete sie ihre feuchten Hände am Rock.

»Die Kühe können Sie vergessen.«

»Mei … meinen Sie wirklich?« Du musst erschüttert wirken, pochte es in ihrem Kopf. »Also, waren tatsächlich Plünderer da?«

Der Franzose richtete sich auf. »Wenn Sie ware da letzte Mal?«

»Ich komme jeden Tag. Die Kühe müssen ja gemolken werden. Das letzte Mal, dass ich sie gesehen habe, war am Sonntag.«

»Und da war alles unauffällig?« Nun erhob sich auch Herr Küstner wieder.

»Ja.« Hitze stieg ihr in die Wangen. »Ich denke schon. Nur …«

»Was?« Die beiden Männer sahen sie durchdringend an.

»Ich hatte den Eindruck, es sei vorher schon mal jemand hier gewesen.«

»Gab es denn diesmal Spuren?« Küstner verschränkte die Arme vor der Brust.

»Nein … nicht direkt. Es war nur so ein Gefühl.« Elises Stimme zitterte.

Der Franzose legte eine Hand ans Kinn. »Eine Bekannte vielleischt?«

Achselzuckend antwortete sie: »Ich weiß es nicht. Wirklich nicht.« Sie legte die Hände vors Gesicht und hoffte, die Männer würden ihr ihre Erschütterung abkaufen.

Die Männer traten ihr entgegen. Elise schob ihre Finger auseinander und lugte hindurch. Aufmunternd strich der Franzose ihr über den Arm. »Nischt weine, junge Frau.«

»Aber, die Milch. Die Tiere. Sie gehören mir nicht.«

»Was meine sie damit?« Der Franzose sah zuerst sie, dann Herrn Küstner fragend an.

Küstner erklärte ihm, dass Elise den Hof von einem jungen Mann übernommen hatte, der vor der Verurteilung der Alliierten geflohen war.

»Heißt das, Sie ist auch ein Nazi?« Sofort verfinsterten sich die Augen des Soldaten und seine Hand wanderte zum Gürtel.

Elise riss die Hände vor ihren Augen weg. »Nein, nein. Ich nicht! Nein, ich bin kein Nazi. Mein Vater ist im Krieg gestorben. Mein Mann ist …« Sie senkte den Kopf und nun musste sie ihre Tränen nicht mehr spielen.

Der Soldat räusperte sich.

Herr Küstner bestätigte Elises Aussagen. »Die junge Frau ist sauber. Das können Sie mir glauben.«

»Entschuldige.« Der Franzose reichte Elise die Hand, die sie dankend annahm und nun konnte sie sogar ein wenig darüber schmunzeln, dass er so lustig redete. Manchmal verschluckte er Buchstaben und immer klang es, als hätte er eine Klammer auf der Nase sitzen.

»Wenn Sie dann aber nichts dagegen haben, Herr Petit, würde ich jetzt gehen.« Mit einer ausladenden Handbewegung unterstrich Herr Küstner seine Aussagen. »Vermutlich steht schon eine endlose Schlange von Wartenden bei der Sammelstelle.«

»Gehe Sie, wir komme zurecht.« Der Franzose nickte Küstner entgegen und drehte sich dann lächelnd zu Elise um.

Herr Küstner verabschiedete sich und verschwand. Seine Schritte wurden leiser. Eine unsichere Stille erfüllte den Stall, bis der Franzose hüstelte. »Kann isch misch vorstelle? Meine Name ist Eric Petit.«

»Elise«, und nach einer kurzen Pause fügte sie hinzu »Zweier. Elise Zweier.«

Der Soldat tätschelte ihre Hand. »Wenn Sie brauche Milch für Bebe, dann komme zu mir.«

Elise sah ihn fragend an. »Was meinen Sie?«

»Wir abe Milsch. Und ich gebe Ihnen etwas davon ab.«

»Danke. Aber das ist nicht nötig. Wir haben eine Ziege. Dann muss Reinhard eben Ziegenmilch trinken und wir machen keine Butter mehr daraus.«

»Oh, Reinhaaaaarrrr.« Der Franzose rollte das R so sehr, dass Elise lächeln musste.

»Ja, wie sein Großvater.« Unsicher sah sie zur Seite.

»Aber nun kenne Sie misch. Isch elfe gern.« Seine Augen wanderten unentwegt an ihr auf und ab.

Sie trat einen Schritt zurück und verschränkte die Arme vor der Brust. »Es tut mir leid. Ich muss jetzt gehen.«

»Sehe isch disch wieder, Elise?« Sein Gesichtsausdruck war weich.

»Eher nicht.« Sie atmete tief ein. »Entschuldigung, ich muss wirklich weiter.« Damit verließ sie den Stall und eilte, ohne sich erneut umzusehen, aus dem Hof.

Kurz darauf erreichte sie den Hof von Familie Kirchner. Familie – viel war davon nicht mehr übrig. Jetzt, wo auch Fritz nicht mehr lebte. Unsicher ging sie zur Tür und klopfte leise an. Drinnen schlurfte jemand. Da öffnete sich das Fenster, das zur Küche gehörte. Völlig zerzaust erschien Irene. Ihre Wangen waren hochrot, die Haare hingen in Strähnen herunter und wirkten ungepflegt. Also genau das Gegenteil von dem Bild, was sie bisher abgegeben hatte. Aber wer wollte es ihr verdenken. Ob sie seit der Beerdigung einmal an etwas anderes als ihren Fritz hat denken können, fragte sich Elise. Irenes Augen jedenfalls sahen hinter den dunklen Rändern gespenstisch aus. Rot unterlaufen, stumpf, verloren.

»Mein Beileid, Irene«, wisperte Elise mehr, als dass sie sprach.

»Geh!« Tränen liefen über die Wangen der Frau, die im gleichen Alter wie ihre Mutter war.

»Konntet ihr denn gar nichts mehr …?«

Weiter kam Elise nicht, denn jetzt erschien Georgs Mutter hinter Irene. »Hau ab! Hast du nicht verstanden? Ihr seid Mörder! Du und dein kleiner nichtsnutziger Bruder.«

»Was?« Elise zuckte zurück.

»Ja, du hast ganz richtig gehört! Mörder!«

»Hans hat ...«

»Genau, Hans hat die Granate geworfen. Auf Fritz und Georg. Wenn ich ihn in die Finger kriege, dann ...« Georgs Mutter deutete einen Nackenschlag an. Das Fenster flog zu. Elise stand wie erstarrt da. Was redeten die Frauen? Hans hatte nicht ... oder etwa doch?

Auf dem Absatz machte sie kehrt und jagte nach Hause.

Die Haustür stand einen Spalt breit offen. Drinnen weinte ihr Brüderchen. Seine kläglichen Laute trieben Elise eine Gänsehaut über den Körper. Hastig trat sie ins Haus. Er musste in der Küche sein. Da saß er, neben Mutter, die ebenfalls weinte. Aber ihre Tränen flossen still, während sie unaufhörlich über den Kopf ihres Sohnes streichelte. Hans hatte das Gesicht tief in seine auf dem Tisch liegenden Hände vergraben. Leise stellte sich Elise neben ihn. Mutter sah zu ihr auf.

»Kann ich was tun?«

Hans jaulte regelrecht auf.

Mutter verneinte.

Ebenso leise, wie sie gekommen war, verließ Elise die Küche. »Ich bin oben, wenn ihr mich braucht.«

Großvater saß in seinem Ohrensessel, hielt Reinhard in seinen Armen und beide hatten die Augen geschlossen. Auf dem Tisch stand das Fläschchen, nur noch der Boden war mit Milch bedeckt. Elises Herz holperte. Dieser friedliche Anblick ließ sie sogar lächeln. Aber sie musste unbedingt ihren alten Vertrauten um Rat fragen. Sie räusperte sich und Großvater schlug sofort die Augen auf.

»Elischen.« Verträumt sah er sie an. Doch dann richtete er sich auf. »Sag mir, was los ist.«

»Woher weißt du?« Elise blickte an sich hinab.

»Das steht dir im Gesicht.«

»Ich war bei Irene.« Nachdenklich strich sie sich mit einer Hand über die Wange.

»Entgegen meiner Warnungen.« Er hob den Zeigefinger.

»Christa Martin war auch da, Georgs Mutter.« Schnell schluckte sie den aufsteigenden Kloß in ihrem Hals hinunter.

»Und?« Die Augen des Großvaters ruhten auf ihr.

»Sie haben gesagt, Hans und ich hätten Fritz auf dem Gewissen.« Elise presste die Worte heraus, denn sie fielen ihr schwer.

Kopfschüttelnd sah der Großvater sie an. »Das war nicht anders zu erwarten. Diese elenden Hetzer.«

Sie antwortete nicht, ging langsam auf ihn zu.

»Ich habe so etwas befürchtet«, gab er zu bedenken.

»Aber ich … ich wollte ihm doch nur helfen.«

»Mädel, du stehst immer auf deren Rechnung, wenn etwas geschieht. Nach ihrer Meinung bist du Abschaum und zu allem fähig, seit du ein uneheliches Kind in die Welt gesetzt hast. Haben sie es dir nicht schon oft genug mit ihren Reaktionen bewiesen? Und in alldem schwingt auch ein wenig Neid mit. Weil du dich nicht kleinkriegen lässt. Aber bei diesem Unglück jetzt warst du sogar direkt beteiligt. Du warst als Erste dort. Außerdem werden sie bei jeder Gelegenheit etwas finden, um dich zu verleumden. Bei diesen bösen Ratschweibern wundert mich nichts.« Sein Augenlid zuckte so sehr, dass die Wange mit zitterte. Die tiefe Sorgenfalte auf seiner Stirn schien sich noch zu vertiefen. Zugleich bat sein ausgestreckter Arm sie wortlos näher.

Elise kniete sich neben ihn und hielt seine Hand fest. Mit der anderen streichelte sie über das Ärmchen ihres Sohnes.

»Dabei wissen die gar nicht, was für ein wundervoller Mensch meine Enkelin ist.«

»Ach, Großväterchen. Wenn ich dich nicht hätte.« In ihrem Bauch rumorte es. »Wann hören die nur endlich mit ihren Verleumdungen auf?«

»So sind die Menschen. Es gibt nie genug Trauer, als dass sie endlich friedvoll miteinander umgehen könnten. Immer wieder kommt einer und gießt Öl ins Feuer. Im Kleinen und im Großen.«

»Dabei tut mir Irene wirklich leid.« Sie lehnte ihren Kopf gegen die Lehne.

»Ein herber Schlag für sie. Zuerst der Mann. Jetzt der Bub. Und so sinnlos. Wie so vieles.« Großvaters Stimme wurde leiser.

Beide schwiegen, bis Großvater die Stille unterbrach. »Sag mal, hast du eigentlich deinem Julius schon geschrieben?«

Elise sah ihn fragend an.

»Na, wenn seine Mutter sich schon bei dir meldet, solltest du unbedingt antworten.« Jetzt zwinkerte er ihr zu und die Melancholie in seiner Stimme war wie weggeblasen.

»Du hast recht. Ich sollte mich an dem Guten freuen und den Rest nicht so schwer nehmen.«

»Genau.« Aufmunternd streichelte er ihre Wange.

Als sie sich erhob, berührte sie ihre Schürzentasche. Da fiel ihr das Metallstück wieder ein. »Ach, Großvater. Schau mal. Das habe ich im Wald gefunden. Dort, wo das Unglück geschehen ist.«

Großvater begutachtete das Teil, ohne es anzufassen. Angewidert verzog er sein Gesicht. »Heiland im Himmel.«

»Was?«

»Das ist ein Stück dieser Blechdosen, in denen Wurfgranaten getragen wurden.« Er hustete. »Immer zehn Granaten in einer Dose.«

Elise hielt die Luft an. »Du meinst?« Sie presste das Metallstück fest in ihre Hand.

»Wären alle Granaten in der Dose gewesen, würden wir auch um unser Hänschen trauern.« Kaum mehr zu hören waren die letzten Worte, die er sprach.

»Wie kommen die nur dorthin?«

»Soldaten. Die Wurfgranaten gehörten zu ihrer Ausstattung. Was glaubst du, wie viele ihre Waffen im Wald abgelegt haben, um sich nicht weiter selbst zu gefährden. So konnten sie immer sagen, sie seien unbewaffnet.«

»Aber das kann doch beim besten Willen niemand uns vorwerfen. Ich habe keine Granaten in den Wald gelegt.«

»Eigentlich müsste es jetzt groß angelegte Suchaktionen geben. Um den Wald wenigstens einigermaßen sicher zu machen.«

»Ich fürchte, es wird nie alles gefunden.« Nachdenklich kratzte sie sich am Kinn. »Und es werden noch mehr Leute sterben. Nicht nur Kinder.«

Großvater winkte ab. »Sag es nicht deiner Mutter. Und vor allem: Lass es Hans nicht wissen.«

Elise versprach es. Sie nahm Reinhard zu sich und legte ihn zurück in seinen Stubenwagen. »Danke, Großvater.«

12. Auf ein Wiedersehen

Freitag, 14. September 1945

Eine Weile beobachtete sie Reinhard im Schlaf. Wenn Julius wiederkommt, können wir heiraten. Dann ist unser Sohn auch nicht mehr der Uneheliche. Wie so oft in den vergangenen Monaten malte sie sich aus, wie schön alles werden würde. Dann ließ sie sich an dem kleinen Tischchen nieder, nahm Papier und einen Stift zur Hand und begann zu schreiben:

Liebe Frau Schäfer,
ich danke Ihnen herzlich für Ihren Brief. Was bin ich glücklich, dass Julius lebt. Mir geht es wie Ihnen, ich bete jeden Tag, dass er nun auch noch das letzte Grauen übersteht und bald nach Hause kommt. Ich lege ein kurzes Schreiben für ihn bei. Vielleicht können Sie es ihm ja irgendwann zukommen lassen. Das wäre mir wirklich sehr wichtig.
Sollten Sie das nicht tun können, schreiben Sie Julius bitte, dass ich ihn unendlich vermisse und mich auf ein Wiedersehen freue.
Mit dankbaren Grüßen
Elise Zweier

Sie faltete das Schreiben an Julius' Mutter zusammen und holte ein neues Papier hervor. Für einen Moment lehnte sie sich zurück. Schon waren sie da, die Bilder aus den Tagen, in denen sie beide trotz des Krieges ihre eigene Idylle in der Waldhütte gefunden hatten. Sie spürte seinen Atem im Nacken, der ihre Haare wie ein sanfter Windhauch über die Haut streichelte. Seine Hände, die zärtlich jeden Zentimeter ihrer Haut berührten. Seine Lippen, die mit ihren verschmolzen und sie blickte in seine wundervoll leuchtenden Bernsteinaugen. Mit einem Lächeln im Gesicht beugte sie sich über das Papier und begann zu schreiben.

Mein geliebter Julius,
kein Tag vergeht, an dem ich nicht an Dich denke. Du fehlst mir so sehr und ich bin unendlich glücklich, dass Du lebst. Halte durch,

bis zum Tag unseres Wiedersehens. Er wird nicht mehr fern sein. Das spüre ich. Außerdem erwartet Dich hier noch jemand, der meine Erinnerung an Dich täglich wach hält. Unser Sohn Reinhard liegt neben mir. Er hat genau das gleiche Grübchen im Kinn wie Du und er lächelt ebenso lieb wie sein Vater.

Wir freuen uns auf unser Wiedersehen und senden Dir alle Kraft und Geduld, die Du brauchst.

In ewiger Liebe
Elise

Sorgsam legte sie auch dieses Schreiben zusammen, packte es in einen eigenen Umschlag, schrieb in großen Lettern Julius darauf und faltete ihn in der Mitte. Sie hauchte einen Kuss darauf, verstaute ihn in dem Umschlag an Julius' Mutter, streifte mit der Zunge über den Klebefilm und verschloss auch das zweite Kuvert. Rückseitig vermerkte sie ihren Namen und die Anschrift, die Vorderseite beschriftete sie mit dem Namen und der Adresse von Frau Schäfer.

Ein Blick zur Uhr verriet ihr, es war nicht einmal Mittag. Wenn sie sich beeilte, könnte Gerda ihren Brief noch heute mitnehmen. Eilig holte sie das Tragetuch herbei, legte Reinhard hinein, band ihn um ihren Körper und staunte selbst, wie gut das mittlerweile klappte. Lächelnd erinnerte sie sich an die ersten Versuche, bei denen der Kleine wild protestiert hatte. Doch jetzt ließ er sich nicht einmal im Schlaf stören, verzog nur kurz das Näschen.

Elise packte den dicken Umschlag in ihre Schürze und verließ das Haus. Im Garten hackte Mutter Holz.

»Das wollten wir doch gemeinsam machen«, schalt Elise. »Warum wartest du denn nicht, bis ich wieder da bin?«

»Es gibt noch genug zu tun.« Ihre Mutter kehrte ihr den Rücken zu und bückte sich nach einem neuen Holzstück. Elise sah den großen Schweißfleck auf Mutters Kittelschürze, der sich von den Schulterblättern bis fast zum Hintern zog.

»Du bist ja völlig durchgeschwitzt.« Sie nahm ihrer Mutter die Axt aus der Hand und warf sie zu Boden. »Es reicht wirklich. Geh besser rein und kümmere dich um die Schuhe für Herrn Weber. Ich muss spätestens nächste Woche liefern.« Ihr Blick verlor sich auf dem Weg zum kleinen Stall, in dem sie die Ziege und die Kuh einträchtig neben den Hühnern wusste.

»Er soll besser mal zusehen, dass er uns ordentlich bezahlt. Du bringst ihm die Sachen noch jedes Mal. Da dürfte er ruhig großzügiger sein.« Ihre Mutter machte eine wegwerfende Handbewegung.

Wenn du wüsstest, dachte Elise, verbot sich aber gleich wieder den Gedanken an ihre Tauschgeschäfte mit Weber.

»Wer Leder hat, hat Geld. Wer Leder hat, hat Fressmarken. Wer Leder hat, wird satt.«

»Er hat Leder. Und Geld. Das stimmt. Aber mit keinem Geld der Welt kannst du etwas kaufen, wenn nichts da ist.«

Die Mutter reagierte nicht mehr, griff nach der Axt und holte aus. Kopfschüttelnd sah Elise ihr zu. Doch dann beeilte sie sich, ins Dorf zu kommen.

Schon von Weitem erkannte sie Gerda, die gerade aus dem Rathaus trat. Elise winkte ihr zu. Gerdas Blick war ihr zugewandt, doch sie winkte nicht zurück. Als sie in Hörweite war, rief Elise: »Zu dir wollte ich.«

Gerda warf ihr einen vielsagenden Blick zu und deutete auf die Rathaustür. »Nicht hier«, zischte sie und zerrte Elise am Arm. »Wir treffen uns am Felsen.«

Elise zog die Stirn kraus. »Was ist denn jetzt schon wieder los?«

»In einer Stunde im Wald.« Gerda ließ sie stehen, ohne ihre Frage zu beantworten.

Bis sie nicht mehr zu sehen war, folgte Elise mit den Augen dem Weg der Freundin. Dann ließ sie sich auf der kalten Steintreppe nieder. Wieder einmal stellte sie fest, wie erhaben der Kirchturm in der Dorfmitte wirkte und erinnerte sich mit Grauen an die Kirchgänge, als ihre Schwangerschaft bekannt geworden war. Dass sogar der Pfarrer sie verurteilt hatte, war besonders schlimm für sie gewesen. Aber zumindest den Kirchendiener hatte Ferdinand damals beschwichtigen können. Trotzdem: Jeder Kirchgang war eine Qual gewesen und noch immer bedachten sie manche Leute mit merkwürdigen Blicken.

Erst als drinnen im Rathaus Stimmen ertönten, richtete Elise sich auf. Das war doch Christa, Georgs Mutter, die da redete. Ihre kreischende Stimme war unverkennbar. Fast klang sie wie ein Huhn, das vor einem herannahenden Habicht flüchtete. Auch eine Männerstimme war zu hören. Doch die konnte Elise nicht gleich zuordnen. »Natürlich war es eine Tragödie«, erklärte der Mann.

»Es ist Mord und das weißt du ganz genau«, tönte plötzlich wieder Christa Martin.

»Das ist eine ziemlich harte Anschuldigung.« Jetzt erkannte Elise die Stimme des Mannes – es war Gerdas Vater. Aber wovon redeten die?

»Das ist doch die Gelegenheit, das billige Mädel aus dem Dorf zu schaffen!«

Der einstige Gendarm, der sich erst mit seiner schmierigen Art den Nazis und dann den Franzosen angebiedert hatte, räusperte sich. »Ihr wisst alle, was ich über die Zweiers denke. Und auch als Ortsvorsteher hat sich meine Meinung nicht geändert. Aber das steht hier nicht zur Debatte. Egal mit wie vielen Männern Elise sich herumtreibt. Es geht mich nichts an. Ich kann nur froh sein, dass ich ein anständiges Mädel zu Hause habe, die auf ordentlichen Umgang Wert legt.«

Elise erstarrte. Die redeten wirklich von ihr. Wollte Christa sie etwa anzeigen? Sie wandte sich um. Niemand war auf der Straße zu sehen. Die Kirchturmuhr zeigte kurz vor zwölf.

»Aber wir können doch nicht zulassen, dass Henriette Zweier gleich zwei verkommene Bälger in die Welt entlässt. Erst das Dreckmensch und jetzt der kleine Mörderbursche.«

Elises Hände verkrampften sich. Ihr Kopf dröhnte. Alle Anspannung verwandelte sich schlagartig in Wut. Was erlaubte sich Christa eigentlich? Keine Sekunde würde sie dem

Geschwätz mehr zuhören. Sie polterte die Stufen hinauf, riss die Tür auf.

Da standen sie. Irene, wie ein Häufchen Elend mit rot verweinten Augen und einem Taschentuch in der Hand. Christa, erstarrt in ihrer Bewegung, den Zeigefinger auf den Bürgermeister gerichtet und Gerdas Vater, der sie aus aufgerissenen Augen ansah, als sei sie die Erscheinung des Teufels persönlich.

»Was seid ihr eigentlich für armselige Gestalten?«

Christa drehte sich zu ihr um. Nun deutete der Finger in ihre Richtung. »Was fällt dir ein?«

»Mir fällt so einiges ein, wenn ich eure Verleumdungen höre! Ihr seid so niederträchtig. Anstatt Irene zu trösten hetzt ihr. Ein Kind ist gestorben. Es war eine fürchterliche Tragödie, wie ihr sehr gut wisst. Wie gern hätte ich dem Fritz das Leben gerettet. Aber schuld an alldem war nicht Hans. Hätte es diesen beschissenen Krieg nicht gegeben, würden die Kinder auch keine zurückgelassene Munition im Wald finden.«

»Hans hat die Granate geworfen!« Christas Stimme schrillte in Elises Ohren. »Das hat Georg gesagt.«

»Hans hat eine Dose weggeworfen«, gab Elise zurück und wunderte sich darüber, wie ruhig ihre Stimme klang.

Irene schnäuzte sich. Am liebsten wäre Elise zu ihr hingegangen und hätte sie in den Arm genommen, auch wenn sie nicht immer freundlich zu ihr gewesen war. Doch zwischen ihnen stand Christa wie ein scharfer Hund, der nur darauf wartete, zuzubeißen.

»Was hat eure Mutter nur angestellt, dass sie zwei so verkommene Kinder hat?«, zischte sie.

»Immerhin schlägt sie nicht so schnell zu, wie du es tust.«

»Iiiiich?« Christa streckte ihren üppigen Busen heraus.

»Hast du nicht nach dem Unglück zuallererst deinem Georg eine geschmiert, ehe du ihm auch nur den Hauch einer Möglichkeit gabst, dir mitzuteilen, was wirklich geschehen war? Du hast einfach geurteilt und hast ihn in seinem Schmerz allein gelassen ohne ihn auch nur mit einem Wort zu trösten.«

Christa fuchtelte wild mit den Armen durch die Luft und keifte weiter: »Schaut euch doch an: Du Flittchen hast nichts Besseres zu tun, als für irgendeinen dahergelaufenen Fahnenflüchtigen die Beine breitzumachen. Und dein feiner Bruder bringt seinen Kameraden um. Ihr seid so erbärmlich. Für Kreaturen wie euch sollte man Hitlers Gaskammern noch einmal befeuern.«

Beschwichtigend legte jetzt Irene die Hand auf Christas Arm. Ihre Stimme war brüchig, als sie flehte: »Bitte, Christa. Lass es gut sein.«

Doch die riss sich los. »Man wird doch noch seine Meinung sagen dürfen.«

Elise straffte die Schultern. »Jetzt hörst du mir mal zu. Hans tut das alles unendlich leid, was geschehen ist und er trauert furchtbar um seinen Freund. Georg wird es kaum anders ergehen. Und anstatt Irene in ihrer Traurigkeit und ihrem Schmerz die Hand zu halten, fällt dir nichts ein außer gegen ein Kind und seine Schwester zu hetzen?« Es kostete sie viel Überwindung mit schlagkräftigen Argumenten auf die Anfeindungen zu reagieren. Am liebsten hätte sie Christa eine gesalzene Ohrfeige verpasst.

»Es war doch dein sauberer Herr Kindsvater, der die Munition in den Wald gelegt hat.« Christas Augen sprühten vor Gift.

»Wo hast du denn diesen Unsinn her? Julius ist selbst von einer Granate verletzt worden. Du glaubst doch nicht im Ernst, dass er mit ebensolcher Munition irgendwen in Gefahr bringen würde.«

»Aber natürlich nicht. Er macht ja nur Kinder. Er bringt niemanden um.« Christa säuselte diese Worte mit inbrünstiger Verachtung in den Raum.

Gerdas Vater trat zwischen Christa und Elise. Er fixierte sie abwechselnd und erklärte mit einer Mischung aus Überheblichkeit und Hass: »Fräulein Zweier, wenn Sie nun bitte das Rathaus verlassen würden.«

Elise spürte, wie ihre Beine kribbelten. Nur keine Blöße geben vor diesem Nazi. »Aber selbstredend. Ich bin schon verschwunden. Hetzen Sie nur noch ein wenig weiter. Vielleicht hilft das, die eigene Schuld zu verdrängen.« Im Hinausgehen drehte sie sich noch einmal um: »Nur, damit Sie nicht sagen, ich hätte Sie nicht gewarnt: Anstatt hier Maulaffen feilzuhalten, sollten Sie sich um die Unglücksstelle kümmern. Dort liegt nämlich noch einiges, was da nicht hingehört.«

Hoch erhobenen Hauptes verließ sie den Rathausflur, knallte die Tür zu und lief über die Straße. Da drang der Lärm der herannahenden Schulkinder an ihre Ohren. Ein Blick zur Kirchturmuhr verriet, dass die Schule zu Ende war. Sie entschied, auf Hans zu warten.

Es dauerte nicht lange, da kamen ein paar Buben um die Ecke der Kirchenmauer gestürmt, wenig später folgten einige Mädchen. Eines sah sie lange an, so als wollte es ihr nur mit seinen Knopfaugen etwas sagen. Doch Elise konnte sich keinen Reim darauf machen. Sie wandte ihren Blick von den Mädchen ab. Allein und mit hängendem Kopf trat Hans in ihr Blickfeld. Auf seinen Wangen erkannte sie zwei tiefe Kratzspuren, aus der Nase tropfte Blut. Elise schoss auf ihn zu. »Hänschen, was ist denn geschehen?«

»Ich bin ein Mörder, haben sie gesagt. Mit Mördern macht man das so«, flüsterte er und trat gegen einen kleinen Stein, der über die Straße holperte und sich schließlich in einer Pfütze fing.

Ein stechender Schmerz fuhr Elise mitten ins Herz. In diesem Augenblick fehlten ihr die passenden Worte. Es war unfassbar, dass die Leute nach dem Leid der Kriegsjahre es immer noch nicht schafften, friedlich miteinander umzugehen. Sie legte ihre Hand auf die Schulter des kleinen Bruders und schob ihn vor sich her. Im Vorbeigehen streifte ihr Blick das Rathaus. Kopfschüttelnd dachte sie daran, was sich dort hinter der geschlossenen Tür momentan abspielte. Gerdas Vater war skrupellos. Er hatte keine Sekunde gezögert, den Ortsgruppenleiter Müller bei den Amis anzuzeigen, um selbst gut dazustehen. Im Dorf hatten sie gesagt, die Amis hätten den Gendarmen angesprochen und kurz darauf den Müller verhaftet. Der ehemalige Ortsgruppenleiter der NSDAP, noch zu Jahresbeginn als kleiner Hitler im Dorf gefürchtet, wurde auf dem Pferdefuhrwerk festgenommen, als er vom Feld nach Hause wollte. Das war im Mai gewesen, an einem der wenigen strahlenden Sommertage. Kurz nachdem die Amis ihr Haus kontrolliert hatten. Mit wehenden Fahnen war Mutters Freundin Anneliese bei ihnen hereingerannt und hatte empört berichtet, wie der Müller in der Dorfmitte angehalten worden war. Nicht einmal die Tiere hatte er mehr heimbringen dürfen. Ehe man sich versehen hatte, war Gerdas Vater als Ortsvorsteher in den Dienst der Franzosen getreten. Wenig später war dann durchgesickert, dass Gerdas Vater Müller verraten und sich selbst von jeglicher Nähe zur NSDAP entsagt hatte. Warum auch immer, die Alliierten glaubten seine Geschichten. Der geht über Leichen, dachte Elise bei sich und verzog angewidert das Gesicht.

Beim Gedanken daran pochte ihr Herz schneller. Der neue Ortsvorsteher hatte nur auf die Gelegenheit gewartet, Macht zu bekommen. Nun hatte er sie.

Wütend stapfte sie neben Hans her, der mit hängendem Kopf über den Weg schlurfte.

»Hänschen, du bist kein Mörder«, erklärte sie und als er nicht reagierte, wiederholte sie das eben Gesagte.

13. Dem Ende nah

Freitag, 14. September 1945

Elise schob Hans zur Haustür hinein, versorgte seine Nase und wischte ihm den Dreck aus dem Gesicht. Nach dem Essen, als der Bub bei Großvater saß, der ihm half, die Hausaufgaben zu erledigen, machte sie sich auf den Weg zur Waldhütte. Ob Gerda wirklich kam? Sie nahm den Brief aus ihrer Schürze und drückte ihn gegen ihre Brust.

In der Hütte ließ sie sich auf die Bank fallen, lehnte sich an der rauen Holzwand an und schloss die Augen. »Mörder.« Sie schüttelte den Kopf und schluckte. Sollte an der Anschuldigung, dass Julius die Munition im Wald hatte liegen lassen, tatsächlich etwas dran sein? Waren es vielleicht doch die Reste seiner eigenen Bewaffnung, die dieses Unglück heraufbeschworen hatten? Nein, es konnte nicht sein, dass er so unachtsam gewesen war.

Auf dem Waldpfad vernahm sie Schritte, die sich zunächst rasch, dann langsamer werdend, näherten. Sie blinzelte, sah durch die Türöffnung nach draußen und hörte bereits am Schnaufen, dass es Gerda sein musste.

Da stand ihre neue alte Freundin auch schon vor ihr. »Mensch, Elise. Was habt ihr denn da schon wieder angerichtet?« Ein leiser Vorwurf klang in dem, was Gerda sagte und sofort erwachten die alten Bilder in Elise wieder zum Leben.

»Wenn du gekommen bist, um mir Vorwürfe zu machen, kannst du gleich wieder gehen.« Sie zog die Augenbrauen zusammen.

»Die Vorwürfe sind nun einmal nicht von der Hand zu weisen.« Gerda warf ihre Tasche achtlos zu Boden.

»Es war nicht so wie sie erzählen. Es war … ein Unfall. Ein schreckliches Unglück. Georg und Hans hatten dabei einfach nur ihren Schutzengel neben sich. Sonst …« Ihre Stimme versagte.

»Georg ist im Krankenhaus.«

»Was?! Aber er hatte doch nur eine Schramme.«

»Christa hat ihn am Dienstag hingebracht. Er musste genäht werden und über Nacht dableiben. Ich war heute früh in Rodalben. Hab ihn gesehen. Mit einem riesigen Kopfverband läuft er vorm Krankenhaus auf und ab.«

»Hast du ihn angesprochen?« In Elise schwang die Hoffnung mit, dass der Junge nichts Schlimmes hatte. Und vor allem wünschte sie sich, er würde Hans' Aussage bekräftigen.

Gerda winkte ab. »Ich will mich da nicht einmischen.«

»Weil du Angst hast, dass du die nächste bist, die sie verteufeln.« Elise fielen die Worte des neuen Bürgermeisters ein. »Dein sauberer Vater redet noch genauso wie früher. Es hat sich nichts geändert. Das weißt du.«

Mit Elises Worten fielen Gerdas Schultern herunter. Elise musterte sie. Sie sah erbärmlich aus mit den tief eingefallenen Augen, den dunklen Ringen darunter und der ungesund bleichen Gesichtsfarbe.

»Was ist mit deinem Kind?«

»Ich kann das nicht, so wie du.« Gerda deutete auf Reinhard. »Du bist so stark.«

Elise senkte den Kopf. »Das sieht nur so aus.«

»Aber du hast jemanden, der dir hilft. Bei mir ist das anders. Die werden mich doch alle zum Teufel jagen.«

»Du darfst nicht so denken. Lass sie reden. Es geht um dich, um dein Kind. Sonst niemanden.« Noch während sie sprach fiel Elise der Brief wieder ein, den sie schon die ganze Zeit in der Hand hielt. »Kannst du meine Post mitnehmen? Es ist wirklich wichtig.«

Gerda betrachtete den Umschlag, lächelte matt und steckte ihn in die am Boden liegende Posttasche. »Das meinte ich. Du kannst immer noch hoffen. Dein Brief geht noch heute weg.«

»Danke.« Elise erhob sich.

»Vieleicht kann ich dir damit wenigstens einen kleinen Gefallen tun.«

»Einen großen sogar. Und dann bete für mich, dass mein Brief auch wirklich bei Julius ankommt.«

Gerda lächelte wieder. »Du und dein Julius. Es muss schön sein, so etwas erlebt zu haben. Und auf Angehörige vertrauen zu können, die einen nicht verdammen.« Ihre Augen glänzten und Elise ahnte, wie sehr sich Gerda danach sehnte, für die kommende Zeit nicht allein gelassen zu werden.

Elise räusperte sich. »Wenn du Hilfe brauchst, ich bin für dich da.«

Gerda antwortete nicht, nestelte nur an ihrer Weste. Dann hängte sie sich die Tasche über die Schulter. »Ich muss los.« Plötzlich wirkte sie gehetzt und verschwand zwischen Hecken und Bäumen in Richtung Dorf.

Elise folgte ihr mit gehörigem Abstand, nahm sich unterwegs die Zeit, ihren Blick über das Dorf schweifen zu lassen, das so friedlich vor ihr lag. Zwischen den Häusern ragte der Kirchturm auf, als wollte er Zeichen geben, die Lieben im Himmel nie zu vergessen und dahinter lagen die Felder der Bauern, abgeerntet, wenn man von Ernte überhaupt reden konnte, bei dem wenigen, was sie hervorgebracht hatten.

Die Sonne blinzelte hinter Wolkenfeldern hervor und schickte ein wenig Wärme über den Tag.

Zu Hause ging sie gleich in die Küche, richtete das Milchfläschchen für ihren Sohn und stellte es beiseite. Noch rührte Reinhard sich nicht. Also blieb ihr Zeit, beim Großvater vorbeizuschauen. Der saß, wie so oft in den letzten Wochen, dösend in seinem Sessel. Und als er die dunkelbraunen Augen öffnete, versprühten sie so viel Wärme, dass Elises Sorgen gleich kleiner wurden.

»Wo ist Hans?«, wollte sie wissen.

»Bei eurer Mutter.« Großvater deutete nach draußen. »Die sind schon ewig im Stall.«

Elise zögerte. »Er … verkraftet das alles nicht. Im Dorf sagen sie, Julius hätte die Munition im Wald abgelegt.« Sie strich sich über die Wange.

»Wer sagt das?« Großvater richtete sich auf.

»Es gab eine Versammlung im Rathaus. Ich habe es zufällig mitbekommen, als ich dort vorbeiging. Und dann habe ich sie zur Rede gestellt.«

»Wen?« Sofort zog sich die tiefe Sorgenfalte über Großvaters Stirn.

»Christa, Irene und Gerdas Vater.«

»Sag nicht, dieser skrupellose Nazi gibt sich jetzt auch noch für solche Geschichten her? Und sowas nennt sich Bürgermeister. Heiland, lass es nicht wahr sein.« Großvater schlug sich mit der Hand gegen die Stirn.

»Der alte Nazi wartet doch nur auf eine Gelegenheit, mich an den Pranger zu stellen.« Elise spürte, wie ihr Herzschlag sich beschleunigte. »Aber das wird ihm bald vergehen, wenn er mit sich und seinesgleichen genug zu tun hat.« Verschwörerisch zwinkerte sie ihrem Großvater zu.

»Wie meinst du das?«

»Gerda erwartet ein Kind.«

Fast sah es so aus, als springe ihr Großvater aus seinem Sessel. »Von Ferdinand?«

»Besser wäre es für sie.«

»Von wem denn dann?«

Elise hob die Schultern und ließ sie wieder fallen, während sie antwortete. »Ein Franzose.«

»Ach, du liebe Güte.« Großvater rieb sich mit einer Hand über die andere. »Hat er sie …?« Er beugte sich vor, als dürfte er jetzt nur noch leise reden.

»Vergewaltigt?« Elise schüttelte den Kopf. »Nein. Obwohl sie dann wenigstens eine kleine Aussicht darauf hätte, als Opfer anerkannt zu werden.«

»Oh, Kind.«

»Ich weiß gar nicht, was ich ihr wünschen sollte.«

»Und wie war es nun wirklich?«

»Er hat ihr Hoffnungen gemacht und … den Rest kannst du dir denken. Offensichtlich ist er auch noch verheiratet.«

»Na dann. Jeder kriegt seine gerechte Strafe.«

»Sie tut mir leid.« Elise legte eine Hand auf den Rücken ihres Sohnes und spürte seine gleichmäßigen Atemzüge.

»Mädel, Mädel.« Großvater lächelte sie liebevoll an. »Diese Welt hat dich nicht verdient.« Er lehnte sich wieder zurück und strich gedankenverloren über die Sessellehne. »Gerda hat zu Hause bestimmt keine Freude.«

»Keine Freude ist wohl ziemlich untertrieben. Sie fürchtet sich davor, dass sie sie fortjagen.«

Großvater winkte ab, sah Elise aber nicht an. »Das sähe denen gleich.«

»Siehst du. Deshalb tut sie mir leid. Und was kann denn das Kind dafür?«

»Nichts, Elise. Nichts. Aber das ist immer so. Was kann dein Bruder dafür, dass sein Vater gefallen ist? Was kann dein Reinhard dafür, dass er den seinen noch nicht kennt? Was konntest du dafür, wie deine angeblich beste Freundin mit dir umging? Was hast du den Leuten im Dorf getan, dass sie dich derart verurteilen? Das Leben ist voller Ungerechtigkeiten und böser Menschen.« Er atmete vernehmlich. »Aber zum Glück gibt es auch die Guten.« Die Falten um seine Augen vertieften sich, als er sie anlächelte.

Reinhard lag in Elises Arm und brabbelte vor sich hin. Seine Augen verfolgten jede ihrer Bewegungen. Mit seinen Händchen versuchte er, ihren Finger zu greifen, mit dem sie vor seinem Gesicht hin und her streifte. Sie hob ihn hoch und als ihr der unverkennbare Geruch der vollen Windel in die Nase stieg, verdrehte sie die Augen. »Puuh, mein Schatz. Da müssen wir dich wohl frischmachen.«

Sie breitete die Wolldecke auf dem Küchentisch aus, legte Reinhard darauf und öffnete das Band der Wickeldecke, die um sein Körperchen gebunden war. Die Mullwindel hatte deutliche Flecken. Elise zog eine Grimasse.

Reinhard erwiderte es mit einem Lächeln, das sich über sein wonniges Gesicht ausbreitete.

Elise beugte sich über ihn, hauchte ihm einen Kuss auf die Stirn. Dann öffnete sie die Windel, hob Reinhards Beinchen an, zog den Stoff unter ihm hervor und legte ihn beiseite. Mit einem feuchten Lappen wusch sie die zarte Babyhaut. Sie hob Reinhard hoch, faltete einhändig eine saubere Windel zu einem Dreieck und platzierte den Kleinen darauf.

Schmatzend saugte er an seinen Fingerchen und brabbelte weiter, während sie ihn von einer zur anderen Seite drehte, um die Windel zuzubinden. Dann wickelte sie ihn in die Decke und befestigte das Band.

Grob säuberte sie die gebrauchte Windel und legte den Stoff in den Topf für die Kochwäsche. Dann setzte sie sich auf den Stuhl, hob den Kleinen vor sich auf die Tischplatte und begann leise zu singen: »Brüderchen, komm tanz mit mir …«

Als wolle er sie dirigieren, streckte ihr Sohn die Hände in die Luft. Elise erhob sich, drückte das Kind liebevoll an ihre Brust und drehte ein paar langsame Tanzrunden durch den Raum. In diesem Moment fühlte sie sich frei von allen Sorgen und Ängsten und endlich ganz bei sich.

Nachdem ihr Sohn eingeschlafen war, trieb eine innere Unruhe Elise zum Stall. Die Tür stand einen Spalt breit offen. Drinnen hörte sie, wie Mutter leise vor sich hin summte.

Sie schob sich durch die Stalltür hinein. Zwischen Kuh und Ziege auf dem Boden saß ihre Mutter mit ausgestreckten Beinen. Hans' Kopf ruhte auf ihrem Schoß. Er hatte die Augen geschlossen. Trotzdem sprach aus seinem Gesicht eine Mischung aus Trauer, Angst und Entsetzen. Seine Wangen waren unnatürlich gerötet und die geschlossenen Augenlider waren geschwollen. Elise kniete sich neben ihn und streichelte seinen Arm.

Mutters Hand verkroch sich mehr und mehr in den Haaren ihres Sohnes. Auch ihre Augen waren tränengetränkt. »Er schafft das nicht, Elise.« Die Mutter wischte sich über die Wange, legte die Hand aber sofort wieder auf den Buben.

»Es ist noch zu frisch, Mutter. Gib ihm ein wenig Zeit.«

»Die Bilder haben sich bei ihm eingebrannt.« Mutter schüttelte mutlos den Kopf.

»Wir müssen ihm helfen. Ihm das Weinen erlauben, wann immer er es braucht. Vielleicht sollten wir auch nochmal mit ihm zur Unglücksstelle gehen.«

Mutter tippte sich gegen die Stirn. »Nein!«

So entschieden hatte Elise sie selten erlebt. »Schon gut.« Beschwichtigend hob sie die Hand.

Die Welle des Schweigens, die sich nun zwischen ihnen auftürmte, schien sie zu verschlucken. Doch dann räusperte sich ihre Mutter und Elise atmete auf.

»Du warst im Dorf, hat Hans gesagt.«

Elise nickte. Aber am besten sage ich dir nicht, was die dort so von sich geben, entschied sie sogleich.

Es dauerte nicht lange, bis die Mutter sie herausfordernd ansah. »Ja, und?«

»Ach, es ist doch nicht wichtig, was die Hetzer reden.« Elise winkte ab, und zwar so vehement, dass sie mit der Hand das Ohr der Kuh streifte. Sie drehte sich zu dem Tier um, das sie anglotzte, als wollte es fragen, was denn nun schon wieder los sei. Unwillkürlich zog ein leichtes Grinsen über Elises Gesicht. Sie fixierte ihre Mutter. »Wir haben uns. Das ist das Wichtigste. Jetzt kommt. Wir gehen ins Haus. Ihr habt doch sicher auch Hunger.«

Hans rührte sich nicht.

»Ich glaube, er ist eingeschlafen.« Sanft hauchte die Mutter ihm einen Kuss auf den Schopf.

Elise rüttelte sacht an seiner Schulter: »Hänschen, komm. Wir gehen hinein.«

Ihr kleiner Bruder öffnete die Augen. Rot unterlaufen und matt wirkten sie, wie bei einem abgekämpften Tier, dem keine Hoffnung mehr blieb. Elise half ihm aufzustehen und zerrte dann auch die Mutter nach oben. »Ich würde sagen, wir kochen uns eine warme Suppe. Dann sieht die Welt gleich wieder besser aus.«

Im Haus setzte Elise den Topf auf den Ofen, schnitt einen Streifen von dem Fleisch ab, das sie beim Hamstern ergattert hatte und schälte drei Kartoffeln und eine Karotte. Ein wenig Salz gab es noch und Kräuter holte sie am Waldrand. Seit alles so knapp war, hatte sie gelernt mit dem, was die Natur ihr schenkte, etwas anzufangen.

Wie sehr hatte sie auf das Kriegsende gehofft. Elise rührte ihre Erschütterung über all das, was nach dem Einmarsch der Alliierten geschehen war, in den Topf und ignorierte, dass ihr Arm nach einiger Zeit zu schmerzen begann. Nichts war besser geworden. Die Essensrationen waren sogar noch geringer als unter Hitler.

Überall fehlten die Männer und wenn mal einer heimkam, war er kaum wiederzuerkennen. Nicht nur körperliche Narben brachten sie aus aller Herren Länder mit. Dabei versuchten sie stark zu sein. Nicht selten brüllte irgendwo einer sich den Ärger und die Angst aus dem Leib. Wer sich das Brüllen verbot, zeigte seine Kraft auf andere Weise. Das war dann oftmals in den Gesichtern von Frauen und Kindern zu sehen. Angewidert schüttelte sich Elise. Dann wanderten ihre Gedanken hin zu Theo, der ihr auf Ferdinands Hof half. Er war anders. Ganz gleich, was er auch erlebt haben mochte. Er schien von einer unvergleichlichen Sanftmut eingehüllt, von einer inneren Ruhe beseelt, die es eigentlich für alle Menschen geben sollte. Ohne Murren erledigte er seine Arbeit, kein lautes Wort hatte sie je von ihm gehört. Nicht einmal damals, als sie sich in Ferdinands Büro beinahe um Kopf und Kragen geredet hatte und lauthals gegen Hitler und das Regime witterte. Theo war ruhig geblieben. Auch als sie ihm vor einigen Tagen erklärt hatte, dass die Tiere weg waren, es für ihn weniger zu tun und damit auch weniger Zubrot gab, hatte Theo die Fassung bewahrt. Ob das eine bestens aufgebaute Fassade war, überlegte sie. Doch selbst wenn es so war, stand die Fassade auf stabilem Grund.

Bald duftete das Haus nach dem Sud. Sie ging nach oben, half ihrem Großvater die Treppe herunter und stellte dann den Topf auf den Küchentisch. Hinter ihr ratterte noch immer Mutters Steppmaschine. Hans saß teilnahmslos am Tisch und fixierte die leere Wand.

Elise schob ihn ein wenig nach hinten und ließ sich neben ihm nieder. Dann schickte sie einen strengen Augenaufschlag zu ihrer Mutter. »Wir wollen essen. Kommst du?«

Die Steppmaschine verstummte, Mutter schlurfte herüber und fiel mehr auf den Stuhl, als dass sie sich setzte. Elise faltete die Hände, gab Hans einen Schubs, deutete ihm an, es ihr gleich zu tun, und begann zu beten: »Alle guten Gaben, alles, was wir haben, kommt oh Gott von dir. Wir danken dir dafür.«

Da sprang die Mutter am Tisch auf. »Gute Gaben! Dass ich nicht lache!« Ihr Stuhl fiel krachend nach hinten, der Tisch wackelte und ein großer Suppenschwall landete zwischen Topf und Tellern auf der Tischplatte.

Großvater ergriff den Arm ihrer Mutter und zwang sie so, sich wieder hinzusetzen. »Henriette, es ist gut jetzt.«

»Was ist gut? Nichts. Rein gar nichts!« Mit einer ausladenden Handbewegung streifte sie durch den Raum. »Wir haben kaum Arbeit, noch weniger zu essen und von Geld brauchen wir erst gar nicht reden. Im Stall steht eine gestohlene Kuh und nach allem, was wir erlebt haben, müssen wir uns schon wieder von den Leuten im Dorf beschimpfen lassen.« Mutters Stimme hob und senkte sich in unnatürlicher Weise. Dann schlug sie mit der Faust auf den Tisch, legte die Stirn auf ihre zusammengekniffene Hand und weinte so laut, dass es Elise fast das Herz zerriss. »Ich halte es nicht mehr aus. Ich halte es einfach nicht mehr aus.«

Elise beobachtete den Großvater, der mit bitterer Miene auf seinen leeren Teller starrte. Langsam wanderten ihre Augen weiter zu Hans, dessen Brustkorb sich bei jedem Atemzug deutlich hob und senkte und gerade, als Elise ihm zur Beruhigung sein Bein tätscheln wollte, erbrach er sich. Ein Schwall grünlicher Masse quoll aus seinem Mund in den Teller vor ihm. Die Würgegeräusche fingen sich in Elises Ohren. Schnell schnappte sie nach einem Lappen, wischte dem kleinen Bruder übers

Gesicht und trug den Teller zum Spülstein. Dann zog sie den Buben auf ihren Platz, säuberte den seinen und merkte erst jetzt, dass der Weinkrampf ihrer Mutter geendet hatte. Es war mucksmäuschenstill im Raum. Lediglich ihre eigenen Bewegungen waren zu hören.

Eine Weile später, Elise hatte das Geschirr weggeräumt und den Tisch wieder zum Arbeitsplatz umfunktioniert, lag ein größeres Lederteil vor ihr. Behände zeichnete Elise die Schablonen auf das Leder, legte das Messer an und schnitt ein Schuhteil nach dem anderen aus. Nur kleine Reste blieben auf dem Küchentisch liegen und sie dachte, dass die nicht einmal für Handschuhe in Reinhards Größe reichen würden. Dabei erinnerte sie sich daran, wie oft sie dafür gelobt worden war, dass sie kaum Verschnitt produzierte. Schon als sie noch in der Schuhfabrik gearbeitet hatte, bevor sie wegen ihrer unehelichen Schwangerschaft entlassen worden war, hatte sie sich einen Namen als Zuschneiderin gemacht.

Buchenblattgroße Stücke stapelte sie aufeinander, die kleinen Schnipsel schob sie immer wieder in den Weidenkorb, der unter dem Tisch stand. Nachdem sie die ersten Stücke, die für einen Schuh gebraucht wurden, ausgeschnitten hatte, legte sie sie ihrer Mutter hin. »Braune«, brummte sie, ohne von ihrer Arbeit aufzusehen.

Die Nähmaschine knatterte los. Allein an ihrem Klang erkannte Elise, ob die Mutter eine gerade Linie oder einen Schwung nähte. Dann verstummte die Maschine, Mutters Stuhl rutschte über den Holzboden, sie verließ den Raum und trat kurz darauf mit Sohlen in der Hand wieder ein. »Wir pappen sie nachher noch.«

Elise hielt einen Moment inne, nickte und arbeitete weiter. Als sie das letzte vorhandene Lederstück auf den Tisch legte, standen bei ihrer Mutter bereits fünf fast fertige Schuhpaare, denen nur noch die Sohlen fehlten. Flink glitten die mütterlichen Hände unter der Steppmaschine hindurch, der Faden flog fast von der Spule und mit jedem beendeten Werk entspannte sich Mutters Gesichtsausdruck.

»Schaffen wir auch noch meine Kinderschuhe?« Elise hoffte, ihre Mutter würde den Schwung mitnehmen und sie könnten alles auf einmal erledigen.

Nur einen Moment unterbrach ihre Mutter ihr Tun, lächelte aus müden Augen und streifte eine graue Haarsträhne hinter ihr Ohr. Auch ohne Worte wusste Elise, dass sie nicht eher aufhören würde, bis alles fertig war. Elise holte die geschenkten Lederstücke heran, nahm ihre Kinderschuhschablonen und zeichnete auch die auf das Leder. Ein Kreidestück half ihr, die Umrisse im fahlen Licht der kleinen Küchenlampe zu erkennen.

Viel später stellte sie den Kleber auf den Tisch, öffnete das Küchenfenster und atmete flach. Der Gestank trieb ihr Tränen in die Augen und schon schüttelte eine Hustenattacke sie so sehr, dass sie beinahe den Klebertopf umgestoßen hätte.

»Puuuh.« So schnell sie konnte, tauchte sie den Pinsel in den Klebstoff, schmierte die Sohle gleichmäßig ein und platzierte den Schuh darauf. Sie begutachtete ihr Werk von allen Seiten, nickte zufrieden und schob die fertigen Teile beiseite. Kurz darauf verstummte die Steppmaschine, ihre Mutter sank auf dem Sitz nach hinten und blies die Backen auf. »Geschafft«, stieß sie erleichtert hervor.

Auf dem Tisch aufgestützt schob sie sich vom Stuhl, streckte ächzend den Rücken durch und nahm den Platz neben Elise ein. Sie griff nach dem Pinsel. Kurz berührten sie sich und Elise bemerkte sofort, wie heiß die Hände ihrer Mutter waren. Erschrocken sah sie sie an. »Du glühst ja.«

»Ich habe mich heiß gearbeitet.« Das Lächeln der Mutter wirkte unecht.

Elise legte eine Hand auf ihre Stirn. »Du hast Fieber.«

»Niemals. Ich und Fieber. Das glaubst du doch selbst nicht.«

Doch Elise gab nicht nach. »Mit Fieber gehörst du ins Bett. Ich mache dir einen Wadenwickel.«

»Wir machen jetzt die Schuhe fertig. Dann gehe ich schlafen. Vorher nicht.«

Elise wusste, dass ihre Mutter keine Widerrede zuließ, wenn ihre Stimme diese Tonlage erreichte. Also sagte sie nichts mehr, schob das Fenster ein wenig zu, damit die kühle Luft dieser Septembertage zumindest nicht direkt auf ihre Mutter wehte.

Endlich standen all ihre fertigen Teile in einer Reihe. Elise legte erneut ihre Hand auf Mutters Stirn. »Wadenwickel gibt es jetzt trotzdem. Und ich dulde keine Einwände.«

Ihre Mutter seufzte. »Du gibst ja doch keine Ruhe.«

»Genau.« Elise lächelte ihre Mutter an und hoffte zugleich, dass das Fieber wirklich nur den schlimmen Stunden geschuldet war.

14. Um Himmels willen

Dienstag, 25. September 1945

Ganz früh an diesem Tag packte Elise den Korb auf ihr Fahrrad und machte sich auf den Weg nach Pirmasens. Der Regen prasselte ihr ins Gesicht. Ihre Haare, die sie zu einem Knoten zusammengebunden hatte, gaben Tropfen für Tropfen das kalte Wasser auf ihre Haut im Nacken weiter. Ein kleines Rinnsal bahnte sich den Weg zwischen ihren Schulterblättern hindurch. Bald war ihre Weste durchnässt und klebte mitsamt der Bluse schwer auf der Haut. Ihre Beine fühlten sich an wie Eisklötze. Elise trat kräftiger in die Pedale, doch der Berg Richtung Pirmasens ließ sich einfach nicht schneller überwinden.

Im Regengrau wirkten die aufgetürmten Kriegstrümmer noch viel erschreckender. Es schien, als hätte die Stadt alle Farben und alles Leben verloren. Und doch regte sich etwas vor ihr, ein kleiner Junge querte Elises Weg. Sie schätzte ihn auf etwa acht, vielleicht auch zehn Jahre. Er trug einen viel zu großen Hut, unter dem seine Augen kaum zu sehen waren. Auf einmal hob er den Kopf, winkte ihr entgegen und deutete ihr dann mit ausgestreckter Hand an, stehen zu bleiben. Die eingefallenen Wangen zeigten ihr, dass er wahrscheinlich seit längerer Zeit nicht genügend gegessen hatte. Seine Lippen waren aufgeplatzt. Er steckte in einem Mantel, der bis über die Knie reichte. Die Ärmel hingen weit über seine Hände. Von dem graugrünen, zerrissenen Stoff tropfte das Wasser. Er nahm seine Kopfbedeckung ab. »Wollen Sie meinen Hut haben? Dann werden Sie nicht nass.«

Elise fühlte ein Stechen in der Magengrube. Der Junge bot ihr tatsächlich von dem Wenigen, was er hatte, noch etwas an. Sie stieg vom Rad, ging auf ihn zu und streichelte ihm über die feuchte Wange. »Nein, mein Junge. Behalte du mal deinen Hut. Ich glaube, du kannst ihn selbst gut gebrauchen.«

Er lächelte freundlich und diesem Lächeln konnte sie nicht widerstehen.

»Was machst du denn hier bei dem Sauwetter?«, fragte sie ihn.

»Spazieren, wie jeden Tag.« Er schubste einen Stein in die nächste Pfütze und als Elise die Richtung des Steins verfolgte, sah sie, dass der Kleine barfuß war. »Wo sind denn deine Schuhe?«, fragte sie und biss sich sofort auf die Lippen.

Jetzt sah er sie verständnislos an. »Ich habe keine mehr.«

Elise musterte ihn, überlegte einen Moment und ging dann zu ihrem Korb. Ohne zu zögern griff sie ein Paar der Schuhe, die sie eigentlich bei Herrn Weber abliefern sollte und hielt sie dem Buben hin.

Seine Augen strahlten. »Sind die für mich?«

Elise stellte die Schuhe vor ihm auf den regengetränkten Boden. »Probier mal.«

Er stieg hinein, rutschte nach vorn. Hinter seiner Ferse hätte noch eine ganze Faust Platz gehabt. Trotzdem hüpfte er begeistert in die Höhe. Dabei fiel ihm der rechte in den Schlamm. Er bückte sich, wischte mit dem Ärmel über das Leder und zog den Schuh direkt wieder an.

»Deine Mama soll Zeitungspapier vorne hineinstecken. Dann verlierst du sie nicht mehr.«

»Ich sage es ihr.« Noch immer saß Elise in der Hocke vor ihm. Er legte seine Hand auf ihre Schulter. »Kommst du öfter hierher?«

»Ja. Ich hole meine Arbeit in der Schuhfabrik ab und bringe die fertigen Schuhe wieder zurück. Ach, ich bin übrigens Elise.« Sie hielt ihm die Hand entgegen.

»Ich heiße Michael. Wann kommst du wieder?« Er erwiderte ihren Handschlag.

»In den nächsten Tagen.« Das hätte ich jetzt besser nicht gesagt, dachte sie, denn sie wusste, dass sie dann die nächste Lieferung von Herrn Weber wegbringen musste. Und ihr war klar, dass sie vor dieser Aufgabe sicher nicht so entspannt sein würde wie heute.

»Oh, vielleicht sehen wir uns ja wieder.« Der Bub verbeugte sich vor ihr, richtete den Hut auf seinem Kopf und verschwand zwischen Trümmern und aufgeschüttetem Geröll.

Elise fuhr durch eine riesige Pfütze, es spritzte in alle Richtungen. Beim Bremsen fraß sich das Rad in den aufgeweichten Boden und sie kam nur langsam voran. Viel später als erwartet erreichte sie den Hinterhof, ihr eigentliches Ziel des Tages.

Im Büro von Herrn Weber stand eine Kerze im Fenster. Das wirkte wie eine beruhigende Stille in all den Schrecken der vergangenen Tage. Elise nahm den Korb, klopfte an und weil sie fror, öffnete sie, noch ehe sie hereingebeten wurde. Herr Weber trat aus der Bürotür. Sein Blick wanderte an ihr auf und ab. »Um Himmels willen. Du bist ja völlig durchgeweicht.«

Zähneklappernd sah sie ihn an. »Ist ziemlich nass draußen.« Sie drückte ihm den Korb in die Hand und rubbelte über ihre Arme, um sich aufzuwärmen. »Entschuldigen Sie, dass ich so spät komme.« Bei jedem Wort schlugen ihre Zähne aufeinander.

»Du holst dir ja den Tod, Mädel.« Achtlos stellte er den Korb in die Ecke und bat Elise, ins Büro zu gehen. Bei jedem Schritt quietschten ihre Schuhe vor Nässe. Sie blieb vor seinem Schreibtisch stehen, obwohl sie sich am liebsten auf den Stuhl hätte fallen lassen.

Herr Weber verschwand und kam kurz darauf wieder zurück. In einer Hand hielt er ein Tuch. Auf dem anderen Arm stapelten sich allerlei Klamotten. »Hier, trockne dir erst einmal die Haare und dann ziehst du das an. Das ist von meiner Frau.«

Er legte den Kleiderstapel auf den Schreibtisch, verließ das Büro und zog die Tür hinter sich zu. Elise sah ihm nach und fragte sich, ob sie sich wirklich hier in seinem Büro entblößen sollte. Offenbar meinte er es ernst, denn kurz darauf hörte sie seine Stimme. »Sag einfach Bescheid, wenn du dich umgezogen hast. Ich warte.«

Elise atmete kurz durch. Rund um ihre Füße hatte sich eine kleine Pfütze gebildet und noch immer tropfte es von ihrem Rock. Sie schlüpfte aus den Schuhen und tapste drei Schritte zur Tür. Vorsichtshalber verriegelte sie von innen. Wo sie sich auch hinbewegte, hinterließ sie feuchte Spuren auf dem Holzboden. Zügig streifte sie ihren Rock ab, knöpfte ihre Bluse auf und warf sie zum Rock auf den Boden. Sie suchte zwischen den frischen Kleidern, ob er ihr auch Unterwäsche hingelegt hatte. Doch die war nicht dabei. Das erleichterte sie, denn es war ihr so schon unangenehm. Er muss wahrhaftig nicht wissen, was ich drunter trage, entschied sie und schlüpfte in die trockenen Kleider. Der graue Rock passte genau. Lediglich in der beigefarbenen Bluse hätte sie noch etwas Platz gehabt. Sie strich den Stoff glatt und stopfte ihn dann in den Bund des Rockes. So fiel es kaum auf, dass die Bluse nicht ganz ihren Maßen entsprach.

Ihre eigenen Sachen schob sie mit dem Fuß zu einem nassen Haufen zusammen. Dann ging sie zur Tür und öffnete den Riegel. Durch den Spalt sagte sie: »Ich bin soweit.«

Schritte näherten sich und Herr Weber betrat den Raum. »So siehst du schon gleich gesünder aus. Und die Kleider meiner Frau passen ja fast.« Er hob den Korb auf seinen Schreibtisch, nahm das erste Paar Schuhe heraus und begutachtete einen nach dem anderen. Mit dem Finger rubbelte er über die Naht am Sohlenrand. »Saubere Arbeit! Nur dass sie so nass geworden sind, ist nicht gut. Wir müssen sie gleich einfetten. Aber eure Arbeit: Sehr zuverlässig.« Anerkennend hob er den Daumen.

Elise räusperte sich. »Ich muss Ihnen etwas beichten.«

»So? Was denn?« Seine Augenbrauen zogen sich zusammen.

»Ich habe ein Paar Schuhe hergegeben.« Kaum hatte sie die Worte ausgesprochen, ärgerte sie sich über sich selbst. An seinen Bewegungen versuchte sie zu erkennen, was er dachte.

Herr Weber stellte ihre Lieferung paarweise nebeneinander auf und schob das Weidegeflecht beiseite. Seine Augen flogen über die Arbeiten und Elise kaute so lange auf ihrer Lippe, bis sie Blut schmeckte.

»Willst du mir nicht erklären, wer der Empfänger deines großzügigen Geschenkes war?« Herrn Webers Stimme klang sanft, fast säuselnd.

Elise hielt sich mit einer Hand an der Tischplatte fest. »Da war ein kleiner Bub. Er ist zwischen den Trümmern der Häuser aufgetaucht. Barfuß. Bei diesem Regen.«

»So so, ein kleiner Bub.« Herr Weber ließ sich auf der Tischkante nieder, verschränkte die Arme vor der Brust und visierte sie durchdringend. »Und nächstes Mal ist es ein kleines Mädel, oder?« Jetzt säuselte er nicht mehr. Vielmehr drang seine Stimme durch sämtliche Poren. Erschrocken sah sie zu ihm auf. »Ich hätte es nicht tun dürfen, aber er hat mir so leid getan.« Ihre Backenzähne mahlten aufeinander. Am liebsten hätte sie all ihre Unsicherheit in kleine Häppchen zerkaut. Wenn er mich jetzt rauswirft, ist alles zu Ende, pochte ihre innere Stimme.

»Du kannst mit meinem Material nicht tun, als gehöre es dir. Haben wir uns verstanden?« Seine Faust krachte auf die Tischplatte und die Schuhe sprangen auf, gerade so, als hätte jemand sie zum Tanz aufgefordert.

»Ich weiß«, antwortete Elise so leise, dass sie ihre Stimme selbst kaum hören konnte.

»Das Leder liegt hier nicht auf der Straße! Ich muss um jedes Stück kämpfen, gebe euch Arbeit und dir fällt nichts besseres ein, als meine Gutmütigkeit auszunutzen.« Erneut holte er aus und schmetterte die Faust auf den Tisch.

Elises Hand wanderte zur Knopfleiste der Bluse. Sie knüllte den dünnen Stoff zusammen.

Die nun eingetretene Stille war allerdings noch unerträglicher. Weber rührte sich nicht, nur sein Schnauben war zu hören. Elise wagte nicht, sich zu bewegen. Ihre regenkalte Haut an den Beinen schmerzte noch immer. Nun kam auch noch die innere Anspannung hinzu. Unaufhörlich schickte sie Stoßgebete gen Himmel, in der Hoffnung, Herr Weber würde sich beruhigen.

Mit fast lautlosen Bewegungen verließ er seinen Platz und schlich auf sie zu. Ganz nah vor ihr blieb er stehen. Sein Atem streifte ihr Gesicht. Er legte den Finger unter ihr Kinn und dirigierte ihren Kopf so, dass sie ihn ansehen musste. Nun, da sie ihren Blick nach oben, zu dem einen Kopf größeren Mann richtete, konnte sie seine Atemluft riechen.

»Es war ein Fehler«, sagte sie und dachte zugleich das Gegenteil, denn in ihrem tiefsten Inneren war sie überzeugt davon, dass es richtig war, dem Buben zu helfen.

»Das kostet dich eine Extralieferung nach Frankreich.« Herr Weber hielt ihr Kinn fest. So konnte sie seinem stechenden Blick nicht ausweichen.

Sie nickte und fühlte sogleich, wie die Angst ihren Körper übermannte. »Wann?«

Er ließ von ihr ab, packte drei Paar der neuen Schuhe in einen Stoffbeutel. »Jetzt.«

Elise wich zurück. »Ja, aber.« Ihre Gedanken überschlugen sich. Es war schon spät, Reinhard war daheim und draußen regnete es ohne Unterlass.

»Eigentlich hatte ich meinem Kunden schon abgesagt. Ich weiß, dass er heute trotzdem warten wird. Er wird hoffen, dass ich einen Boten finde. Gegen eine Lieferantin hat er sicherlich auch nichts einzuwenden.« Herr Weber lachte kurz auf, doch das klang eher nach dem Bellen eines heiseren Hundes.

Elise raffte ihre Kleider am Boden zusammen, legte sie in ihren Korb und nahm den prall gefüllten Stoffbeutel von Herrn Weber entgegen.

»Du weißt ja, wo du hin musst.« Er drehte sich um, kramte in seiner Kommode und wünschte ihr nicht einmal Glück, als sie den Raum verließ.

Auch als sie bergab fuhr, trat sie in die Pedale, um nur möglichst schnell das ungeplante Ziel zu erreichen. In Gedanken bahnte sie sich einen Weg durch das Dickicht und versuchte, eine Idee zu entwickeln, wie sie den sicherlich durchgängig schlammigen Weg bewältigen sollte.

Soweit es ging, fuhr sie mit dem Rad, doch irgendwann wurde der Morast so tief, dass die Reifen stecken blieben. Sie stieg herunter, schon wieder komplett durchgefroren und genauso nass wie vor dem Kleiderwechsel. Zwischen Hecken und mannshohen Gräsern legte sie ihr Rad ab. Wenn sie es nicht schieben musste, würde sie sicherlich viel schneller vorankommen. Ihren Korb mit der Kleidung ließ sie auf dem Gepäckträger, den Stoffbeutel hielt sie mit einer Faust. Mit der anderen Hand schob sie Zweige beiseite, die ihr den Blick auf den kaum sichtbaren Trampelpfad verwehrten. Ihre Schuhe blieben im Schlamm stecken, jeder ihrer Schritte wurde von einem Schmatzen des Erdbodens begleitet. Endlich tauchte die verlassene Hütte vor ihr auf. Wieder stand die Tür einen Spalt breit offen. Elise zog sie auf, ihr Blick jagte durch den Raum. In der Ecke saß eine Person. Im Dämmerlicht der Hütte erkannte sie nur das Weiß der Augen.

»Ich habe Schuhe«, rief sie und legte den Beutel zu Boden, ergriff ihn aber gleich wieder, weil ihr einfiel, dass sie zuerst das Geld kassieren musste. Die Gestalt kam auf sie zu und als der Mann nur noch wenige Schritte von ihr entfernt war, erkannte sie, dass es derselbe war wie in der Woche zuvor.

»Bonjour Madame.« Der Kerl sah aus, als fletsche er die Zähne.

Elise nickte nur.

Er kramte in seiner ausgebeulten Hosentasche, die aussah, als trüge er die Schuhe immer in diesen Taschen nach Hause. Jetzt fiel Elise auf, dass seine Hose ebenso nass war wie ihre eigenen Kleider. Offenbar hatte auch er sich zu Fuß durchgeschlagen. Dann will er sicher genauso schnell wieder los wie ich, beruhigte sie sich. »Ihre Schuhe. Hier.« Sie schwenkte die Tasche hin und her, streckte den anderen Arm aus.

Er legte ihr das Geld in die Hand. Doch, anstatt die Stofftasche zu nehmen, baute er sich direkt vor ihr auf. Elise hob den Arm, um die Tasche zwischen sich und ihn zu bringen, da packte er sie bereits an der Schulter und drückte sie gegen die Wand. Der Beutel fiel zu Boden, Elise ballte die Hände zu Fäusten und stemmte sich gegen den immer größer werdenden Druck. Er öffnete den Mund, die gelben Zahnstummel traten wieder hervor und Elise hielt den Atem an. Trotzdem nahm sie den muffigen Geruch aus seinem Schlund wahr, der sofortigen Brechreiz bei ihr auslöste. Sie würgte, als sich seine Lippen auf ihre pressten. Von hinten drückte das Holz gegen ihre Schulterblätter. Sie wollte schreien, doch es drangen nur seltsam schrille Geräusche hervor. Ihre Fäuste trommelten auf seine Arme, da spürte sie seine Hand an ihrem Bein. Noch greller wurde ihre Stimme. Er schob seine Hand immer weiter nach oben, drängte sein Knie zwischen ihre Beine. Im gleichen Moment riss sie ihr Bein nach oben, der Rock gab nach und das Knie landete in seinem Schritt.

Er jaulte auf, sackte zusammen und ging jammernd vor ihr zu Boden. Elise sprang zur Seite, schnappte die Stofftasche, da erhaschte er ihre Hand. Sie entriss sich ihm, holte mit der Tasche aus und donnerte sie ihm direkt ins Gesicht.

Blitzartig drehte sie sich um und lief, so schnell sie konnte, über den Trampelpfad zurück. Äste schlugen ihr ins Gesicht, Laub klebte auf ihren Wangen und ihre Haut brannte.

Sie schmiss den Schuhbeutel in den Korb, zerrte das Fahrrad aus den Büschen, dabei fiel ein Geldschein zu Boden. Schnell klaubte sie ihn auf, steckte ihn in die Bluse und schob das Rad durch den Morast, bis sie endlich die asphaltierte Straße erreichte und aufsteigen konnte. Erst jetzt sah sie sich noch einmal um und atmete auf, denn nun war sie überzeugt, dass der Franzose ihr nicht gefolgt war.

Was sollte sie Herrn Weber sagen, wenn sie mitsamt den Schuhen und dem Geld zurückkam?

Die Fahrt zurück nach Pirmasens führte auf einem Teilstück durch bewaldetes Gebiet. So traf der Regen Elise wenigstens hier nicht mit seiner ganzen Macht. Die Haare klebten an ihren Schläfen und schlugen ihr ins Gesicht, längst hatte sich der Knoten am Hinterkopf aufgelöst. Wenigstens geht es bergauf, ermutigte sie sich selbst, dann wird mir nicht so kalt. Doch dann jagte ein eisiger Schauer über ihren Rücken, der nicht dem Wetter geschuldet war. Sie biss die Zähne zusammen, denn für sie stand fest, dass sie künftig keine Schuhe mehr für Herrn Weber ausliefern würde. Und genau das wollte sie ihm sagen. Wenn Herr Weber sie dann entlassen wollte, sollte er es eben tun. Bereits im nächsten Augenblick zweifelte sie jedoch an ihrem Entschluss.

Erst als sie in die Kaiserstraße einbog, flachte die Straße ein wenig ab. Hier prasselte ihr aber wieder der Regen ins Gesicht.

Sie kniff die Augen zusammen, um überhaupt etwas erkennen zu können. Völlig erschöpft erreichte sie zum zweiten Mal an diesem Tag das Fabrikgelände. Die Kerze im Fenster brannte nicht mehr, nur der Schein der Schreibtischlampe erhellte den Raum.

Elise blieb hinter einem Mauervorsprung stehen. Sie öffnete ihren Haarknoten vollends, beugte sich vornüber und drückte das Wasser aus ihrem Haar. Dann band sie es erneut zusammen und hoffte, wenigstens einigermaßen aufgeräumt auszusehen. Als sie sich aufrichtete, entdeckte sie den blauen Fleck an ihrem Handgelenk. Sie atmete tief durch und beschloss, Herrn Weber alles genau so zu erzählen, wie sie es erlebt hatte. Nur das Geld – davon würde sie nichts sagen.

Mit kräftigen Schlägen trommelte sie gegen die Tür. Es dauerte einen Moment, bis Herr Weber öffnete. Sein Blick fiel sofort auf den Beutel, den Elise in der Hand hielt.

»Was? Wieso?« Er brachte kein klares Wort heraus.

»Es hat nicht geklappt.« Elise drückte ihm die Stofftasche in die Hand und schob sich an ihm vorbei in den trockenen, dunklen Flur. Dabei drehte sie ihre eigene Hand so, dass er ihre Verletzung sehen musste. Doch Weber reagierte nicht darauf.

»War er nicht da?« Er kratzte sich nervös am Kinn.

»Doch.« Ein wenig wunderte sie sich selbst über ihre feste Stimme.

»Was heißt hier: doch? Lass dir nicht jedes Wort aus der Nase ziehen. Was ist geschehen? Wo ist mein Geld? Mein Kunde?« Herr Weber spuckte die Worte so schnell heraus, dass Speicheltröpfchen durch die Luft flogen.

Elise wich zur Seite, streckte ihm wieder ihre Hand entgegen und deutete mit der anderen darauf. »Dieser Kerl war nicht so sehr an Ihren Schuhen interessiert, sondern an etwas ganz anderem.«

Herr Weber ließ den Beutel fallen. »Was soll das heißen?«

Sie konnte sehen, wie beim Schlucken sein Adamsapfel deutlich hervortrat.

Für einen Moment ließ sie ihn in dem Glauben, es sei ihr etwas zugestoßen und hoffte darauf, er würde von sich aus sagen, dass sie unter diesen Umständen keine weiteren Übergaben mehr zu erledigen brauchte. Doch er räusperte sich nur und erklärte schließlich mit der Stimme der Überzeugung: »In Zukunft gehst du nicht mehr ohne das Kind. Dann passiert so was nicht.«

Elise schnappte nach Luft. Der Boden unter ihren Füßen schien zu wanken. Mit einer Hand hielt sie sich am Türrahmen fest. Dann trafen sich ihre Blicke. Er flehte sie geradezu an, ohne zu reden.

Sie atmete mehrfach tief durch, ehe sie zu einer Antwort ansetzte. »Nein, Herr Weber. Ich kann das nicht mehr machen. Es ist zu gefährlich. Für meinen Sohn. Und für mich.«

»Ich habe aber sonst niemanden.«

»Warum gehen Sie nicht selbst?«, fragte Elise.

Er winkte verächtlich ab. »Mich kennt doch jeder. Das geht nicht. Du musst das machen.«

»Nein.« Elise verschränkte die Arme vor der Brust, um ihre Aussage zu verstärken. »Sie sehen doch, was dabei herauskommt.«

Webers Schultern sackten herunter. »Das ist dein letztes Wort?«

Sie nickte und nach einer kurzen Atempause fügte sie hinzu: »Lassen Sie uns einfach so arbeiten wie in den letzten Monaten. Wir brauchen die Franzosen nicht.«

Im gleichen Augenblick richtete Weber sich vor ihr auf, nestelte an einem seiner Hemdenknöpfe und sah sie stechend an. »Davon hast du wirklich keine Ahnung! Also kümmere dich um dein Zeug. Ich muss jemand haben, der meine Schuhe ausliefert. Wenn du das nicht tust, dann kann ich dich nicht mehr brauchen.«

Elise ballte ihre Hände zu Fäusten. Sie spürte ihren Pulsschlag an der Schläfe. »Ich soll mich hernehmen lassen wegen ein Paar Schuhen? Das meinen Sie doch nicht im Ernst.« Ihre

Stimme überschlug sich. »Nein! Das werde ich ganz gewiss nicht machen. Da müssen Sie sich tatsächlich eine andere suchen.«

Herr Weber zerrte sie am Arm in sein Büro. Noch nie hatte er sie in dieser Weise berührt. Er schob sie zum Schreibtisch und drückte sie auf den Besucherstuhl, ohne sich an ihren nassen Kleidern zu stören. Dann polterte er zu seinem Stuhl und fiel darauf. Das Holz ächzte unter dem plötzlichen Gewicht.

Jede seiner Bewegungen verfolgte sie mit Argusaugen. Was mache ich nur? Soll ich ihm sein Geld geben? Unaufhörlich jagten wirre Gedanken durch ihren Kopf. Mutter wird mich nicht verstehen. Großvater wahrscheinlich schon. Elise wünschte sich ihren alten Vertrauten an die Seite, der bestimmt auch in diesem Augenblick wüsste, was zu tun sei.

Herr Weber trommelte mit den Fingerspitzen auf dem Schreibtisch und jedes Mal, wenn er dieses nervenzerfetzende Tun unterbrach, schob er den Bleistift leise kratzend über das Papier. Nach kurzer Zeit zeichneten sich auf dem Blatt dicke Striche ab, die Blitzen ähnelten. Elise erinnerte sich an die Uniformen der SS-Männer, die ihr so oft Angst eingeflößt hatten. Wobei das sicherlich mit den grimmigen Mienen der Uniformträger zu tun hatte. Unwillkürlich wandte sie den Blick ab.

Der Zeiger der Wanduhr in Webers Büro wanderte unaufhörlich weiter. Es war schon fast vier, lange würde es nicht mehr dauern, bis die Dämmerung hereinbrach.

»Eigentlich muss ich nach Hause«, warf Elise ein, ohne ihren Chef anzusehen.

»Eigentlich hattest du eine Aufgabe, die du nicht erledigt hast«, gab er mürrisch zurück.

»Ich möchte jetzt wirklich nicht noch einmal ...«

»Natürlich möchtest du da nicht drüber reden. Aber ich brauche diesen Auftraggeber und du brauchst mein Geld. Und mein Leder.« Die letzten Worte betonte er besonders.

Elise biss die Zähne so fest aufeinander, dass ihre Wangen schmerzten. Die Scheine in ihrem Büstenhalter schienen plötzlich mehr Gewicht zu haben als ein Sack Steine.

»Ich werde mit ihm reden.« Herr Weber erhob sich und deutete Elise an, dass sie gehen sollte.

Und dann?, schoss es ihr durch den Kopf, doch sie wollte nicht noch einmal hören, was er von ihr erwartete, und wenn er ihr jetzt nicht kündigte, hatte sie zumindest Zeit gewonnen.

Zähneklappernd und mit kalt-steifen Fingern verließ Elise Pirmasens. Der Regen hatte sich gelegt, doch jetzt pfiff ein kühler Wind über die Trümmer der Siebenhügelstadt. Endlich erreichte sie die schützenden Bäume und die zwischen ihnen verlaufende Straße nach Rodalben. Die nahende Dunkelheit jagte ihr einen neuerlichen Schauer über den Körper. Sie setzte sich aufs Rad, das sie zwischen den Häuserresten der Stadt hindurchgeschoben hatte und trat in die Pedale. Obwohl es bergab ging, hörte sie nicht auf zu treten, weil sie hoffte, so schnell wie möglich den Ort im Tal zu erreichen.

Die Straßenlaternen leuchteten bereits, als sie durch Rodalben fuhr. Fast sehnte sie sich danach, endlich bergauf zu fahren, um nach Clausen zu kommen. Doch ihre Beine schmerzten immer mehr und ihre Hände klammerten sich verkrampft am Lenker fest. Jedes neuerliche Eintreten in die Pedale wurde zur Last. Auch zu atmen fiel ihr zunehmend schwer und so hörte sie sich bald selbst, wie sie keuchend die Luft ausstieß. Ihre Wangen glühten, die Haare klebten eiskalt auf der Kopfhaut. Da stiegen die Bilder des Nachmittages noch einmal in ihr auf. Wie dieser ekelhafte Fremde sie bedrängt und wie verständnislos Herr Weber auf ihre Ausführungen reagiert hatte. Sie wischte sich mit einer Hand über die Augen, als könnte sie damit die Erinnerungen loswerden. Dann zwang sie sich, zu pfeifen. Irgendein fröhliches Lied oder etwas Beruhigendes. Sie spitzte die Lippen und zwischen ihrem Keuchen erkannte sie, was sie da pfiff. Es klang nicht schön, wie sie die einzelnen Silben von »Guten Abend, gut Nacht«, herauspresste. Aber ihre Muskeln entspannten sich und als sie den höchsten Punkt erreichte, fühlte sie sich sogar ein klein wenig zufrieden.

Mit letzter Kraft schaffte sie das Rad hinters Haus, nahm den Korb herunter und trat ein. Es war still, eine geradezu wehklagende Ruhe trat ihr entgegen. Kein Nähmaschinengeratter, kein Kindergeschrei, auch nicht das Trippeln ihres kleinen Bruders, nichts. Elise schlich zur Küche, ein schwacher Lichtstrahl drang unter der Tür hindurch. Sie schob sie auf. Da entdeckte sie ihre Mutter, die halb sitzend, halb liegend über dem Tisch hing. Den Kopf hatte sie auf den ausgestreckten Arm gebettet, die andere Hand ruhte auf ihrem Oberschenkel. Die Wangen wirkten unnatürlich rot und sofort bemerkte Elise, dass ihre Mutter geweint haben musste, denn die Augenringe waren dunkelrot, als hätte sie sie stundenlang gerieben.

»Meine Güte«, stammelte sie und presste gleich wieder die Lippen zusammen. Sie ging auf ihre Mutter zu, legte ihr sanft die Hand auf die Schulter. »Was ist denn hier los?« Der Versuch, ein wenig aufheiternd zu klingen, misslang ihr. Vielmehr nahm sie selbst wahr, wie viel Sorge bei jedem ihrer Worte mitschwang.

Die Mutter schreckte hoch. Völlig zerzaust hing ihr Haar herunter. Und das, obwohl sie sonst darauf achtete, wenigstens einigermaßen ordentlich frisiert zu sein.

»Kind, wie siehst du denn aus?« Sofort sprang Mutter auf und legte ihre Hände auf Elises Wangen. »Du musst raus aus den nassen Kleidern.« Mutter zerrte schon an der Bluse. Von oben bis unten musterte sie ihre Tochter. »Wessen Kleidung ist das denn?«

»Die ist von Frau Weber«, gab Elise knapp zurück. Der irritierte Blick ihrer Mutter entging ihr nicht und so beeilte sie sich anzufügen: »Als ich klatschnass beim Fabrikanten eintraf, haben sie mir trockene Kleider angeboten. Hat nur nicht lange gehalten.« Sie versuchte zu grinsen und strich mit einer Hand über ihren Körper.

Doch ihre Mutter reagierte auch jetzt nicht auf die versuchte Aufheiterung. Ganz im Gegenteil. »Elise, wir schaffen es nicht.«

»Wie meinst du das?« Elise ließ den Rock auf den Boden fallen, wagte einen kurzen Blick zu ihrem schlafenden Sohn und fing dann wieder den Kontakt zu ihrer Mutter auf.

»Wir können so nicht weitermachen.«
»Haben wir eine Wahl?«
Ihre Mutter ließ sich zurück auf den Stuhl fallen. »Zieh dich um. Und dann reden wir. In Ruhe.«

Elise beeilte sich, in trockene Sachen zu schlüpfen, zog ein zweites Paar Wollsocken über die roten Füße, an denen die Zehen in der warmen Luft langsam zu schmerzen begannen. Die nassen Scheine faltete sie auseinander und drapierte sie ordentlich nebeneinander aufs Fensterbrett. Für ein paar Tage würde es reichen. Sofern jemand ein Tauschgeschäft mit Geld einging. Sie trocknete ihre Haare, steckte sie hoch und eilte zum Zimmer des Großvaters.

»Und, Mädel. Ist alles gut gegangen?« Großvater lächelte.

»Na ja. Wie man's nimmt.« Schulterzuckend bemühte sie sich darum, das Lächeln zu erwidern, doch sie merkte an seinem Gesichtsausdruck, dass ihr das wohl nicht gelungen war.

»Gibt es Schwierigkeiten?«

»Nicht mehr als sonst«, antwortete sie und dachte zugleich sorgenvoll an das, was die Mutter ihr wohl sagen wollte. »Kann ich nachher nochmal zu dir kommen?«

»Du stellst Fragen.« Er strich mit einer Hand über die Lehne seines Ohrensessels und sah wieder zum Fenster hinaus. Schnell lief sie die Treppe hinunter.

»So, ich bin trocken. Jetzt rede mit mir.« Elise nahm gegenüber ihrer Mutter Platz. Kaum hatte sie sich hingesetzt, fragte sie: »Wo ist eigentlich Hans?«

»Im Bett. Es geht ihm nicht gut.«

»Der arme Kerl.« Elise zog den Stubenwagen näher zu sich und schaukelte ihn sacht hin und her. Dabei beobachtete sie ihren Sohn, der im Schlaf das Näschen rümpfte und ab und zu schmatzende Geräusche von sich gab. »Wie gut, dass du von alldem nichts mitbekommst.«

»Elise, ich gehe weg von hier.«

Erschrocken sah sie ihre Mutter an, versuchte, deren Augen zu fixieren, doch die wichen ihr aus. »Wie? Weg?«

Mutter räusperte sich, lehnte sich zurück, um sich kurz darauf wieder nach vorn zu beugen. Sie stützte die Ellbogen auf die Tischplatte und redete leise weiter. »Wir kommen auf keinen grünen Zweig. Nichts geht voran. Die Erinnerungen an deinen Vater fressen mich auf. Ich kann nicht mehr denken. Und jetzt noch das Unglück mit meinem Hänschen.« Sie schüttelte den Kopf. »Er ist doch kein Mörder. Nicht er, der Bub. Er hat das alles nicht gewollt.« Die Hände vors Gesicht geschlagen fing Mutter neuerlich an zu weinen.

Elise legte die Finger an ihre Schläfen, begann sie mit kreisenden Bewegungen zu massieren, doch die hämmernden Gedanken taten einfach weh. »Aber Mutter, wir sind doch hier zu Hause.«

»Du kannst ja dableiben.« Trotzig hörte sich das an.

»Wo willst du denn hin? Und was soll aus uns werden? Wir gehören doch zusammen. Hierher.« Elise redete sich in einen Rausch. Sie merkte, wie ihre Wangen heiß wurden und legte sich alle Argumente, die sie finden konnte, zurecht, um ihre Mutter zur Besinnung zu bringen.

Die hob nur abwehrend die Hand. »Meine Entscheidung steht fest.«

Das hörte sich nicht nach einer kurzen Laune an, sondern nach einem lange durchdachten Plan. In Elise erwuchs der Zorn.

»So, deine Entscheidung steht also fest. Und was wir machen, ist dir egal? Hier ist mein Zuhause. Hier lebt der Großvater. Er hat alles aufgebaut, hat es euch überlassen und du trittst all das mit Füßen.« Die Stimme dröhnte ihr in den Ohren. »Man kann nicht einfach so alles aufgeben. Und schon gar nicht, wenn man nicht weiß, wo man hin soll.« Sie schlug mit der flachen Hand auf den Tisch und erschrak selbst über ihre heftige Reaktion.

Mutter verschränkte die Arme vor der Brust. »Du musst doch selbst zugeben, dass wir hier keine Zukunft haben. Ich bin praktisch arbeitslos. Die paar Schuhe für den Weber sind doch nichts, mit dem wir auf Dauer überleben können. Und die Hamsterei ist kein erträgliches Zubrot. Es reicht gerade so. Wir haben nichts. Wir können nichts ...« Sie redete nicht weiter.

Elise richtete ihren Blick zur Zimmerdecke. Eigentlich hatte sie ihrer Mutter von dem zusätzlichen Geld berichten wollen, eine heiße Milch trinken und für ein paar Stunden annähernd zufrieden sein wollen. Und jetzt? Mutter sah nicht mehr krank aus, wie an vielen Tagen zuvor. Vielmehr wirkte sie entschlossen. Bei Elise hielt sich allerdings der Zweifel darüber, wie ihre Mutter all das anstellen wollte und was ihr Ziel war. Nach einer kurzen Atempause legte sie wieder los: »Wohin willst du denn? Schau doch, wir haben die Tiere hier. Wir sind zusammen. Wir helfen einander. Uns geht es doch gut.«

»Gut? Bist du von allen guten Geistern verlassen?« Mutters Stimme schrillte durch den Raum. »Was bitte soll denn hier gut sein?« Sie pustete hörbar die Luft aus. »Eine geklaute Kuh, eine alte Ziege, die kaum mehr Milch gibt. Die paar gehamsterten Kartoffeln und deine Heidelbeeren, die erst im nächsten Jahr wiederkommen. Mehr haben wir nicht.«

»Wir haben noch eine ganze Menge getrocknete Beeren. Wir haben Milch und Butter. Ich habe heute einen Buben getroffen, der hatte nicht einmal Schuhe an den Füßen.«

Mutter zog die Augenbrauen zusammen.

»Ja, du hast richtig gehört. Keine Schuhe. Dafür einen viel zu großen Hut auf dem Kopf und einen Mantel, der vermutlich einst seinem Vater gehörte. Dieser kleine Kerl wollte mir seinen Hut schenken. Damit ich nicht nass werde. Er hat nichts. Verstehst du? Gar nichts. Außer einem riesigen Hut. Sogar den würde er hergeben. Und dir fällt nichts ein als vor allem wegzulaufen. Wunderbar!« Elise sprang vom Tisch auf.

In diesem Moment quäkte Reinhard los. Sie holte ihn gleich aus dem Stubenwagen und legte ihn mit dem Köpfchen gegen ihre Schulter, sodass er sich umsehen konnte.

Mit einer Hand stellte Elise die Milch auf den Holzofen, legte ein kleines Holzscheit ein und beobachtete, wie sich das weiße Gold, so nannte der Großvater manchmal träumerisch die Milch, langsam erwärmte und dabei kleine Blasen bildete. Vorsichtig füllte sie alles in Reinhards Fläschchen, gab ihm den Sauger und der Kleine begann zu trinken.

Elise setzte sich nicht. Sie wollte ein wenig Abstand zu ihrer Mutter haben und doch ließ sie sie nicht aus den Augen. Nicht einmal zufrieden sah Mutter aus. Sie stierte unentwegt gegen die kahle Wand, an der einst ein Foto ihres Vaters in Uniform gehangen hatte. Das hatten sie weggelegt, weil niemand den Anblick mehr ertragen konnte. Doch Elise ahnte, dass sogar der Nagel in der Wand ihre Mutter an die schreckliche Todesnachricht erinnerte.

Mit kleinen Schritten ging sie auf ihre Mutter zu, streichelte ihr über den Rücken. »Wir müssen zusammenhalten. Das sagst du doch immer.«

»Ich kann einfach nicht mehr, Elise.« Die Stimme war kaum hörbar und Elise ahnte, wie schwer es ihrer Mutter fiel, sich so schwach zu zeigen.

»Und wenn wir noch einmal nachdenken? Vielleicht fällt uns ja eine Lösung ein.«

»Wie denn? Was denn? Das ist doch unmöglich.« Jetzt war Mutters Stimme ein klein wenig kräftiger und ließ fast so etwas wie einen Funken Hoffnung spüren, obwohl die Worte etwas anderes aussagten.

»Wir reden nochmal. Nur nicht mehr heute. Ich bin todmüde.«

Elise wusste, sie brauchte Zeit. Und einen Plan, der nicht nur sie selbst, sondern auch die Mutter überzeugte.

Mit Reinhard im Arm suchte sie den Großvater auf, setzte sich ihm gegenüber und räusperte sich. Er zog die Decke über seinen Beinen zurecht.

»So, nun sag mir, was los ist.«

Elise hüstelte. »Zu viel für einen einzigen Tag.« Sie berichtete ihm von Mutters Aussagen. Als sie ihm von ihrem Erlebnis mit dem Franzosen erzählte, saß er zunächst wie versteinert da, dann lehnte er sich mit beiden Ellbogen auf seinem Sessel auf. Die Sorgenfalten um seine Augen vertieften sich.

Schließlich sagte er: »Du gehst nicht mehr zum Weber. Damit ist jetzt Schluss.« Er ließ keinen Zweifel an der Ernsthaftigkeit seiner Aussage aufkommen und bestärkte dies mit einem festen Blick.

»Aber Großvater«, murmelte sie und kaute nervös auf ihrer Unterlippe. »Du weißt doch … Ich muss ihn nur davon überzeugen, dass ich diese Auslieferungen nicht mehr mache. Die andere Arbeit möchte ich schon behalten.«

»Meine Enkelin muss keinem dieser Schweine unter die Augen treten. Da fresse ich lieber Gras.« Während er sprach, ballte er seine Hände zu Fäusten und hob sie langsam an.

»Es ist ja nichts passiert«, versuchte sie zu beschwichtigen, doch Großvater sah sie immer noch mit einem ebenso strengen wie schockierten Gesichtsausdruck an.

»Der Weber soll sich jemand anderen suchen. Du machst das nicht mehr.«

»Wir brauchen doch das Geld, Großväterchen. Ich muss mich nur durchsetzen.« Elise griff über den Tisch nach seiner Hand und tätschelte sie. »Kennst mich doch.«

»Nein!« Er begann zu zittern. »Da hört alles auf. Geld hin oder her. Das ist es nicht wert.«

Elise senkte den Kopf. Wenn Großvater so vehement reagierte, war seine Sorge wirklich sehr groß, deshalb war es besser, ihm nicht mehr zu widersprechen. »Vielleicht hast du recht.«

»Es gibt so viele Schweine, Mädel. Das darfst du nicht zulassen.« Er rieb sich über die Arme als fröstelte er. »Es gibt andere Möglichkeiten, Geld zu verdienen.«

Das hörte sich nun nicht besonders überzeugend an.

»Mal sehen.« Elise erhob sich. »Jetzt muss ich erst einmal schlafen.«

»Wenn dein Julius kommt, wird alles gut.« Großvater lächelte zuversichtlich. »Daran musst du ganz fest glauben.«

»Julius. Wäre er nur schon hier.« Elise sah ihren Sohn an und ihr Blick fing sich in dem Grübchen an seinem Kinn. Wie so oft, hatte sie auch diesmal das Gefühl, ihr Liebster stehe vor ihr und lächle sie an.

15. Keine Hoffnung mehr

Montag, 23. Oktober 1945

Täglich wartete Elise auf Gerda und darauf, endlich eine Antwort von Frau Schäfer zu erhalten. Sie hoffte so sehr, dass Julius' Mutter ihre persönliche Nachricht weitergegeben hatte. Vielleicht hatte er sogar seiner Mutter gegenüber erwähnt, dass auch er sie, Elise, vermisste. Am meisten interessierte sie natürlich, was er zu seinem Sohn sagen würde.

In den letzten Tagen war Gerda nur zwei Mal da gewesen. Sie sah schlecht aus. Ihr Körper war fülliger geworden, die Wangen waren blass, die Körperhaltung glich der einer alten Frau und auch die Augen sprachen Bände. Lange würde sie die Schwangerschaft nicht mehr verheimlichen können.

Elise hatte überlegt, Gerda beim nächsten Zusammentreffen anzubieten, zu ihr zu ziehen. Wenn Mutter wirklich wegging, wie sie angekündigt hatte, wäre Elise froh, nicht allein zu sein mit der vielen Arbeit, die bewältigt werden musste. Außerdem hatte sie eine Idee, die sie nicht mehr losließ. Dafür brauchte sie jemanden, der sie unterstützte.

Sie stand am Fenster und beobachtete, wie die Regenwolken sich verzogen. Die Landschaft wirkte heute besonders traurig. Die Äste hingen nass und blattlos an den Bäumen, gerade so, als gehörten sie nicht mehr zueinander. Gelbgrüne Gräser waren plattgedrückt vom vielen Regen der vergangenen Tage und auf dem Weg zum Kreuzberg hatten sich tiefe Pfützen gebildet. Nicht einmal hier, wo viel Gefälle vorhanden war, floss das Wasser ab.

Elise wickelte ihre Wollweste enger um die Schultern und zog den Kragen hoch. »Sauwetter«, murmelte sie. Dabei sah sie unwillkürlich gen Himmel. Dort teilte sich gerade ein Wolkenturm und gab für einen Moment ein Stückchen Himmelblau frei. Wie schön, dass es auch helle Momente gibt, dachte sie und wendete ihren Blick wieder auf den Weg. Doch von Gerda war auch jetzt nichts zu sehen.

Im Stall erwarteten sie die beiden Milchtiere bereits. Die Hühner hatten sich in die hinterste Ecke zurückgezogen, als ob sie auf keinen Fall nach draußen ins regennasse Gras entlassen werden wollten.

Elise melkte zuerst Lotta, deren Milch gerade ein Viertel des kleinen Zinkeimers füllte, dann drehte sie sich zur Kuh um. »Millichen, ich hoffe, du hast ein wenig mehr für mich.« Hoffnungsvoll klopfte sie dem Tier auf die Hinterbacke und begann ihre Arbeit. Der warme Milchstrahl traf in den Eimer und dieses Geräusch erfüllte eine Zeitlang den Raum. Als sie mit dem Melken fertig war, legte sie die Hände an ihre Wangen und spürte die Wärme. »Du wärmst mich immer.« Dankbar legte sie ihren Kopf an den Hals der Kuh.

Die beiden Eimer brachte sie in die Küche, kippte die Ziegenmilch gleich in einen Topf und stellte den Eimer mit der Kuhmilch in die Vorratskammer. Sie besah die leeren Regale und erinnerte sich daran, wie es war, als sie hier noch Gläser mit Wurst stehen hatten und wie fein die Räucherwurst ihres Vaters geschmeckt hatte. Dann fiel ihr Blick wieder auf die getrockneten Heidelbeeren. Es hatte sich eine passable Menge angesammelt in den Spätsommertagen. Nun waren sie gedörrt, ähnelten im Halbdunkel der Kammer mehr den Hinterlassenschaften von Mäusen. Und doch waren sie so wertvoll.

Elise zog ein Blech hervor, beugte sich darüber, schloss die Augen und sog tief die Luft ein. »Hmmm«, entfuhr es ihr. Der süß-herbe Duft der kleinen Früchte bahnte sich seinen Weg in ihre Gedanken und bekräftigte somit ihr Vorhaben, im kommenden Jahr aus den Beeren ein Geschäft zu machen. Bis dahin wollte sie sich noch mit Weber arrangieren. Die Zeit war absehbar. Doch schon wenn sie darüber nachdachte, keimte ihr schlechtes Gewissen auf. Immerhin hatte er sie beschäftigt, als sie kein anderer einstellen wollte. Er hatte sich ihr gegenüber immer anständig verhalten. Dennoch versuchte Elise, die aufkommende Unsicherheit zu verdrängen, sie wusste, dass er seit Tagen auf ihre Antwort wartete, ob sie die nächste Schuhlieferung wieder übernehmen und zur Hütte bringen würde.

Einige Lieferungen hatte er inzwischen selbst erledigt. Doch nun stand fest, dass ihm das endgültig zu heikel war. Zumindest hatte er ihr das berichtet, als sie fertige Schuhe an ihn ausgeliefert und sich strikt geweigert hatte, den Franzosen zu treffen. Beim letzten Mal hatte er einen einstigen Schulkameraden getroffen, den er nur schwerlich davon überzeugen konnte, einen Spaziergang unternommen zu haben. Das hatte er Elise so eindringlich berichtet, dass seine Worte noch jetzt nachhallten.

Sie versuchte, sich auf die Heidelbeeren zu konzentrieren, die sie vorsichtig zusammenschob und in ein leeres Einmachglas füllte. Sorgfältig verschloss sie das Glas, holte das nächste heran und führte ihre Arbeit fort.

Erst als sie Schritte auf der Treppe hörte, ließ sie von dem Blech ab und verließ die Kammer. Sie trat in den Flur und prallte fast mit ihrer Mutter zusammen. Schick sah sie heute aus, so als ginge sie zu einem Fest oder zum Gottesdienst. Die Haare waren ordentlich zu einem Knoten gebunden, die Sonntagsbluse strahlte so weiß, dass man einfach drauf sehen musste und den grünen Rock, den Großmutter ihr einst geschenkt hatte, hatte sie schon lange nicht mehr getragen.

Unsicher rieb ihre Mutter die Hände ineinander. »Ich habe einen Termin.«

»Scheint wichtig zu sein.« Elises Augen wanderten von Mutters Füßen zum Gesicht. Irgendetwas war anders. Sie wirkte beinahe ausgelassen, als erwarte sie eine Freude. Und auch die Nervosität, die von ihrer Mutter ausging, bildete Elise sich nicht ein. Oder doch? »Wo gehst du hin?«, fragte sie.

»Ich muss zum Zug.«

»Du fährst mit der Bahn weg?« Elise zog die Stirn kraus. »Was hast du denn vor?«

»Ich komme abends wieder. Großvater weiß Bescheid. Er kümmert sich um Hänschen. Reinhard muss heute bei dir bleiben.« Ohne eine weitere Erklärung schob sich die Mutter an ihr vorbei, trat in die Küche und kramte in dem kleinen Weidenkorb auf der Kommode, in dem sie alle Papiere aufbewahrten.

»Brauchst du deinen Ausweis?« In Elise breitete sich eine Unsicherheit aus, die sie nicht erklären konnte. Doch das Verhalten ihrer Mutter war derart eigenwillig, dass sie gar nicht anders konnte, als sie mit sorgenvoller Miene zu verabschieden. Hoffentlich traf sie keine unbedachte Entscheidung. Weitere Fragen ersparte Elise sich, denn sie war sicher, dass ihre Mutter auch an diesem Tag nicht mehr verraten würde als an den Tagen zuvor. Wann immer Elise sie nach ihren Plänen befragt hatte, war sie ihr ausgewichen. Sie konnte nur hoffen, dass Mutter sich am Abend, nach ihrer Rückkehr, endlich erklären würde.

Kaum hatte die Mutter das Haus verlassen, trat Hans in die Küche. Elise stellte ihm eine Tasse warme Milch hin und schnitt ihm einen Apfel auf, den sie von ihrer letzten Hamsterfahrt mitgebracht hatte. »Extra für dich.« Sie knuffte dem kleinen Bruder liebevoll in die Seite.

Er lächelte müde, doch seine Augen waren auch mehrere Wochen nach Fritz' Tod noch von dieser unsäglichen Traurigkeit erfüllt, dass es Elise jedes Mal einen Stich versetzte, wenn sie ihn ansah.

In sich gekehrt und wortkarg lief der Bub seit dem Unglück durch die Gegend. Er erzählte nichts von den Schulkameraden, setzte sich nachmittags wortlos an seine Hausarbeiten, um danach stundenlang im Garten zu kauern und in die Ferne zu schauen. Manchmal schnitzte er Kreuze aus kleinen Stöckchen und Wurzeln.

Auch Großvater wusste keinen Rat. Er meinte immer nur, man solle dem Buben Zeit lassen. Als Elise die Gemeindeschwester befragt hatte, war deren Antwort ebenso deutlich wie ungerecht gewesen: »Wer einen anderen auf dem Gewissen hat, kommt damit nicht so einfach zurecht. Daran hat er sein Leben lang zu knabbern.«

Jetzt nahm Hans seine Schultasche in die Hand, Elise wischte ihm den Milchschnurrbart weg und zog ihn an sich. »Ich hab dich lieb, Brüderchen«, raunte sie ihm zu und hauchte ihm einen Kuss auf den lockigen Haarschopf. Hans erwiderte ihre Umarmung, doch er sagte nichts.

Von der Haustür aus sah sie ihm nach, bis er bergab um die Kurve verschwunden war.

Sie wiegte Reinhard auf dem Arm. Eigentlich müsste sie dringend nach Pirmasens, doch sie wollte den Kleinen nicht mitnehmen, weil sie nicht wusste, wie das Gespräch mit Herrn Weber ausgehen würde. Auch musste unbedingt das restliche Holz aus der Waldhütte nach Hause geholt werden. Die letzten Andenken an Vater, schoss es ihr durch den Kopf und schnell schluckte sie den Kloß in ihrem Hals hinunter. Reinhards Augen fingen ihren Blick ein. Sie vergrub ihre Nase in seiner winzigen Halsbeuge. Tief atmete sie den kindlich-feinen Geruch ihres Sohnes ein. »Wenn ich dich nicht hätte, mein kleiner Schatz.«

»Dann hättest du immer noch mich.«

Erschrocken schoss sie herum. Sie hatte ihren Großvater nicht kommen hören. »Hast du mich …«

»Ich weiß, es tut mir auch leid. Aber ich wollte deinen Moment der Idylle nicht stören.« Großvater schlurfte zum Tisch und ließ sich ächzend auf einem Stuhl nieder.

Elise beobachtete jede seiner Bewegungen. »Eigentlich bist du echt ein Wunder.«

»Ich?« Lachend winkte Großvater ab. »Ich alter Mann? Wunder sehen doch viel besser aus. Weniger faltig und voller Kraft.«

»Wenn ich mir überlege, dass du vor noch gar nicht allzu langer Zeit kaum mehr einen Schritt allein gemacht hast.« Sie lächelte ihm zu.

»Na ja. Ich war wohl zu sehr in meiner Trauer um deine Großmutter und unseren einzigen Sohn gefangen. Dein Vater fehlt mir immer noch so sehr. Er war doch noch so jung.« Nach einer kurzen Pause fügte er an: »Aber ich kann euch ja nicht im Stich lassen.« Jetzt hatte er wieder dieses verschmitzte Lächeln im Gesicht, das Elise so sehr an ihm mochte.

»Nein, das kannst du wirklich nicht. Ich möchte, dass auch mein Kind noch gute Ratschläge von dir bekommt. Aber er braucht noch ein wenig, bis er mit dir reden kann.« Mit diesen Worten legte sie Reinhard zurück in den Stubenwagen. In Windeseile schaffte sie das Geschirr weg, schnitt eine Scheibe Brot für ihren Großvater ab und stellte ihm den Teller hin. »Wer Ratschläge gibt, muss auch essen.«

Sich selbst schüttete sie den Rest der lauwarmen Milch in eine Tasse. Dann setzte sie sich wieder an den Tisch. »Glaubst du, Julius hat meine Nachricht erhalten?«

»Du machst dir Sorgen.« Er legte die Brotscheibe, die er gerade aufgenommen hatte, zurück auf den Teller und ergriff Elises Hand.

»Würdest du dich nicht ängstigen?«

Er nickte. »Doch, natürlich. Aber du musst bedenken, wie lange die Post heutzutage braucht.« Er deutete mit einer Hand nach draußen. »Zuerst muss sie nach Bayern, dann von dort nach Frankreich, dann wieder retour. Und schließlich die Antwort zu dir. Das dauert einfach.«

»Meinetwegen braucht er gar nicht erst zu schreiben. Mir wäre viel lieber, er stünde vor der Tür.«

»Das glaube ich dir sofort, mein Kind. Wenn ich dran denke, wie groß die Freude bei deiner Großmutter war, als ich im Frühjahr neunzehn-achtzehn vor der Tür stand.« Seine Augen glänzten und vermittelten Elise wieder einmal einen Eindruck von der tiefen Liebe, die ihre Großeltern verbunden hatte.

Elise berührte es jedes Mal aufs Neue, wenn sie mit ihrem Großvater über seine intensiven Erlebnisse sprach. »Ihr habt euch wirklich sehr geliebt.«

»Oh ja.« Verstohlen wischte er sich über die Augen. Mit dem nächsten Bissen, den er tat, versuchte er wohl auch, seine Traurigkeit hinunterzuschlucken.

Schweigend sah sie ihm beim Essen zu, nippte selbst immer wieder an ihrer Milch und schloss zwischendurch die Augen. Dann räusperte sie sich.

»Großvater?«

Er hörte auf zu kauen.

»Ich werde Heidelbeeren verkaufen.« Sie richtete sich auf.

Er schluckte den Bissen, den er im Mund hatte, hinunter. »Wo?«

»Auf dem Markt. In Pirmasens. Da gibt es allerlei Händler. Und ich werde auch dort sein.«

Großvater rümpfte die Nase. »Händler sind unlautere Gesellen. Da passt du doch gar nicht hin.«

»Aber ich muss etwas tun, um Geld zu verdienen. Ich werde den ganzen Tag Beeren pflücken im kommenden Jahr. Auf unserer Lichtung und hinten im Wald Richtung Leimen. Es gibt so viele Plätze bei uns, wo die Heidelbeeren wachsen.«

Allein Großvaters Körperhaltung verdeutlichte, dass er von dieser Idee nicht sehr überzeugt war. Da er nichts sagte, legte Elise nach: »Ich kann Reinhard mitnehmen, kann arbeiten so viel und so lange ich will. Und ich entscheide, was es kostet, wem ich etwas verkaufe, wohin ich gehe. Und wenn es klappt, gehe ich auch in andere Städte.«

»Mädel, das ist nicht so einfach. Die Leute haben nichts, sind froh, wenn sie das Notwendigste bekommen.«

»Das mag ja sein. Aber ich werde Webers krumme Geschäfte nicht ewig mitmachen. Du hast selbst gesagt, dass das sehr gefährlich ist. Du hast gesagt, er sollte sich eine andere für seine dubiosen Dienste suchen. Du hast mich gewarnt.« Elise merkte, wie ihre Stimme lauter wurde, je mehr sie sprach. Sie hielt sich die Hand vor den Mund. »Entschuldige.«

»Schon gut.« Großvater lehnte sich über den Tisch, streichelte ihren Arm. »Mag sein, dass sich alles zum Guten wendet. Wer weiß, vielleicht tun sich ja noch andere Möglichkeiten auf. Es kann nicht alles so schlecht bleiben, wie es derzeit ist. Triff nur keine voreiligen Entscheidungen.«

»Versprochen.«

Elise ließ Reinhard bei Großvater, so konnte sie schnell das Holz aus der Waldhütte herbeischaffen. Sie schob die Schubkarre ihres Vaters aus dem Keller und machte sich auf den Weg über die Lichtung. Zwischen den leergezupften Heidelbeerbüschen blieb sie stehen. Sie musterte die Sträucher, nickte nachdrücklich, wie um sich in ihrer Entscheidung zu bestärken. Heidelbeerfrau ... In Gedanken malte sie sich aus, wie ein Schild ihren Marktstand zierte, auf dem sofort zu erkennen war, was sie feilbot. Dabei schubste sie mit einem Fuß die Zweige der direkt vor ihr stehenden Büschchen an. Ein kleines Gefühl von Zufriedenheit breitete sich in ihr aus. Beschwingt näherte sie sich der Waldhütte. Sie öffnete die Tür - und stieß einen gellenden Schrei aus. Auf dem Boden lag Gerda, umgeben von einer großen Blutlache, das Gesicht fahl. Doch sie atmete.

»Gerda!« Elise stürzte sich neben sie, hob ihren Kopf vorsichtig an, schlug ihr auf die Wange. Gerdas Augenlider flatterten, dann sah sie mit trübem Blick zu Elise auf.

»Lass mich. Ich will nicht mehr.« Gerdas Stimme war so schwach, dass Elise sie kaum verstehen konnte. Auch die abwehrenden Handbewegungen waren nicht mehr kraftvoll, sondern lediglich armselige Überbleibsel einer einst willensstarken jungen Frau.

»Gerda. Was hast du denn getan?« Elise musterte sie und erkannte, dass sich das Blut zwischen Gerdas Beinen sammelte. Da brauchte es keine Aussage mehr, um zu wissen, was der Plan ihrer Freundin war. »Dein Kind.« Elise schluckte ihr Unbehagen hinunter. »Hoffentlich ist ihm nichts passiert.«

»Es muss weg.« Gerda versuchte, sich aufzurichten. Elise legte ihr einen Arm in den Rücken, um sie zu stützen. Mit schmerzverzerrtem Gesicht saß sie neben Elise.

»Ich bringe dich heim.« Sie erhob sich, doch noch ehe sie auf beiden Beinen stand, krallte Gerda sich in ihren Arm.

»Nein, bitte nicht.«

Elise hielt inne. Sie konnte sich vorstellen, was ihre Freundin für eine unsägliche Angst davor haben musste, ihren Eltern die Wahrheit zu sagen.

»Du gehst jetzt erst einmal mit zu uns.« Sie streifte Gerdas Hand ab, lief vor die Tür, holte die Schubkarre herein und stellte sie neben Gerda. »Hier setzt du dich hinein. Dann schiebe ich dich zu unserem Hof.« Elise ließ keinen Widerspruch zu, beugte sich vor und griff unter Gerdas Achsel. Sie stöhnte bei jeder

Bewegung und Elise fragte sich, ob das die Angst war oder ob sie sich eine größere Verletzung zugezogen hatte. »Warst du bei einem dieser Quacksalber?«, fragte sie ächzend, weil Gerda nun mit ihrem ganzen Gewicht auf ihr hing.

Die senkte den Kopf.

»Du warst also da. Was hat er getan?«

Wortlos deutete Gerda auf den Boden und jetzt sah Elise etwas metallisch Glänzendes daliegen. Sie rutschte hin und erstarrte. »Hast du etwa selbst …? Mit der Schere?« Vor ihr lag eine blutverschmierte große Stoffschere, die man sonst für Schneiderarbeiten benutzte. Ein Würgereiz übermannte sie und schnell drehte sie sich um.

»Sie schlagen mich tot.« Wimmernd griff Gerda wieder nach Elises Arm.

»Niemand wird dir etwas tun.« Obwohl ihr beim Gedanken an Gerdas Großmutter und ihren furchtbaren Vater der Mund austrocknete, wollte sie ihrer Freundin auf keinen Fall zeigen, wie groß ihre Sorge war. Sie hievte sie auf die Schubkarre, so, dass sie ihr beim Schieben ins Gesicht sehen konnte. »Ist ja nicht weit.« Sie zog ihre Schürze aus und schob sie unter Gerdas Rücken. Dann holperte sie mit ihr den Weg hinunter.

Keuchend erreichte sie den elterlichen Grund. »Ich wusste ja gar nicht, wie schwer du bist.« Auf die Witzelei reagierte Gerda nicht und so entschied Elise, sie erst einmal in Ruhe zu lassen.

Direkt vor der Tür stellte sie die Schubkarre ab, zerrte an Gerdas Arm und legte ihn sich um ihren Hals. »Halt dich an mir fest«, japste sie und Gerda gehorchte. Als sie mit dem Hintern über den Rand der Schubkarre rutschte, heulte sie kurz auf. Sie muss sich schlimm verletzt haben, schoss es Elise durch den Kopf, doch sie verbot sich, etwas zu sagen. Stattdessen packte sie Gerdas Rocksaum und manövrierte sie zur Haustür. Die schob sie auf, schleifte ihre Freundin hinein und als sie den Großvater in der Küche leise reden hörte, war sie ein wenig beruhigt. Nur Gerda hielt sich plötzlich an der Wand fest. Sie zitterte wie Espenlaub.

»Großvater kann uns helfen«, flüsterte Elise und schob die Freundin voran.

In diesem Moment rief er: »Elischen, bist du das?«

»Ja!«, antwortete sie.

Sie öffnete die Tür. Da saß der Großvater, hielt Reinhard auf dem Arm und sah so glücklich aus, dass Elises Herz einen Luftsprung machte.

Sofort veränderte sich seine Miene, als er Gerda erblickte. »Was ist denn das?«

»Sie ist … verletzt.« Elise zog die Augenbrauen hoch und hoffte, er würde sie verstehen.

Er legte seinen Urenkel in den Stubenwagen, stützte sich mit beiden Händen auf den Tisch und richtete sich auf. Der Kleine begann zu quengeln. Großvater streichelte ihm kurz über die Wange. »Gleich hole ich dich wieder, mein Bübchen.« Er trat auf der anderen Seite neben Gerda, doch jetzt wehrte Elise ab. »Hör auf, du kannst sie nicht stützen.«

»Wir müssen sie hinlegen«, gab er zu bedenken.

»Sicher, erst muss sie sich aber einmal kurz hier hinsetzen.« Elise schob den Großvater beiseite, zog den Stuhl ein wenig hervor und platzierte Gerda darauf, die sich kaum mehr rührte und überhaupt keinen Laut mehr von sich gab.

Elise beobachtete, wie Großvater die Freundin von oben bis unten musterte, immer wieder den Kopf schüttelte und schließlich mit dem Handrücken über seinen Mund wischte, als müsste er die schlimmsten Worte hinwegschieben. »Da hat wohl jemand erkannt, wer wahre Freunde sind. Was?« Der Vorwurf in seiner Stimme war unüberhörbar.

»Großvater, nicht jetzt.« Elise sah ihn durchdringend an. »Sag mir lieber, was wir tun können.«

»Wie ist das denn passiert?« Er deutete mit einer abfälligen Handbewegung auf Gerdas Rock, auf dem sich deutliche Blutspuren abzeichneten.

Gerda antwortete nicht. Sie hing auf dem Stuhl, den Nacken eingezogen, den Blick zum Boden gerichtet. Ihre Schultern hingen schlaff herunter. Zumindest blutete sie nicht mehr oder nur noch sehr wenig, denn es bildeten sich keine neuen Flecken.

»Na? Wie ist es passiert?« Nachdrücklich stellte der Großvater die neuerliche Frage.

»Eine Schere«, presste Elise hervor und sofort verkrampften sich ihre Hände.

»Eine Sch…« Großvater hielt sich die Hände vor den Mund. »Um Himmels willen!«

»Sag mir, was wir tun sollen.«

Er zuckte die Schultern, offenbar geschockt von dem eben gehörten. »Das muss ein Arzt entscheiden.«

Jetzt rührte sich Gerda, sah zu Elise auf. Tränen standen in ihren Augen. Kaum sichtbar schüttelte sie den Kopf. Es war ein leiser Schrei, der einem schrillen »Nein!« folgte.

Elise hielt sie an der Schulter fest. »Wenn ich jetzt den Arzt rufe, weiß nachher jeder Bescheid.« Sie überlegte einen Moment. »Und wenn ich sie ins Krankenhaus bringe?«

»Dann wissen es morgen alle. Das macht keinen Unterschied.« Großvater tippte sich gegen die Stirn.

»Hast du noch eine andere Idee?« Elise merkte, wie sie langsam unleidlich wurde. Einerseits verstand sie, dass Großvater auf Gerda nicht besonders gut zu sprechen war. Aber jetzt brauchte sie Hilfe. Da zählte alles andere nicht.

»Ist das Kind abgegangen?« Ohne Regung kamen Großvater die Worte über die Lippen.

Elise räusperte sich. »W… weiß nicht. Kann man das denn sehen?«

»Na, du bist gut. Sicher kann man das sehen. Ein Kind ist ein Kind.« Großvater rieb eine Hand auf seinem Bein und fixierte dabei Gerda. »Wer kein Kind bekommen will, sollte sich vorher darüber Gedanken machen.«

»Großvater!« Elise setzt eine strenge Miene auf. »Das ist jetzt nicht der richtige Moment für einen Tadel. Immerhin habe ich da auch nicht drüber nachgedacht. Du weißt also, dass du eine Enkelin hast, die …«

»… ihr Kind ausgetragen und vom ersten Tag an zu ihm gestanden hat. Trotz aller Widrigkeiten.« Wie Pfeile schossen die Worte aus ihm heraus.

Elise atmete tief ein. Ganz Unrecht hatte er nicht. Doch darüber wollte und konnte sie jetzt nicht weiter diskutieren. »Ich richte mein Bett her.«

»Nein, leg sie in die Stube. Keine Treppen jetzt in ihrem Zustand.«

Elise hastete hinauf, holte Decken herbei und lief dann zum Wohnzimmer, um dort das Canapé für Gerda vorzubereiten. In Windeseile verteilte sie die Decken über die Sitzfläche. Dann raste sie erneut nach oben, holte frische Wäsche und einen Rock von sich und brachte alles mit in die Küche. Großvater hatte sich von Gerda abgewendet und widmete sich wieder seinem Urenkel, der ihm munter brabbelnd antwortete.

Elise nahm die Freundin am Arm, half ihr, sich noch einmal aufzurichten und brachte sie ins Wohnzimmer. Dort schob sie sie auf die vorbereitete Fläche, hob ihre Beine hoch und richtete das Kissen unter ihrem Kopf. Erneut lief sie zur Küche, um frische Kleider zu holen. Großvater kratzte sich an der Wange. »Du kannst nicht die Welt retten, Kind.«

»Weiß ich. Aber ich kann es zumindest versuchen.« Damit verließ sie den Raum und ging zurück zu ihrer Freundin, deren Blick sich im Leeren verlor.

»Willst du dich umziehen?«

Gerda reagierte nicht.

»Hier sind ein paare Kleider von mir . Die passen sicher.«

Gerda schob eine Hand unter ihren Kopf.

»Vielleicht ruhst du dich erst einmal aus.« Elise kniete sich neben Gerda und strich ihr sanft über die Stirn.

»Ist es …?« Eine Träne fand ihren Weg von Gerdas Augenwinkel auf das weiße Kissen und verdunkelte es an dieser Stelle.

Elise zuckte die Schultern. »Das weiß ich nicht.«

»Was habe ich nur getan? Was habe ich nur getan?«, schrie sie auf. Unzählige Male wiederholte Gerda diese Frage und mit jedem Wort brachen Tränen aus ihr heraus.

»Beruhige dich. Alles wird gut.« Elise legte eine Decke über ihre Freundin. »Ruh dich aus. Ich bin bald zurück.«

»Wohin gehst du?« Ängstlich sah Gerda sie an.

»Ich muss das Holz noch holen. Es dauert nicht lange.«

»Ich habe Angst, Elise.«

»Ich weiß.« Sie zögerte einen Moment, doch dann sagte sie mit fester Stimme: »Du kannst auf mich zählen.« Und doch musste Elise in diesem Moment an Ruth denken, die während des Krieges vergewaltigt worden war und an der danach erfolgten Abtreibung beinahe selbst gestorben wäre.

16. Es muss weitergehen

Montag, 23. Oktober 1945

Es war spät geworden. Neben ihrem Bett hatte Elise ein Nachtlager hergerichtet, denn Gerda wollte partout nicht unten im Wohnzimmer bleiben. Mühsam hatten sie sich die Stufen hinauf gequält. Seit Stunden lag die Freundin zusammengekauert unter der Wolldecke und sah aus wie ein Häufchen Elend. Elise rang mit sich, ob sie nicht doch den Arzt holen sollte. Aber jedes Mal, wenn sie Gerda darauf ansprach, wehrte die sich vehement. Elise wollte ihre Freundin nicht verraten, denn sie wusste nur zu gut wie sich Verrat anfühlte, doch zugleich hatte sie Angst um Gerdas Leben. Es bildeten sich zwar keine Blutflecken mehr, aber niemand wusste, was in Gerdas Körper geschehen war.

Zum wiederholten Mal schlich Elise durchs Haus. Wo Mutter nur blieb? Es war stockdunkel, längst hätte sie zu Hause sein müssen. Hans weinte unaufhörlich. Elise setzte sich auf die Bettkante neben ihrem Brüderchen und streichelte ihm beruhigend über den Arm.

»Willst du beim Großvater schlafen?«

Hans schluchzte kurz auf und nickte.

»Komm, wir gehen zu ihm.« Elise nahm den Buben auf den Arm und betrat, ohne anzuklopfen, die gemütliche Stube des Großvaters. Nur die kleine Leuchte auf seinem Nachttisch brannte und verbreitete ein angenehmes Licht. Großvater saß, eingewickelt in seine Decke, auf dem Sessel und schien zu dösen. Doch kaum waren die Geschwister zwei Schritte in sein Zimmer getreten, öffnete er die Augen. »Ich habe euch schon erwartet.«

»Ach ja?« Elise sah ihn fragend an.

Er deutete unauffällig auf Hans. »Ich schlafe doch gar nicht gern allein und da habe ich gedacht, wenn nur unser Hänschen heute Nacht bei mir wäre.«

Elise betrachtete ihren kleinen Bruder, dessen Gesichtszüge sich augenblicklich lockerten. »Ich bleibe bei dir, Großvater.« Sogar ein kleines Lächeln erschien auf seinem Gesicht.

Sie legte den Buben im Bett des Großvaters nieder, deckte ihn zu und gab ihm einen Kuss auf die Stirn. Nachdenklich sah sie ihren alten Vertrauten an. »Hans liegt schon, kommst du auch gleich?«

»Ich muss noch ein wenig warten, bis er mir die Decke schön angewärmt hat.« Großvater rutschte mit seinem Sessel näher ans Bett und griff nach Hänschens Hand. »Aber ich halte seine Hand. Dann weiß er, dass ich da bin. Und ich kann spüren, wann mein Bett warm genug ist.«

Auch wenn Großvater es nicht aussprach, ging Elise davon aus, dass er die Nacht auf dem Sessel verbringen würde, um dem Buben genügend Platz zum Schlafen zu lassen. Seine Augen würden auf dem kleinen Bündel ruhen und zwischendurch immer öfter zufallen, weil er todmüde war. Und doch würde er nicht aufhören, das Kind zu betrachten.

Es würde nicht lange dauern, bis Hans schlief. Ganz ruhig lag er da, die Lider fielen ihm ständig zu und wenn er sie öffnete, waren nur noch kleine Schlitze zu sehen.

»Hoffentlich findet er seine Ruhe«, flüsterte sie und sah ihren Großvater hilfesuchend an. Genauso leise fragte sie ihn schließlich: »Was denkst du, wo Mutter ist?«

Er hob kaum merklich die Schultern. »Wenn ich das wüsste.« Dann seufzte er. »Wollen wir hoffen, dass sie weiß, was sie tut.«

Elise streichelte seinen Arm, gab Hans einen Kuss auf die Wange und verließ den Raum. Auf Zehenspitzen schlich sie in ihr Zimmer, wo Reinhard in seiner ganzen Ruhe und Entspannung das krasse Gegenteil zu Gerda darstellte. Auch jetzt, Elise hatte die Tür leise zugeschoben, wimmerte sie. Sie ließ sich neben ihrer Freundin nieder und streichelte über ihren Rücken. »Du hast riesige Schmerzen, stimmt's?«, fragte sie flüsternd.

»Nein.«

»Gerda, du brauchst unbedingt einen Arzt.«

Jetzt antwortete ihre Freundin nicht. Stattdessen vergrub sie das Gesicht im Kissen.

Elise richtete sich auf. »Ich nehme das Rad. Dann dauert es nicht lange. Ich bin bald zurück.«

Eilig zog sie den Stubenwagen mit ihrem Sohn aus dem Zimmer, brachte ihn in Großvaters Zimmer und lief die Treppe hinunter. Sie kaute auf den Lippen. Ob es Gerda besser geht, wenn sie Klarheit hat? Allein die Vorstellung, dass das Kind abgegangen sein könnte, jagte ihr einen Schauer über den Rücken. Wie wird Gerda damit umgehen, wenn es nicht geklappt hat? Endlose Fragen jagten ihr durch den Kopf und sie fröstelte. Schnell zog sie die Wollweste enger und setzte sich die dicke Mütze auf den Kopf.

Es war dunkel, nicht einmal eine Straßenlaterne erhellte den Kreuzberg. Das Licht aus der Küche drang schwach heraus, nur schemenhaft konnte sie ihr Fahrrad erkennen. Ihr Herz pochte gegen die Rippen, als wollte es sie sprengen. Schnell schob sie das Rad auf den Weg, stieg auf und trat kräftig in die Pedale. Der Ort lag still, ihre Strecke war gesäumt von den kleinen Lichtkegeln unter den wenigen Laternen. Eine Katze sprang über die Straße, irgendwo schnaubte ein Pferd.

An der Kirche musste sie vorbei. Nirgendwo war eine Menschenseele zu sehen. Büsche bäumten sich auf wie gierige Monster. Und die steindurchsetzte Sandstraße knirschte unter den Reifen. Noch einmal beschleunigte sie ihre Pedaltritte. Endlich gelangte sie zur obenliegenden Querstraße. Das Doktorhaus lag ebenso still da wie das gesamte Dorf. So leise wie möglich stellte sie ihr Rad an der Hausmauer ab. Schritt für Schritt tastete sie sich die unbeleuchteten Stufen der Steintreppe hinauf, bis sie vor der Haustür stand. Noch einmal drehte sie sich um, als müsste sie sich vergewissern, dass ihr auch wirklich niemand gefolgt war. Zaghaft klopfte sie gegen den Türrahmen. Nichts rührte sich. Sie verstärkte ihr Klopfen, aber wieder erfolgte keine Reaktion. Schließlich ballte sie die Hand zu einer Faust und trommelte gegen die Tür. Dabei rief sie leise: »Herr Doktor, Herr Doktor! So hören Sie doch. Wir brauchen Ihre Hilfe.«

Auf einmal flammten Zweifel auf, ob er ihr helfen würde, vielleicht würde er sie erst gar nicht anhören. Sie dachte darüber nach, einfach von hier wegzulaufen. Doch dann besann sie sich darauf, dass Gerda dringend Hilfe brauchte und blieb stehen.

Es dauerte noch eine Weile, bis im Haus das Licht anging, kurz darauf erschien der Arzt in der Tür. Sein Haar war zerzaust, er war in einen gelb-braunen Morgenmantel gehüllt und an den Füßen trug er ausgetretene Latschen.

»Entschuldigen Sie die späte Störung.« Elise nuschelte mehr, als dass sie sprach, denn jetzt, wo der Arzt schlaftrunken vor ihr stand, war ihr dieser nächtliche Überfall mehr als unangenehm.

»Elise, was ist geschehen?«

»Sie müssen uns helfen, Herr Doktor.«

Er kratzte sich an der Stirn. »Ist etwas mit Ihrem Kind?«

»Nicht mit meinem Kind. Es ist … Können Sie bitte gleich mitkommen. Dann sehen Sie es selbst.« Unsicher trat sie einen Schritt zurück. Ob sie ihn überzeugen konnte? Fröstelnd rieb sie sich über die Arme.

»Wenn ich helfen soll, muss ich schon wissen, worum es sich handelt.« Der Doktor klang ein wenig ungehalten.

Elise räusperte sich. »Es geht um Gerda. Sie … ist verletzt und braucht dringend Ihre Hilfe. Wirklich.«

»Na, also dann. Einen Moment.« Er drückte die Tür so weit zu, dass Elise nur durch den Spalt ins Haus sehen konnte. Schattenfiguren an der Wand deuteten darauf hin, dass der Arzt sich schnell hin und her bewegte. Dann stand er vor ihr, die Haare ordentlich unter der Schiebermütze sortiert, in Cordhose und dunklem Hemd. »Wo muss ich hin?«

»Zu uns.«

Fragend sah er sie an.

»Gerda ist bei mir. Sie konnte nicht nach Hause gehen.«

Er schob sein Moped aus dem Unterstand, während Elise sich auf ihr Fahrrad schwang. Noch bevor er sein Zweirad startete, fuhr sie los. Sie wollte vor ihm zu Hause sein. Falls Mutter zwischenzeitlich heimgekommen war, musste sie ihr alles zumindest kurz erklären.

Mucksmäuschenstill war es im Haus und auch jetzt hing Mutters Mantel nicht am Haken. Sie war also doch noch nicht zurück. Missmutig schüttelte Elise den Kopf, besann sich aber gleich wieder auf ihre Aufgabe. Sie bat den Doktor die Stufen hinauf. Die Tür zu ihrem Zimmer war nur angelehnt. Vor dem Arzt betrat sie den Raum und deutete auf Gerda, die zusammengekauert auf dem notdürftig hergerichteten Bodenlager lag. Der Doktor sah Elise an, schob die Augenbrauen zusammen. »Was ist mit ihr?«

Elise leckte über ihre trockenen Lippen. »Also, es ist so.« Nervös knetete sie ihre kalten Hände.

Mit einer ungeduldigen Handbewegung zeigte er ihr an, sich zu beeilen. Dabei flog sein Blick regelrecht zwischen Elise und Gerda hin und her.

»Gerda, willst du es sagen?« Sie sah zu ihrer Freundin hinunter, die beide Arme vor ihrem Bauch verschränkt hielt und die Knie angewinkelt hatte. Da Gerda sich nicht rührte, drehte Elise sich zum Doktor um. »Es ist alles nicht so einfach«, erklärte Elise und senkte den Kopf.

»Ich will euch ja helfen.« Der Doktor trat näher zu Elise und berührte für einen Moment ihren Arm. »Aber ihr müsst mir schon sagen, was los ist.«

Ohne aufzusehen, murmelte sie: »Gerda ist … Sie ist schwanger.«

Aus dem Augenwinkel sah sie, wie der Doktor seine Tasche auf den Tisch stellte und eine Hand darauf legte. »Oh, da bin ich nicht der Richtige, wenn ihr es wegmachen wollt«, sagte er in ärgerlichem Tonfall.

Jetzt riss Elise die Augen auf. »Wollen wir ja gar nicht!«, platzte es aus ihr heraus. Schnell hielt sie sich die Hand vor den Mund. »Nicht wahr, Gerda. Das willst du nicht?« Sie verlieh ihrer Stimme so viel Nachdruck wie nur möglich, um nur ja keine Zweifel an ihrer Aussage aufkommen zu lassen.

Doch Gerda weinte nur und antwortete nicht.

»Herr Doktor, es ist so: Gerda ist da ein wahrhaftiges Unglück passiert. Es war ein Franzose. Und …«

Der Doktor hob die Hand und Elise verstummte mitten im Satz. Langsam beugte er sich zu Gerda hinunter, ging neben ihr auf die Knie. Seine Hand legte sich über ihre. »Gerda, eines vorweg. Ich habe Schweigepflicht. Ganz gleich, was Sie mir sagen. Es bleibt unter uns.«

Jetzt schluchzte sie und auch Elise kämpfte mit den Tränen. Warum hatte sie vor ein paar Monaten nur nicht selbst die Unterstützung des Doktors beansprucht? Wie nett er mit Gerda redete. Sie hielt sich krampfhaft am Tisch fest und hörte genau hin, als er mit sonorer Stimme weiterredete. »Möchten Sie mit mir sprechen, Gerda? Oder lieber nicht?«

Gerda drehte sich ein wenig, sah zu ihm auf. »Ich muss wissen, ob das Kind lebt.« Mürbe und heißer kamen die Worte über ihre Lippen.

Der Arzt musterte sie. »Spüren Sie denn keine Bewegungen? Wie weit sind Sie? Also, seit wann sind Sie schwanger?«

Gerdas Wangen begannen zu glühen. »Schon etwas länger.«

Er lächelte aufmunternd. »Ein wenig genauer muss es schon sein.« Dann drehte er sich zu Elise um. »Würden Sie draußen warten, Elise?«

Doch Gerda fiel ihm ins Wort: »Nein, bitte. Sie soll dableiben. Ohne sie …« Ein Schluchzen zerriss den Augenblick der Stille.

»Schon gut, sie bleibt ja da.« Der Arzt redete beschwichtigend auf Gerda ein und bat sie dann, sich auf den Rücken zu legen und zu entspannen. Er holte seine Arzttasche vom Tisch, die Schnallen klackerten leise beim Öffnen.

Das Stethoskop hielt er auf Gerdas Bauch, dabei achtete er darauf, ihre Bluse nur so hoch zu schieben, bis er die sichtbare Wölbung erreichte. »Das Herzchen schlägt. Schwach, aber regelmäßig. Hat also alles seine Ordnung.« Seine Augen wanderten zwischen Gerda und Elise hin und her.

Hilfesuchend sah Gerda Elise an. Die hüstelte, begann wieder ihre Hände zu kneten und ließ sich auf der Bettkante nieder. »Ich glaube, ich muss Ihnen da etwas erklären, Herr Doktor.

Gerda hatte Angst. Und da hat sie. Also … ich meine, naja. Sie wollte es wegmachen.«

»Das habe ich mir gedacht. Sonst hättet ihr mich nicht mitten in der Nacht gerufen. Aber das Herzchen schlägt. Und für eine Abtreibung bin ich wirklich nicht zu haben.« War seine Stimme zuerst noch sanftmütig gewesen, schossen die letzten Worte wieder wie Kanonenkugeln aus ihm heraus.

Gerda zog am Stoff, sodass die Bluse wieder ihre Haut bedeckte und Elise hatte den Eindruck, sie kniff die Beine jetzt besonders fest zusammen.

Nachdem ihre Freundin nicht redete, erklärte Elise: »Aber sie hat große Angst. Ihre Familie. Die Leute im Dorf. Da hat sie mit einer Schere.« Sie versuchte, möglichst gefasst zu wirken, doch ihre Stimme zitterte ebenso wie ihre Knie beim Gedanken daran.

Der Arzt legte seine Stirn in Falten. »Mit der Schere?« Er strich sich über die Wange. »Wie viel Blut hat sie verloren?«

»Schon ein bisschen«, warf Elise ein und als er sie ansah, malte sie mit den Händen die Größe der Blutlache aus der Waldhütte in die Luft.

Er schüttelte den Kopf. »Das ist lebensgefährlich. Nicht nur für das Kind. Wie kann man nur so leichtsinnig sein?« Nach einigen Momenten der Stille richtete er sich ein wenig auf. »Elise, könnten Sie bitte doch draußen warten?«

Gerdas Augenlider flackerten. Elise beugte sich zu ihr hinunter, legte ihr die Hand auf die Schulter und flüsterte: »Ich bleib in deiner Nähe. Du brauchst keine Angst zu haben.«

Glücklicherweise, so befand der Arzt, hatte Gerda sich nur äußerlich verletzt. »Es wird eine Weile dauern, bis alles verheilt ist. Beten Sie zu Gott, dass sich nichts entzündet. Die Schnittwunden sind tief. Ich habe alles desinfiziert und mit Wundsalbe bestrichen. Die Salbe lasse ich da. Die können Sie in den nächsten Tagen immer wieder auftragen. Und bitte keine solch eigenmächtigen Handlungen mehr.« Durchdringend sah er Gerda an.

Die nickte schwach, doch zumindest ihr Gesichtsausdruck wirkte ein klein wenig entspannter.

»Jetzt braucht es Zeit, damit die Wunden heilen können.«

»Herr Doktor. Da ist noch etwas.«

»Ach ja?« Mit deutlich sichtbaren Stirnfalten sah er Elise an.

»Gerdas Familie.«

»Das dachte ich mir schon. Aber es ist Ihr Kind, Gerda. Sie entscheiden. Sie sind die Mutter.«

»Was soll ich denn nur tun?«, jammerte Gerda.

Elise kniete sich neben sie und war nun auf Augenhöhe mit dem Arzt, der immer noch bei ihr saß. Irgendwie war das doch grotesk. Hier hockten sie mit dem Arzt in ihrem Zimmer und beratschlagten über Gerdas Schicksal.

»Töten ist niemals eine Lösung. Das kann ich Ihnen mit Gewissheit sagen. Aber ich weiß auch, dass man so etwas allein kaum schafft. Ich kann Ihnen nur eins anbieten, Gerda. Wenn Sie nach Hause gehen, begleite ich Sie. Dann reden wir gemeinsam mit Ihrem Vater.«

Gerda krallte ihre Hände ineinander. Die Knöchel traten weiß unter der ohnehin fahlen Haut hervor. »Er wird mich totschlagen«, murmelte sie kaum hörbar.

»Nimm dir ein paar Tage Zeit. Du musst dich erst einmal selbst mit deiner Situation abfinden.« Elise versuchte ein aufmunterndes Lächeln für ihre Freundin.

Wenig später standen sich Elise und der Arzt an der Haustür gegenüber. Sie reichte ihm die Hand.

»Danke, dass Sie mitgekommen sind.«

Im gleichen Moment ließ er seine Tasche fallen und griff sie an beiden Armen. Nicht etwa fordernd oder aufdringlich, sondern mit einer Sanftheit, wie sie sie bisher nur von Julius erfahren hatte. »Sie sind ein Segen, Elise. Ich bewundere Sie. Gerda kann froh sein, eine solche Freundin zu haben.« Er hatte die Worte noch nicht richtig zu Ende gesprochen, da ließ er sie los, war nur noch schemenhaft im Nachtdunkel erkennbar und dann knatterte sein Moped davon.

Verdutzt sah Elise ihm nach. Mit allem hätte sie gerechnet, aber nicht damit, dass der Doktor ihr ein solches Kompliment machte.

»Ich bewundere Sie«, sagte sie leise vor sich hin, als sie die Treppe hinaufstieg. Sie sah zum Großvater hinein. Er lag nun doch in seinem Bett, die Nachttischlampe leuchtete. Hans ruhte mit dem Kopf auf seiner Brust und hatte den Arm um ihn geschwungen. Der Stubenwagen mit Reinhard stand direkt neben dem Bett. Auf Zehenspitzen schlich sie zum Nachttisch und drehte den Schalter aus. Genauso leise, wie sie gekommen war, verließ sie das Zimmer wieder und beschloss, ihren Sohn ganz früh am nächsten Morgen zu holen, um niemanden mehr zu wecken.

Als sie in den Flur trat, keimte neuerliche Sorge um ihre Mutter in Elise auf. Wo kann sie nur sein?, fragte sie sich. Sie blieb einen Moment stehen, bevor sie zum elterlichen Schlafzimmer ging. Als ihr die kalte Luft entgegenschlug, fühlte sie sich verlassen. Sie drehte das Licht an und legte die wenigen Schritte zum unberührten Bett ihrer Eltern zurück, bettete den Kopf auf Mutters Kissen und schloss die Augen. »Wir brauchen dich hier. Hoffentlich weißt du das.« Im Stillen hoffte sie, dass ihrer Mutter nichts zugestoßen war. Vielmehr musste es irgendeinen anderen Grund dafür geben, dass sie nicht heimgekommen war. Nur welchen? In ihre Sorge mischte sich Ärger, der sich in ihrem Bauch fing und dort einen Knoten zu bilden schien.

Nach einer Weile ging sie zurück in ihr Zimmer. Gerda hockte auf dem Boden. Obwohl sie total zerzaust war, gefiel ihr die Freundin jetzt besser als vor dem Arztbesuch. »Du kannst in meinem Bett schlafen.«

Gerda winkte ab. »Du hast schon zu viel für mich getan.«

»Mutter kommt heute nicht mehr. Ich lege mich in ihr Bett.« Elise wunderte sich darüber, wie leicht ihr die Worte über die Lippen kamen.

»Wo ist sie denn?« Gerda rappelte sich auf.

»Lange Geschichte«, brummte Elise. Auf keinen Fall wollte sie das jetzt noch erklären müssen. Sie war müde und wollte nur noch schlafen.

Ein unsanftes Rütteln an ihrem Arm weckte Elise. Sie blinzelte und schlug erschrocken die Augen auf. »Was ist denn? Das Kind?«

Gerda saß neben ihr. »Die Post. Ich habe die Post vergessen.«

Elise gähnte und warf einen Blick auf den Wecker. Es war kurz nach drei Uhr. »Aber es ist mitten in der Nacht.«

»Ich weiß. Meine Tasche liegt noch hinter der Hütte. Ich gehe sie holen.«

Verschlafen wischte Elise sich über die Augen. »Hinter der Hütte? Wieso denn?« Und noch während sie sprach, fiel ihr schlagartig ein, in welchem Zustand sie ihre Freundin dort vor einigen Stunden gefunden hatte. »Hast du die Post gar nicht verteilt?«

»Ich war so verzweifelt ...« Gerdas Stimme versagte.

»Also ist die ganze Post noch in der Tasche?« Elise setzte sich im Bett auf.

Gerda nickte und fügte leise hinzu. »Da ist auch ein Brief für dich dabei.«

»Für mich?« Mit einem Satz sprang Elise aus dem Bett. »Warum sagst du das denn nicht gleich?«

»Aber ich muss die Post im Ort wegbringen. Sonst ...« Gerda fuhr sich mit der flachen Hand am Hals entlang.

In rasender Geschwindigkeit warf Elise sich eine Bluse über, zog ihren Rock an und schlüpfte in ihre Wollweste. »Du bleibst hier. Ich bin gleich wieder da.« Immer zwei Stufen auf einmal nehmend hechtete sie die Treppe hinunter.

Neben der Tür griff sie nach der kleinen Laterne und zündete die darin befindliche Kerze an. Sie dachte daran, wie oft sie diesen Weg zur Waldhütte im letzten Jahr gegangen war, um Julius zu treffen, doch diesmal kam ihr die Strecke länger als sonst vor. Was hatte Gerda gesagt? Hinter der Hütte? Sie leuchtete in den Wald hinein. Die flackernden Schatten der Bäume jagten ihr keine Angst ein. Mit zusammengekniffenen Augen suchte sie den Waldboden ab. Direkt neben einem dicken Eichenstamm lag die Posttasche. Sie sprang regelrecht zu der Stelle und nahm die Tasche auf. Mit dem kaum sichtbaren Kerzenschimmer leuchtete sie den Boden ab, um sicherzugehen, dass keine Briefe herausgefallen waren. Schneller als zuvor eilte sie über die Lichtung zurück nach Hause, wo Gerda auf der Treppe saß und auf sie wartete.

Sie hatte sich ebenfalls eine Weste übergezogen. »Hilfst du mir beim Verteilen?«

Elise zog die Augenbrauen hoch. »Ich glaube nicht, dass du heute Nacht irgendwohin gehen solltest.«

»Ich blute nur noch ein ganz klein wenig. Und es tut auch nicht mehr weh. Es ist alles gut. Bitte. Gemeinsam sind wir viel schneller.«

»So viel ist es ja nicht.« Elise öffnete die Tasche und zählte durch. Es waren vierzehn Briefe und drei Karten.

Ihre Finger huschten durch die Schriftstücke. Da hielt sie das Schreiben mit ihrem Namen in der Hand. Es war von Julius' Mutter. Sie drückte es an ihr Herz, legte es auf die zweite Stufe. »Das lese ich in Ruhe, wenn wir zurück sind.«

Mit zitternden Fingern legte sie den Brief auf die Bettdecke und atmete tief ein und aus. »Wenigstens eine gute Nachricht heute.« Sie lächelte, roch an dem Papier, drehte es um und schob ihren Zeigefinger in die zugeklebte Lasche. Mit dem Fingernagel riss sie ein kleines Loch in den Umschlag, um ihn dann langsam zu öffnen. Ihre Wangen glühten. Sie faltete das Briefpapier auseinander, strich es auf der Bettdecke glatt. Ihre Augen flogen über die Zeilen. Zuerst nahm sie gar nicht richtig wahr, was da stand. Erst beim zweiten Lesen bohrten sich die Worte, die sie las, wie ein Dolch in ihre Brust.

Sehr geehrtes Fräulein Zweier,

Es tut mir sehr leid, Ihnen keine bessere Nachricht zukommen zu lassen. Aber ich habe am gestrigen Tag erfahren, dass mein Sohn im Gefangenenlager einer Lungenentzündung erlegen ist.

In all meinem unendlichen Schmerz ist es mir ein Trost, zu wissen, dass er in Ihnen jemanden hatte, der ihn geliebt hat.

Bitte gestatten Sie mir, Sie zu bitten, mich nicht mehr zu kontaktieren, denn ich muss mit der Trauer um meinen über alles geliebten Sohn erst einmal selbst fertig werden.

Behalten Sie ihn in liebevoller Erinnerung.

Susanna Schäfer

Sie glaubte, ihr Herz müsse stehen bleiben. Ein Tränenschleier legte sich vor Elises Augen, der erste Tropfen fiel auf das Papier und nahm eines der Worte mit sich, ebenso wie ihre Hoffnung auf ein Wiedersehen.

Ihr ganzer Körper schmerzte, sie konnte sich nicht bewegen und hätte am liebsten ihren Kummer herausgeschrien. Mit beiden Fäusten trommelte sie auf die Matratze, dann fiel sie aufs Kissen und weinte die bittersten Tränen ihres Lebens.

Wie bleierne Gewichte hingen ihre Arme an den Schultern und als sie den Spiegel passierte, erkannte sie, wie stark ihre Augen angeschwollen waren. Den Brief hielt sie in der Hand. Unzählige Male hatte sie ihn in den vergangenen Stunden gelesen, zerknüllt, wieder einigermaßen glattgestrichen und irgendwann unter das Kopfkissen geschoben, um das Gefühl zu haben, Julius sei bei ihr. An Schlaf war in dieser Nacht nicht mehr zu denken. Als sie sich jetzt anzog, hatte sie den Eindruck, um Jahre gealtert zu sein. Auf ihren Schultern lag eine unsichtbare Last, die sie nach vorn drückte und auch ihre Lenden schmerzen ließ. Aus Großvaters Zimmer hörte sie leise Stimmen.

Hans trat ihr entgegen und legte den Finger auf seine Lippen. »Psst. Reinhard schläft noch.« Mitten in der Bewegung verharrte er, ehe er nach ihrer Hand griff und sie eingehend musterte. »Was ist denn, Elise?«

Sie schüttelte den Kopf. Sogleich spürte sie, wie ihre Augen schon wieder feucht wurden.

»Wo ist Mutter?« Hans sah sich suchend um.

»Sie kommt bald«, presste Elise hervor.

Hans ließ von ihr ab, schlich die Treppe hinunter und sie sah ihm kraftlos nach.

Dann betrat sie Großvaters Zimmer. Er hatte sich schon auf seinem Sessel niedergelassen. Kaum erreichte sie sein Blick, brachen alle Dämme. Sie warf sich vor ihm auf die Knie, hielt ihm den Brief entgegen. »Jetzt ist alles aus, alles«, jammerte sie und als sich Großvaters Hand auf ihren Hinterkopf legte, wurde ihr Herz noch schwerer.

Nicht einmal, als Reinhard zu quengeln begann, konnte sie sich beruhigen.

Großvater sagte kein Wort. Er strich immer nur über ihr Haar. Nach einer Weile hob sie ihren Kopf ein wenig an. Erst jetzt legte er den Brief auf den Tisch.

»Harte Prüfungen hat er sich für uns ausgedacht.« Dabei deutete er mit dem Kinn zum Kreuz an der Wand.

Elise folgte seinem Blick. »Der kann mir gestohlen bleiben.« Sie wandte sich um, richtete sich auf und schlich zum Stubenwagen. Als Reinhard sie sah, verzog sich sein Gesichtchen zu einem Lächeln. »Nie wird er dein Lächeln sehen, nie wird er etwas für dich schnitzen können.« Sie griff an das Holzherz an ihrem Hals, schloss die Augen konnte nicht verhindern, dass ihre Hände zitterten.

17. Erklärungsversuche

Mittwoch, 25. Oktober 1945

Elise kniete vor der Kuh. Bei jedem Milchstrahl, der den Eimer traf, veränderte sich das Bild von Julius vor ihrem inneren Auge. Die Traurigkeit hatte sie voll in Besitz genommen. Sie konnte nur an ihn denken und fragte sich immer wieder, ob ihn jemand in seinen letzten Stunden begleitet hatte. Ihr Drang danach, alles zu erfahren, wuchs mit jedem Wimpernschlag. Und auch den Zorn auf die Kriegstreiber konnte sie nur schwer verbergen. Warum nur? Er wollte doch nur nach Hause. Was hat er getan, dass er so sterben musste?, fragte sie sich und fand doch keine Antworten. Sie schlug der Kuh auf den Schenkel, erhob sich, stellte den Eimer beiseite und merkte beim Aufrichten, dass ihr schummrig vor Augen wurde. Schnell hielt sie sich an dem Mäuerchen fest, das die Kuh von der Ziege trennte. Eine Hitzewelle bahnte sich ihren Weg durch Elises Körper, um kurz darauf von einem kalten Schauer abgelöst zu werden. Da hörte sie Schritte, die sich auf den Stall zubewegten. Die Kuh, schoss es ihr durch den Kopf, doch um das Tier zu verstecken, war es zu spät. Das Türscharnier quietschte, ein Schatten tauchte auf und dann stand ihre Mutter vor ihr. Mit glänzenden Augen und einem strahlenden Lächeln auf den Lippen.

»Hast du dich verirrt?«, murrte Elise.

»Nein, nur den Zug verpasst.« Ihre Mutter kam näher. »Mädel, wie siehst du denn aus?« Sie legte eine Hand auf Elises Arm.

Unwirsch schob Elise sie von sich. »Ich bin das blühende Leben.« Doch dann konnte sie nicht mehr an sich halten, krallte sich in die Arme ihrer Mutter, warf ihren Kopf auf deren Schultern und schluchzte.

Sie merkte, wie ihre Mutter erstarrte und erst nach einer Weile ganz sacht die Hand auf ihren Rücken legte. Die Streicheleinheiten waren eine Wohltat und verstärkten zugleich Elises unbändige Traurigkeit und die unerfüllte Sehnsucht. Ihr Atem ging schwer. Sie hörte sich selbst nach Luft hecheln.

»Kind, was ist denn? Rede mit mir.« Mutter flehte sie an, doch auch wenn Elise den Mund öffnete, kein Ton kam über ihre Lippen. Also ließ sie es zu, weiter zu schluchzen und sich einfach nur an der Mutter festzuhalten wie früher in ihren Kindertagen.

Es dauerte einige Zeit, bis Mutter sich aus Elises Umklammerung löste. Ihr Blick wanderte von Elises Füßen aufwärts und fing sich in ihren Augen. »Jetzt sagst du mir, was los ist. Und dann finden wir eine Lösung. Das hat doch noch immer geklappt.« So zuversichtlich hatte Mutter seit Jahren nicht mehr geredet, geschweige denn ausgesehen.

Elise senkte ihren Kopf. »Dieses Mal nicht.« Ihr Hals kratzte bei jedem Laut, den sie von sich gab.

»Rede mit mir.« Die Mutter schüttelte ihren Arm.

»Julius. Er ist ...« Sie konnte es einfach nicht aussprechen. Nur mit Mühe hob sie den Kopf und sah die versteinerte Miene ihrer Mutter.

Sie lächelte nicht mehr. Vielmehr gruben sich tiefe Falten in ihre Stirn. »Hat er sich gemeldet?« Mutters Hände legten sich um ihre und spendeten Trost in einer Situation, die sich für Elise immer unwirklicher anfühlte. Die Mutter dirigierte sie aus dem Stall.

Schweigend gingen sie nebeneinander her. Auf der Gartenbank ließen sie sich nieder.

Elise zog den Brief von Frau Schäfer aus ihrer Schürze, hielt ihn der Mutter entgegen und während sie aus dem Augenwinkel beobachtete, wie die Mutter las, umfasste sie das halbe Holzherz an ihrem Hals.

»Meine Güte.« Mutter lehnte sich zurück. Dann beugte sie sich wieder nach vorn. »Hört das denn niemals auf?«

Elise schloss die Augen und wisperte: »Offenbar nicht.«

Die Haustür ging auf und Gerda trat heraus. Über ihrer Schulter lag der Gurt der Posttasche. Sie trat neben Elise, streichelte ihre Wange und räusperte sich. »Wenn ich irgendwas für dich tun kann.«

»Wie geht es dir?«

»Kein Blut mehr. Ich mache mir eher Sorgen um dich.« Nur ganz kurz berührte Gerda sie an der Schulter.

»Wann kommst du wieder?«

Unsicher trat Gerda von einem Fuß auf den anderen. »Ich weiß nicht. Vielleicht gehe ich erst einmal zu meinen Eltern.«

»Was?« Elise und ihre Mutter stellten die gleiche Frage und doch war Elise klar, dass ihre Mutter nicht verstehen konnte, worum es hier ging. Von der Seite sah sie ihre Mutter an. »Ich erkläre dir alles in Ruhe.« Und zu Gerda gewandt sagte sie: »Dann nimm wenigstens den Doktor mit.«

Gerda verabschiedete sich, indem sie noch einmal auf Elise zukam und sie umarmte. »Vielen Dank für alles. Wir sehen uns heute Nachmittag. In der Hütte«, raunte sie ihr ins Ohr.

Schweigend sahen Mutter und Elise ihr nach. Es dauerte nicht lange, bis Mutter nachhakte: »Wieso war sie denn hier?« In ihrer Stimme schwang ein unüberhörbarer Vorwurf mit.

»Vielleicht, weil du nicht da warst, als ich jemanden brauchte.« Elises Kopf schoss herum und ihre Wangen schmerzten, so fest biss sie die Zähne aufeinander.

»Das ist jetzt reichlich ungerecht, mein Kind. Ich war ja nicht zum Vergnügen weg.« Die Mutter deutete auf eine Tasche, die neben der Haustür stand.

»Ach nein? Und da bist du dir ganz sicher?« Elise sprang auf, lief auf dem schmalen Gartenpfad auf und ab. Ihre Muskeln waren zum Bersten angespannt. Am Gartenzaun blieb sie stehen. Sie kniff die Augen zusammen, zwang sich, nicht zu ihrer Mutter zu schauen und spürte zugleich deren Blicke im Rücken.

Nach einer Weile drehte sie sich um. Ihre Mutter saß nicht mehr auf der Bank. Auch die große Tasche neben der Haustür war verschwunden. Sie ließ ihren Blick noch ein wenig über die unbelaubten Bäume schweifen. Im gleichen Moment tauchten die Erinnerungen an Julius wieder auf. »Ich werde dich immer im Herzen tragen, Julius. Und ich werde deinem Sohn eine gute Mutter sein. Das verspreche ich dir«, flüsterte sie und wünschte sich, der Wind könnte ihre Worte zu Julius tragen.

Kraftlos ließ sie sich auf die Küchenbank fallen, legte den Kopf in ihre Hände und schloss die Augen. Am liebsten wäre sie ganz allein gewesen mit all ihren Erinnerungen. Und da übermannte sie eine unbändige Sehnsucht, die so sehr schmerzte, dass sie den Eindruck hatte, ein unsichtbares Band presse die letzte Atemluft aus ihrer Brust. Sie lehnte sich zurück, versuchte, ruhig durchzuschnaufen, doch es gelang ihr nicht. Ihre Mutter, die gerade noch am Küchenschrank hantiert hatte, ließ sich ihr gegenüber nieder und wischte mit der Hand über die Tischplatte. »Auch wenn du es im Moment nicht glaubst, es wird weitergehen.«

Elise schluckte das Brennen in ihrem Hals hinunter und fragte sich, wie dieser Schmerz jemals vergehen sollte. »Das glaube ich nicht.« Erneut atmete sie hörbar aus. »All meine Freude, all meine Hoffnungen, all meine Zukunftspläne. Sie sind weg. Verschwunden. Gestorben.«

»So ging es mir auch, als ich die Todesmeldung deines Vaters erhielt. Und ich habe lange gebraucht, damit zurechtzukommen. Doch jetzt …« In Mutters Augen lag wieder dieses eigenwillige Funkeln, das Elise gar nicht bei ihr kannte.

»Was jetzt?« Es fiel ihr schwer, die positiven Gefühle ihrer Mutter zu ertragen.

»Jetzt habe ich jemanden gefunden, bei dem ich gut verdiene. Nicht etwa Geld, wie du bei deinem Herrn Weber. Nein, wir bekommen Fleisch und Getreide und …« Sie redete nicht weiter. Stattdessen erhob sie sich und schritt zu der großen Tasche, die am Küchenschrank lehnte. Zuerst zerrte sie ein Brot heraus und trug es wie eine Trophäe zum Tisch. »Riecht es nicht gut?« Zufrieden hielt sie es Elise unter die Nase. Sie sog den Geruch ein, doch auch wenn es wirklich ein feiner Duft war, musste sie sich zu einem zustimmenden Nicken regelrecht zwingen. Mutter holte als Nächstes eine Rauchwurst aus dem Korb, Kartoffeln und gelbe Rüben. Dabei strahlte sie wie die aufgehende Sonne.

Elise bemühte sich darum, ihr die Freude nicht zu nehmen, trotzdem konnte sie sich die Frage nicht verkneifen: »Was hast du denn für all das tun müssen? Über Nacht?« Der Klang ihrer Stimme verriet, dass sie davon ausging, ihre Mutter hätte sich ziemlich billig verkauft. Noch ehe sie über das, was sie da gesagt hatte, nachdenken konnte, landete eine schallende Ohrfeige auf ihrer Wange.

Erschrocken rieb sie sich mit einer Hand übers Gesicht. »He!«, rief sie verdutzt.

Ihre Mutter stützte sich mit beiden Händen auf dem Tisch ab und blitzte Elise zornig an. »Ich habe mich stets bemüht, uns über Wasser zu halten. Nächtelang habe ich gearbeitet, nachdem Anneliese mir von diesem Angebot erzählt hat. Du hast nichts davon mitbekommen, dein Bruder nicht. Nicht einmal dein Großvater. Ich habe nichts Unrechtes getan. Gürtel habe ich genäht, aus Stoff und Lederresten. Für einen Fabrikanten aus Zweibrücken. Und jetzt komme ich zurück, habe endlich mal Essbares zu bieten und was machst du? Du beschimpfst mich als Hure. Manchmal frage ich mich, ob du wirklich mein Kind sein kannst.«

Elises Nasenflügel hoben sich. »Dich hätte ich mal hören wollen, wenn ich nicht nach Hause gekommen wäre. Über Nacht.«

»Ach, und wie war das noch, als du einen wildfremden Mann im Wald versorgt hast? Mehr als nur mit Medizin und Verpflegung. Wo hast du denn da deine Nächte verbracht? Kannst du mir das sagen?«

Wütend kniff Elise ihre Lippen aufeinander. Sie wusste, wenn sie jetzt nicht aufhörten, sich gegenseitig zu beschuldigen, endete die Diskussion in einem endlosen Streit. Sie drehte ihr Gesicht Richtung Wand und im gleichen Moment, in dem sie den Blick zu ihrer Mutter verlor, begann Reinhard zu weinen.

»Siehst du, dein Sohn regt sich auch auf!«

Elise rutschte von der Bank, nahm den Kleinen aus dem Stubenwagen und lief zu ihrem Zimmer. Dort wickelte sie ihn in das Tragetuch, band es sich um, holte im Vorbeigehen ein Milchfläschchen aus der Küche und machte sich auf den Weg in den Wald. Mutter saß noch immer am Küchentisch und Elise spürte die wehmütigen Blicke, die ihr folgten. Es war ihr, als wollte die Mutter sich entschuldigen, ohne etwas zu sagen.

Die zwitschernden Vögel empfingen Elise und Reinhard bereits am Waldrand mit einem vielstimmigen Konzert. Sie blieb kurz stehen, lauschte den gefiederten Musikanten und streifte dann weiter zur Waldhütte. Durch das Fensterchen drang kaum noch Licht in die Hütte, weil die Hecken so hochgewachsen waren. Elise wiegte den Kleinen auf ihrem Arm.

Er nuckelte nur noch an dem fast leeren Fläschchen und Elises Blick fing sich in dem Grübchen an seinem Kinn.

»Hier habe ich mich in deinen Vater verliebt. Kannst du dir das vorstellen. In dieser unwirtlichen Umgebung hatten wir die schönsten Tage unseres Lebens.«

Zwischendurch lehnte sie sich zurück an die Hüttenwand, um dann all ihre Aufmerksamkeit ihrem Sohn zu widmen. Nur gut, dass Reinhard mich anhört, ohne zu murren, dachte sie und bedeckte seine Stirn mit Küssen.

Später ging sie zur nahen Quelle, setzte sich dort auf den Stein, auf dem vor vielen Monaten Julius gesessen hatte, um sich seiner Kleider zu entledigen. Ein Lächeln huschte über ihr Gesicht, wenn sie daran dachte, wie er sie darum gebeten hatte, ihn zum Wasser zu bringen, weil er sich endlich waschen wollte. Wie sein Körper damals im Mondlicht geglänzt hatte. Während sie dasaß und sich ihren Erinnerungen hingab, reifte in ihr der Entschluss, mit Reinhard irgendwann einmal die Heimat seines Vaters zu besuchen. Vielleicht würden sie dann auch Julius' Mutter kennenlernen.

Ob Gerda schon bei der Waldhütte war? Die Sonne hatte die letzten Wolken verdrängt und blitzte durch die kahlen Bäume hindurch. Wärmen konnte sie kaum mehr, aber sie verbreitete zumindest ein klein wenig Zuversicht, im Gegensatz zu dem trüben Nebel und den dicken Regenwolken der vergangenen Tage. Obwohl sie am liebsten hier sitzengeblieben wäre, machte Elise sich auf den Rückweg zur Hütte. Sie schob sich an einem Busch vorbei, den Blick auf den Weg gerichtet, da tauchte vor einer dicken Buche eine Gestalt auf. Erschrocken blieb sie stehen. Ihr Herz schlug schneller, denn sie erkannte sofort, wer dort stand.

Hinkend kam der Mann näher, lächelte sie unsicher an, streckte ihr die Hand entgegen. Elise zögerte, doch dann erwiderte sie seine Begrüßung. »Ferdi! Du bist wirklich zurückgekommen.«

»Was denkst du denn?« Seine Stimme war rau. Er hustete, drehte sich zur Seite und spuckte einen schleimigen Auswurf auf die am Boden liegenden Blätter.

»Bist du krank?« Sofort hielt sie die Hände schützend über das Gesicht ihres Sohnes und im gleichen Augenblick fiel ihr ein, dass das keine so gute Idee war, denn sie hatte ja gerade erst Ferdinands Hand geschüttelt. Schnell zog sie sie zurück.

»Nur ein wenig erkältet«, winkte er ab.

Sie betrachtete ihn eingehend. Seine Wangen waren eingefallen, die ungleichmäßig langen Barthaare ließen ihn wie einen Landstreicher aussehen.

»Wir müssen unbedingt miteinander reden. Wie du dir das mit dem Hof vorstellst.«

»Deswegen bin ich da.«

»So. Du hast also hier mit mir gerechnet. Wo warst du denn die ganze Zeit?«

»In den Bergen. Auf einer kleinen Alm bei einem uralten Mann. Er hat mich auch auf die Idee gebracht, mit den Franzosen zu verhandeln.«

»Aha.« Elise zog die Augenbrauen nach oben. »Hast du keine Angst?«

»Nein. An sich nicht.« Unsicher strich er sich durch die filzigen Haare, die ihm in Strähnen über die Ohren hingen.

»Ich wünsche dir, dass alles gut geht. Wo bleibst du denn, bis du frei bist?«

Wieder hustete er. »Ich habe mehrmals in eurer Hütte geschlafen. Aber dort muss letztens etwas passiert sein. An einem Abend, als ich dort wieder hinkam, war eine riesige Blutlache auf dem Boden.«

Elise hielt die Luft an. Ob er irgendwas aus mir herausbekommen will? »Hast du jemanden gesehen?«

Er kratzte sich mit schwarzen Fingern über den Arm. »Nein. Abends war nie jemand da.«

»Und tagsüber?«

»Ich bin überall und nirgendwo. In Pirmasens habe ich einen kleinen Markthändler gefunden, bei dem ich hin und wieder etwas schnorren kann. Und dann war ich einmal bei mir zu Hause und hab mir von deiner Butter geholt. Die konnte ich bei ihm eintauschen.«

»Du warst das also.« Elises Arme begannen zu zittern. »Und da hast du mir nicht wenigstens eine Nachricht hinterlassen können? Ich dachte an Plünderer, habe mir Sorgen gemacht, war in Aufruhr. Zudem hatte ich die Butter schon verkauft.«

»Das tut mir leid, Elise.« Er griff nach ihrem Arm, doch sie wich ihm aus und fiel ihm ins Wort. »Von irgendwas müssen wir leben. Aber das ist jetzt sowieso vorbei. Deine Kühe sind weg. Gestohlen.« Es tat ihr nicht leid, dass die Worte vollkommen emotionslos aus ihr heraussprudelten.

»Ich weiß.«

Überrascht sah sie auf.

Ferdinand senkte den Kopf. »Der Franzose, der mir die Papiere besorgt hat, wollte plötzlich lieber Tiere haben als Geld. Ich hatte keine Wahl.«

»Das warst du auch?«

Als er nickte, traten die Dreckränder an seinem Hals deutlich hervor.

»Bist du eigentlich noch ganz bei Trost?«

»Was hätte ich denn tun sollen?« Viel leiser fügte er hinzu: »Du hast auf meinen Brief nicht reagiert. Ich habe dich gesehen, wie du die Milch jeden Tag weggebracht hast. Und wie du den Brief mitgenommen hast. Ich dachte, du willst mir nicht helfen.«

Mit weit aufgerissenen Augen sah sie ihn an. »Und da klaust du einfach die Kühe, hinterlässt mir aber keinerlei Nachricht und wir können sehen, wie wir das erklären.«

»Es waren meine Kühe. Eine hat ohnehin gefehlt.«

Jetzt wich Elise einen Schritt zurück. Ferdinand hatte recht. Es waren seine Tiere, und wenn jemand eine Kuh gestohlen hatte, dann sie, dachte sie schuldbewusst.

»Ich dachte, es ist besser, dir nichts zu sagen. So konntest du glaubwürdig versichern, nichts vom Verbleib der Tiere zu wissen. Nur wo Milli ist, das kann ich dir nicht beantworten. Als ich sie holen wollte, war sie weg.«

»Und du weißt nicht, wo sie sein könnte?« Erleichtert atmete sie auf, ließ sich jedoch nichts anmerken.

»Hattest du Probleme?« Seine Barthaare kratzten auf der rauen Haut seiner Hände, als er sich durchs Gesicht strich.

»Nein. Nix Schlimmes. Es gibt da einen Franzosen, mit dem kann man gut reden.«

»Reden? Und sonst nichts?« Seine Augen verengten sich.

»Hör bloß auf! Du hast mit deiner Eifersucht schon genug Unheil angerichtet. Wärst du nicht gewesen, könnten Julius und ich heute glücklich sein. Aber nein, du musstest ihn ja vertreiben. Dann hast du gedacht, du könntest alles kriegen. Auch mich.« Ihre Stimme dröhnte schrill durch die Bäume.

Ferdinand reckte beschwichtigend die Arme. »Bitte Elise. Beruhige dich.«

»Ach, hau doch ab.« Sie drehte sich von ihm weg, legte die Stirn gegen den Baumstamm und schloss die Augen.

»Verdammt, ich wollte das nicht sagen«, murmelte er. »Es tut mir leid. Alles.«

Elise roch die Feuchtigkeit der kleinen Mooskissen, die sich über die Baumrinde verteilten.

»Warum bist du eigentlich noch nicht auf deinem Hof? Ist es wegen der fehlenden Kuh?« Noch immer stand sie mit dem Rücken zu ihm und es hörte sich an, als versanken ihre Worte im Moos.

»Nein, nein.« Sie stellte sich vor, wie er nach Worten rang. »In den nächsten Tagen bekomme ich endlich meine Papiere. Dann gehe ich heim.«

Noch während er sprach, spürte sie plötzlich seine Hand auf ihrer Schulter. Schnell wich sie ihm aus. »Hör auf!«

»Meinst du, wir könnten wieder zusammenarbeiten?«

»Was denn? Und wie überhaupt?«

»Mit dem Holzhandel. So wie früher. Das hat doch sehr gut geklappt.« Er klang auf einmal klar und zuversichtlich. Offenbar hatte er sich viele Gedanken über seine Zukunft gemacht. Elise antwortete nicht. Sie wollte sich nicht festlegen. Zuerst musste er beweisen, dass er es ehrlich meinte. So senkte sie ihren Blick auf ihren Sohn und tat, als sei Ferdinand gar nicht mehr da. Auch er sagte nichts mehr.

Der Wind rauschte durch die kahlen Äste und dieses Rauschen machte auch das Schweigen zwischen ihnen etwas erträglicher. Dann stellte er sich vor sie, streichelte mit seinen schwarzen Fingern über das Tragetuch. »Da ja der Vater deines Kindes sich nicht kümmert, könntest du doch erst recht mit mir ein Geschäft aufbauen.«

»Kein Wort über Julius!« Sie blitzte ihn wütend an. »Lass mich bloß in Ruhe. Ich habe genug eigene Sorgen.«

Er ergriff ihre Hand. »Lass mich dir helfen.«

Elise tippte sich gegen die Stirn. »Du? Du hast nichts, du bist nichts. Kümmere du dich erstmal um deinen Kram. Auf deinem Hof ist das bitter nötig. Theo und ich konnten ja immer nur das Nötigste tun. Und in Zukunft kann ich dir nicht mehr helfen.«

»Du bist so hart. So kenne ich dich gar nicht.« Ferdinands Lippen zitterten bei jedem seiner Worte.

»Dein Führer hat mich zu dem gemacht. Wer nicht hart ist, verliert. Jetzt geh. Ich habe noch einen Termin.« Mit ausladenden Schritten ging sie in Richtung der nahen Waldhütte.

Ferdinand folgte ihr. »Hier?«

»Ja, hier.« Sie nahm die letzten Meter zur Hütte. Als sie eintrat, entdeckte sie Gerda auf der Bank neben der Tür. Sofort legte die den Finger auf ihre Lippen und schüttelte den Kopf.

Elise schob die Tür ein Stückchen zu. »Bitte Ferdi. Kümmere dich um deinen Kram und lass mich in Ruhe.«

Er antwortete nicht, trottete mit hängenden Schultern in Richtung Quelle und als sie ihn so sah, fühlte sie sich schon wieder schlecht.

»Ist er weg?« Gerda flüsterte so leise, dass sie kaum zu verstehen war.

Elise streckte den Kopf hinaus. »Ja.«

Hörbar pustete Gerda die Luft aus. »Der hat mir gerade noch gefehlt.«

Elise setzte sich neben Gerda. »Warst du zu Hause?«

Die Freundin hob ihre Bluse an, deutete auf ihren Bauch. Elise stachen sofort die roten Spuren ins Auge, die sich quer darüber zogen.

»Was ist das?« Sie sog die Luft ein.

»Das Ergebnis meines Vaters.« Gerdas Stimme erstickte.

»Heiland.« Elises Muskeln verkrampften sich. »Ich wünschte, er wäre eingebuchtet worden. Er hätte es verdient.«

»Er ist mein Vater. Ich bin es, die den Fehler gemacht hat. Ich bin schuld. Unwürdig.« Mit jedem Wort drang Anklage gegen sich selbst über Gerdas Lippen.

Elise rüttelte ihre Freundin an den Schultern. »Was redest du denn da? Du hast dich vielleicht mit dem falschen Mann eingelassen. Mag sein. Aber du wirst dich um dein Kind kümmern. Du wirst eine wundervolle Mutter sein. Der Dreckmensch ist dein Vater. Anzeigen sollte man ihn!« Vor Anspannung schmerzten ihre Arme. Dann sagte sie entschieden: »Du bleibst vorerst bei uns.«

Die beiden Frauen lehnten sich an die Hüttenwand und schwiegen. Nach einer Weile berührten sie sich an den Schultern.

»Ich bin froh, dass du da bist, Elise. Ich weiß das erst jetzt richtig zu schätzen.« Gerda legte den Kopf auf ihre Schulter. »Ich hab so viel falsch gemacht. Aber vielleicht kann ich dir jetzt ein wenig helfen.«

Elise rückte näher an ihre Freundin heran. Reinhards Köpfchen berührte Gerdas Bauch. Minutenlang saßen sie so da. Bis Reinhard seine Ärmchen ausstreckte, als wollte er den beiden zu erkennen geben, dass es nun genug sei.

18. Nur gemeinsam geht es

Donnerstag, 15. November 1945

Elises Herz pochte heftig, als sie an diesem späten Novembertag in Richtung Pirmasens aufbrach.

Reinhard blieb bei Gerda, die ihn beim Post verteilen mitnahm. Und Hans war vor wenigen Minuten zur Schule aufgebrochen. Gegen Abend stand der Termin beim Arzt auf Elises Plan. Sie hoffte, er hätte irgendeine Idee, wie es ihrem Bruder wieder besser gehen könnte. Fritz' Tod ging ihm noch immer sehr nah und der einst so lebensfrohe Bub sah aus, als könnte er nie wieder lachen. Sie selbst war derzeit auch nicht die Richtige, ihn aufzumuntern, weil sich all ihre Gedanken um Julius drehten. Es gelang ihr nicht, ohne Trauer an ihn zu denken. Am meisten belastete sie, dass sie nichts Näheres wusste. Noch immer haderte sie mit sich, ob sie doch noch einmal einen Brief an seine Mutter schreiben sollte. Jetzt, da die Todesmeldung schon ein paar Wochen zurücklag.

Sie hatten ihre Stube zu einem Zimmer für Gerda hergerichtet. Das Canapé war stehengeblieben. Den Tisch hatten sie beiseitegeschoben und Mutter hatte aus Stoffresten eine Decke für sie genäht. Das Kopfkissen konnte Großvater erübrigen, weil er das von Großmutter noch hatte. Anfangs war Mutter nicht begeistert gewesen von ihren Plänen, doch als Elise ihr erzählte, was Gerda widerfahren war, stimmte sie zu.

Regelmäßig war ihre Mutter mittlerweile unterwegs und kehrte jedesmal mit einer großen Tasche voller Lebensmittel heim. Wie sie das bewerkstelligte, war jedoch nach wie vor ein großes Geheimnis. Zumindest schien sie sich nicht in Gefahr zu begeben und so arrangierte Elise sich damit, nicht mehr nachzufragen. Irgendwann würde sie sicher alles erfahren.

Während Sie die holprige Straße entlang fuhr, dachte Elise über Ferdinands Angebot nach. Wenn er wirklich erneut in den Holzhandel einstieg, würde er bestimmt bald viel Arbeit haben. Überall mussten Häuser, Städte und Scheunen aufgebaut werden. Auf keinen Fall sollte er sich neue Hoffnungen auf mehr als Freundschaft und Zusammenarbeit machen. Am Abend wollte sie mit Gerda darüber reden und auch ihren Großvater noch einmal fragen, was er davon hielt.

Sie trat schneller in die Pedale. Weber wartete auf die neuen Schuhe und nachdem sie ihn wegen der Übergaben an den Franzosen so oft vertröstet hatte, wollte sie nun endlich Klarheit schaffen. Für sich und für ihn. Wenn er mich entlässt, überbrücke ich die kommenden Monate mit einer anderen Arbeit, ermutigte sie sich während ihrer Fahrt in Richtung der zerbombten Stadt.

Leicht blau hatten sich ihre Hände verfärbt und schienen sich gar nicht mehr vom Lenker lösen zu wollen, so steifgefroren waren sie. Als sie die ersten Häuser von Pirmasens sah, stieg sie vom Sattel, lehnte das Rad gegen ihre Hüfte und atmete tief durch. Schnell rieb sie die Hände ineinander und hauchte in ihre Handhöhlen. Warme Atemwolken stiegen vor ihr auf. Ihren Wintermantel zog sie enger über die Schultern und schob die Hände in den Ärmeln so hoch, dass der Stoff sie wärmend umschloss. Dann setzte sie sich wieder auf ihr Rad und fuhr an. Einige Leute liefen durch die Straßen. Elise beobachtete zwei Männer, die lautstark miteinander diskutierten. Auf der anderen Seite ging eine Frau mit einem kleinen Mädchen an der Hand. Zwischen Häuserresten jagte ein Hund hin und her, blieb aber ständig stehen und schnupperte. Sicher hatte er genauso viel Hunger, wie die Menschen. Sie trat kräftiger in die Pedale, da hörte sie eine Stimme, die ihr bekannt vorkam.

»Elise, hallo.«

Suchend sah sie sich um. Neben einem Mauerrest entdeckte sie den Buben, dem sie vor einiger Zeit die Schuhe geschenkt hatte. Sie bremste, winkte ihm zu und wartete, bis er bei ihr angekommen war. Ihr Blick wanderte an ihm auf und ab. Er trug die Schuhe, die sie ihm geschenkt hatte. Das war allen Ärger wert, dachte sie und lächelte ihm entgegen. »Passen sie jetzt besser?«

Er nickte, hob einen Fuß und erklärte stolz: »Ja, ich bin gewachsen. Meine Füße auch. Du warst lange nicht mehr da.« Er ließ das Bein wieder sinken, kickte einen Stein über die Straße, der an die Speichen ihres Vorderrades sprang und ein kurzes metallisches Klirren erzeugte.

»Du bist wohl immer hier, Michael.«

Er sah zu ihr auf, stieß den nächsten Stein weg. »Ich muss halt schauen, wo ich was zu essen finde.« Sein Bauch knurrte und trieb ihr eine Gänsehaut über den Körper. Schon wenn der Junge von Essen sprach, rumorte sein Magen.

»Wann hast du denn zuletzt etwas gegessen?«

»Gestern. Am Abend. Meine Mutter hat Brot gebracht. Aber ich würde so gern einmal ein Stück Wurst essen.«

»Was ist mit euren Lebensmittelkarten?«

Michael winkte ab und schnaubte. »Die reichen nie.«

Elise überlegte einen Moment. »Warst du schon einmal auf dem Markt?«

»Ha, schon oft. Aber die geben mir nichts. Einmal habe ich Kartoffeln bei einem Mann gestohlen. Nur eine Handvoll.« Er steckte eine Hand in die Manteltasche. »Der ist mir hinterhergelaufen, hat mich verdroschen und mir alles wieder abgenommen.«

»Weißt du, er hat selbst nicht viel. Und wenn du es ihm dann wegnimmst …«

Der Kleine unterbrach sie. »Aber Mutter hat so geweint. Weil wir doch nichts mehr hatten. Irgendjemand hat bei uns die Vorräte gestohlen und ich wollte doch nur …« Er schüttelte den Kopf.

»Vielleicht kannst du ja den Marktmann einmal fragen, ob du bei ihm arbeiten darfst.«

»Denkst du?« Michaels Augen leuchteten, doch dann legte sich wieder ein skeptischer Schatten darüber.

»Wer arbeitet, bekommt auch einen Lohn.« Sie lehnte ihr Fahrrad gegen einen windschiefen Zaun am Straßenrand und ging auf Michael zu. »Vielleicht bekommst du dann eine Handvoll Kartoffeln zum Dank.«

»Ich weiß nicht …« Skeptisch wiegte er den Kopf hin und her.

Da fiel Elise etwas ein. »Sag mal, kannst du Radfahren?«

Michael runzelte die Stirn. »Wieso?«

»Vielleicht habe ich eine Arbeit für dich.«

»Wirklich?« Er trat von einem Fuß auf den anderen, dabei rutschten seine Füße jedes Mal aus den Schuhen und die Ledersohlen klackerten auf dem Boden.

»Hast du ein bisschen Zeit?« Elise legte ihm die Hand auf die Schulter.

»Ja!« Er schmiegte den Kopf an ihre Seite. »Ich habe genug Zeit. Mutter kommt erst abends zurück.«

»Dann komm mit mir.« Sie griff nach ihrem Rad, richtete den Korb auf dem Gepäckträger.

Michael legte seine Hand auf der anderen Seite an den Lenker und schritt einträchtig neben ihr her. Immer wieder beobachtete sie den fremden Jungen, der sich ihr anvertraute und ihr seine Sorgen beichtete. Vielleicht wäre er ja die Lösung für Herrn Weber.

Wenig später erreichten sie das Gebäude des Schuhfabrikanten und als Elise das Fahrrad an die Hauswand schob, beobachtete sie, wie Michael nervös seine Hände ineinander rieb.

»Mach dir keine Sorgen. Der Herr Weber ist ganz nett.« Sie zwinkerte ihm zu und versuchte, damit auch ihre eigene Unruhe zu verbergen, denn sie war nicht sicher, ob ihr Plan wirklich so gut war, wie sie dachte.

Sie nahm den Korb in die eine und Michael an die andere Hand. Vor der Eingangstür ließ sie ihn los, klopfte an, ergriff seine Hand aber gleich wieder, denn sie spürte, wie sehr der kleine Körper neben ihr bebte.

Herr Weber öffnete, sah von ihr zu dem fremden Jungen. »Hast du deinen Bruder mitgebracht, Elise?« Noch während er sprach, fiel sein Blick auf die Füße des Jungen und blieb dort hängen. Langsam hob er den Kopf, zog die Augenbrauen zusammen. »Warum hast du ihm denn keine Schuhe in der richtigen Größe zugeschnitten?«

Elise stellte den Korb ab, schob den Buben vor sich. »Das ist Michael. Er würde gern bei Ihnen arbeiten.«

Herr Weber legte eine Hand an den Türrahmen, als wollte er dem Jungen den Eintritt verwehren. »Michael?« Irritiert wanderte sein Blick zwischen Elise und dem Jungen hin und her. Dann bat er die beiden ins Haus und deutete in sein Büro. »Setzt euch an den Tisch. Ich komme gleich.« Mit diesen Worten verschwand Herr Weber im halbdunklen Flur. Elise stellte den Korb ab und betrat, Michael fest an der Hand haltend, den Raum.

Sie bugsierte Michael auf einen freien Stuhl vor dem Schreibtisch und ließ sich neben ihm nieder.

Michael rutschte nervös auf dem Stuhl hin und her, da kam Herr Weber bereits zurück. Er stellte vor ihnen zwei Tassen dampfende Milch hin. »Bei der Kälte müsst ihr euch erst einmal aufwärmen.«

Elise griff nach ihrer Tasse, nahm einen großen Schluck. »Trink, Michael«, forderte sie den Jungen auf. Mit einem sanften Schubs in die Seite ermunterte sie ihn, es ihr gleich zu tun.

Unsicher sah der Junge Herrn Weber an, der ihm freundlich zunickte und sich auf seinem Stuhl niederließ. Das Porzellan klapperte, als Michael nach der Tasse griff und so bekam seine Aufregung auf einmal eine Stimme.

Er schlürfte, lehnte sich zurück und nahm gleich den nächsten großen Schluck aus der Tasse.

»Schmeckt wohl.« Herr Weber rieb sich genüsslich über den Bauch, als hätte er selbst von der Milch gekostet.

Michael nickte und nun lächelte er den Schuhfabrikanten auch an. Dessen Augen forderten Elise heraus.

»Dann erklär mir mal, was du dir gedacht hast, Elise.«

»Na ja.« Sie rutschte auf ihrem Stuhl hin und her. »Also, ich dachte …«

»Was denn nun?« Herr Weber lehnte sich zurück. Für einen Moment hatte Elise den Eindruck, er freute sich an ihrer Unsicherheit.

»Es ist ja so. Ich werde die Schuhe nicht mehr liefern. Sie wollen jemanden, der unauffällig ist. Wer wäre unauffälliger als ein Kind?«

»Und das aus deinem Mund?« Weber räusperte sich. »Du würdest wirklich den Buben dieser Situation aussetzen? Wenn nicht sogar in Gefahr bringen?«

Seine Worte versetzten Elise einen Stich in die Magengrube. Er hatte Recht! Was hatte sie sich eigentlich bei alledem gedacht? Sie konnte doch beim besten Willen nicht den Jungen mit einer Aufgabe betrauen, die ihr selbst zu heikel geworden war. »War wohl eine ziemlich dumme Idee von mir«, murmelte sie mit gesenktem Kopf.

»Wobei …« Weber kratzte sich am Kopf. »Unauffällig wäre Michael schon. Und wenn ihn jemand erwischte, könnte ihm keiner was anhaben.« Nach einer kurzen Pause fügte er hinzu: »Nur was, wenn du nicht dichthältst? Nein, das geht nicht.«

Aus dem Augenwinkel beobachtete Elise den Jungen, der den Zeigefinger im Mund hatte und wohl auch noch den letzten Rest seines Fingernagels zerkaute.

Elise biss sich auf die Unterlippe. Es war wirklich eine Schnapsidee von ihr. Sie sah zu dem Buben hinüber, der mit großen Augen Herrn Weber anblickte und an seinen Lippen zu kleben schien.

»Danke für den Einfall, Elise. Aber ich denke, du bist diejenige, die die Lieferungen weiterhin erledigen sollte. Ich war jetzt einige Male selbst dort und habe deutliche Worte mit ihnen geredet. Die schicken einen anderen Boten. Deinetwegen. Dann musst du dir keine Gedanken mehr darüber machen, dass dir einer zu nahe kommt.« Webers Worte klangen, als hätte er sie mehrfach geprobt.

»Nein, Herr Weber. Ich gehe nicht mehr.« Sie streckte ihren Oberkörper, stemmte die Hände auf die Oberschenkel. »Für mich ist das erledigt.«

»Gut. Du hast es so gewollt. Dann endet an dieser Stelle unsere Zusammenarbeit.« Über seiner Stirn formte sich eine tiefe

Querfalte, seine Ohren hatten sich rot verfärbt, sein Gesichtsausdruck war verbissen.

»Ist das Ihr letztes Wort?« Langsam erhob sich Elise von ihrem Stuhl.

»Ohne die Lieferungen kann ich dicht machen.« Er strich sich mit einer Hand über den Kopf und Elise beobachtete jede seiner Bewegungen. Er wirkte stoisch, erschüttert und es hätte sie nicht gewundert, wenn er vom Stuhl gefallen wäre.

»Es ist einfach zu gefährlich. Ich muss an mein Kind denken. An die Verantwortung, die ich trage.«

»Dann wünsche ich dir nur, dass der Bub nicht verhungert.«

»Ich bringe ihn schon durch.« Elise trat hinter den Stuhl, schob ihn näher an den Schreibtisch, als müsste sie das Büro aufräumen, ergriff ihren Korb, leerte die Schuhe auf seinen Schreibtisch und schritt erhobenen Hauptes zur Tür.

»Michael, komm. Hier gibt es leider doch keine Arbeit für dich.«

Der Junge rutschte von der Sitzfläche, sah sehnsüchtig in die noch halbvolle Milchtasse und schob sich an Elise vorbei aus dem Büro.

»Es tut mir wirklich leid, Michael. Ich hätte dir so gern geholfen.« Ihre Stimme war voller Traurigkeit und es gelang ihr kaum, sich von dem Anblick des Häufchens Elend zu lösen. Mit hängenden Schultern stand der Kleine neben ihr. Er hatte ganz offensichtlich große Hoffnungen in ihr Versprechen gelegt. Nun zerfielen sie wie die Häuser unter einem Bombenhagel.

Noch einmal wandte sie sich Herrn Weber zu. »Ich wünsche Ihnen trotzdem alles Gute.« Da fiel ihr ein, dass ihr noch der Lohn für die heute gelieferten Schuhe zustand. »Kann ich mein Geld für die Lieferung haben?«, fragte sie mit fester Stimme.

Weber kramte in seiner Schublade, legte einen Umschlag auf den Tisch, steckte einen Schein hinein. Dann holte er eine Stofftasche hervor und hielt sie ihr entgegen. »Hier, die kannst du mitnehmen.«

Elise sah ihn unsicher an. »Was ist das?«

»Lederreste. Die habe ich schon für dich gesammelt.«

Ein erster Impuls ließ sie die Tasche annehmen, doch dann stellte sie sie wieder vor ihm ab. »Nein. Danke.«

»Wieso denn nicht? Das ist jetzt doch wirklich kindisch.« Weber hielt ihr neuerlich den Beutel entgegen. »Jetzt nimm schon. Und sorge wenigstens dafür, dass der Junge ein Paar Schuhe bekommt, die ihm passen.«

»Ich will nichts, wofür ich nicht gearbeitet habe.«

»Nimm es als Geschenk dafür, dass du so zuverlässig warst.«

Elise atmete durch. Wenn sie die Lederreste jetzt annahm, konnte sie vielleicht drei Paar Kinderschuhe anfertigen. So hätte sie nochmal etwas, das sie zum Tausch einsetzen könnte. Sie griff danach, dabei berührte sie Webers Hand und nun spürte sie, wie sehr auch der alteingesessene Geschäftsmann angespannt war. Sofort überkam sie das schlechte Gewissen. »Wenn Sie mich wieder einmal brauchen, können Sie sich ja melden.« Sie sah ihn nicht mehr an. Mit festen Schritten verließ sie das Bürogebäude, Michael folgte ihr mit einigem Abstand und erst, als sie die Stofftasche mitsamt dem Korb auf ihrem Gepäckträger festzurrte, stand er neben ihr. Er legte seine Hand auf ihre. »Ist nicht schlimm.«

Elise schluckte. Was bist du für ein wundervoller Junge, dachte sie bei sich und wünschte sich im gleichen Moment, dass ihr Reinhard auch einmal so ein besonderer Mensch werden würde. »Es tut mir trotzdem leid. Ich hätte dir so gern geholfen.« Weil sie den Eindruck hatte, er wollte sich bei ihr anlehnen, zog sie ihn an ihre Brust und schlang die Arme um ihn. Er war so dünn, so zerbrechlich, dass ihr der Atem stockte und sie schalt sich, dass sie sich nicht wenigstens so lange zurückgehalten hatte, bis seine Milch ausgetrunken war.

Sie drehte das Rad, tätschelte Michaels Hand. Da ging die Bürotür auf. »Könnt ihr vielleicht doch nochmal hereinkommen?«, forderte sie ihr Chef auf.

Elise zögerte. Auf keinen Fall wollte sie sich auf eine endlose Diskussion mit Weber einlassen. Es war alles gesagt. Was sollte da jetzt noch kommen? Doch Michael sah sie so erwartungsvoll an, dass sie sich einen Ruck gab. »Wir kommen. Aber nicht lange. Ich muss nach Hause.«

Einträchtig betraten sie und ihr kleiner Freund das Büro zum zweiten Mal an diesem Tag und setzten sich auf die beiden Stühle, die sie kurz zuvor erst verlassen hatten.

Michael griff sofort nach der Tasse und trank sie in einem Zug leer. Elise verstand ihn nur zu gut. Ganz gleich, was nun kommen würde, er hatte wenigstens etwas im Bauch.

Weber setzte sich ihnen gegenüber. »Mir ist etwas eingefallen.» Er räusperte sich mehrmals. »Wie wäre es, wenn der Bub mit dir ginge? Damit er sieht, wo er hin muss. Und künftig könnt ihr zusammen gehen. Dann wärst du nicht allein, er hätte auch was davon. Und ich wäre sicher, dass meine Schuhe dort ankommen, wo sie hin sollen.«

Elise überlegte kurz. »Nein, ich kann das nicht mehr. Und außerdem war es eine dumme Idee, Michael überhaupt mit dieser Aufgabe betrauen zu wollen. Es geht einfach nicht.«

»Und wenn der Franzose zur Straße kommt?«

Elise riss die Augen auf. »Das ist doch nicht Ihr Ernst, oder? Da können wir ja gleich einen Aushang machen, dass wir Waren schmuggeln. Nein, lassen Sie mal. Das ist doch alles viel zu schlecht durchdacht.« Langsam stand sie auf. »Aber wenn Sie irgendwann mal keine Schwarzgeschäfte mehr machen müssen, kommen wir vielleicht wieder zusammen.«

»Oder wenn ihr so großen Hunger habt, dass ihr meine Hilfe nötig braucht.« Jetzt klang Weber fast schadenfroh. Doch er beschwichtigte gleich wieder. »Ich bin ja nicht bei Sinnen. Entschuldige Elise. Aber mir steht das Wasser bis zum Hals.«

Da ratschte Michaels Stuhl über den Fußboden. Elise drehte sich zu ihm um. Er stellte sich direkt an die Tischkante, hielt sich mit beiden Händen daran fest und visierte Herrn Weber. Er kniff die Beine zusammen und auch ohne ihn zu berühren, übertrug sich seine Anspannung auf Elise.

»Herr Weber, ich will für Sie arbeiten. Ich verspreche Ihnen, dass ich alles richtig mache. Ich erledige alles genauso, wie Sie das wollen. Aber ich würde lieber Milch und Brot dafür bekommen. Kein Geld.«

Elises Blick wanderte von dem Buben zu Herrn Weber. Der saß, die Ellbogen auf den Schreibtisch gestützt, da. Sein Mund stand vor Staunen offen. In ihr selbst breitete sich zugleich ein Gefühl von Angst aus. Es ist zu unsicher und es kann zu viel passieren. Was, wenn der Franzose den Jungen dafür bestraft, dass er mich nicht … Sie umarmte Michael und zog ihn näher zu sich. »Ich weiß nicht, ob das so eine gute Idee von mir war. Vielleicht sollten wir erst mit deiner Mutter reden.«

Michael befreite sich aus ihrer Umarmung, trat auf den Schreibtisch zu und streckte Herrn Weber die Hand entgegen. »Jetzt muss ich nur noch wissen, was ich tun soll.«

Es dauerte einige Augenblicke, dann erwiderte Weber den Handschlag des Jungen. »Also gut, wir werden es versuchen.«

Elise hüstelte. »Aber wie soll er denn den Weg finden?«

»Kannst du es ihm nicht zeigen? Vielleicht heute? Und ihm gleich ein paar Tipps geben?« Die Augen des Fabrikanten flehten sie regelrecht an.

»Meinetwegen.« Obwohl sie unbedingt schnell nach Hause wollte, fühlte Elise sich jetzt doch verpflichtet, Michael zumindest zu zeigen, wo er hinmusste.

Den Korb hatten Sie bei Herrn Weber abgestellt und nun sausten sie mit Elises Fahrrad aus der Stadt hinaus. Michaels Arme umschlossen ihren Rumpf, während sie den Lenker hielt. Ab und zu legte der Junge seinen Kopf auf ihren Rücken. In den Fahrtwind hinein, rief sie: »Sitzt du gut hinter mir?«

»Ja«, gab Michael zurück und umklammerte sie noch etwas fester. Als sie den Feldweg erreichten, erklärte sie ihm, dass sie zu Fuß weitergehen müssten. Sie stieg vom Rad, versteckte es hinter dichten Dornenhecken und beide bahnten sich die Strecke entlang des Baches. Der aufgeweichte Boden knatschte an einigen Stellen unter ihren Füßen. Elise drehte sich immer wieder zu dem hinter ihr gehenden Buben um. Kurz vor der

Hütte hielt sie inne. »Dort vorn ist der Treffpunkt, dort wirst du erwartet.«

»Und was muss ich da machen?«, fragte er mit dünnem Stimmchen. Nun klang er weit weniger überzeugt als noch in Webers Büro.

»Eigentlich ist alles ganz einfach: Herr Weber packt dir die fertigen Schuhe in einen Beutel oder in einen Korb. Du gibst dem Mann, der in der Hütte auf dich wartet, die Schuhe. Aber vorher muss er dir das Geld geben. Das ist wichtig. Darauf musst du achten. Wenn du das Geld hast, kannst du gehen. Am besten nimmst du dein Fahrrad. Dann bist du schneller da.« Und auch schneller wieder weg, dachte sie, sprach es aber nicht aus.

»Ich habe doch kein Fahrrad«, warf Michael ein.

»Dann muss Herr Weber eines für dich besorgen.«

Michaels Augen leuchteten.

»Das Geld bringst du dann Herrn Weber.«

Michael zuckte die Schultern. »Ist das alles?«

Mit seiner Frage brachte er Elise zum Schmunzeln. »Ja, das ist alles. Du fährst zurück zu Herrn Weber, er gibt dir deinen Lohn und dann gehst du nach Hause.«

»Das kann ich! Das ist ja gar nicht schwer.« Die Freude in seinem Gesicht war unverkennbar. »Meine Mutter wird Augen machen.«

Hoffentlich vor Freude, dachte Elise bei sich. Ein kurzer Impuls sagte ihr, sie sollte den Buben vor möglichen Gefahren warnen. Doch dann verwarf sie es wieder, denn sie wollte ihn nicht ängstigen. Weber hatte ja zugesichert, dass er einen anderen Abholer engagiert hatte, der hoffentlich auch den Buben ordentlich behandeln würde. »Aber denk dran: Du musst gut auf dich achtgeben!« Sie drückte Michaels Hand und sah ihn eindringlich an.

Michael grinste sie an. »Das mache ich doch immer.«

»Du darfst auch mit niemandem darüber reden. Hörst du?«

Jetzt verschwand das Grinsen aus seinem Gesicht. »Warum denn nicht?«

Elise beugte sich zu ihm vor, wisperte ihm ins Ohr: »Was wir hier tun, ist verboten. Wenn du erwischt wirst …«

Ebenso leise gab er zurück: »… muss ich ins Zuchthaus.«

»Wird schon alles gut gehen«, ermunterte sie ihn.

Auf dem Rückweg erklärte sie dem Buben, dass er sich stets am Bachlauf orientieren sollte. So konnte er die Hütte auf keinen Fall verfehlen. Michael nickte immerfort und bekundete mehrfach, wie sehr er sich darauf freute, seine Mutter unterstützen zu können.

Gerda saß neben Großvater im Garten und sie unterhielten sich angeregt. Gerda hielt Reinhard auf dem Arm. Er war wach und spielte mit seinen Händchen. Elise sah die drei schon vom Weg aus. Großvater winkte ihr entgegen.

»Grüß euch ihr zwei. Oder besser gesagt, drei.« Sie grinste, nahm Reinhard in die Höhe und küsste ihren Sohn auf die Stirn. »Alles in Ordnung hier?«

»Ja, es gibt ausnahmsweise mal keine schlechten Nachrichten.« Die Lachfältchen um Großvaters Augen zuckten.

»Davon hatten wir auch zu viele in letzter Zeit.« Noch während sie sprach, spürte sie das enge Band, das sich um ihre Brust schnürte und den Gedanken an Julius regelrecht aus ihr herauspresste.

»Ferdi ist zurück auf seinem Hof«, erklärte Gerda. »Er arbeitet sogar schon wieder.«

»Was? Das ging jetzt ja aber schnell.«

»Ich konnte nur kurz mit ihm reden. Er hat mir erzählt, dass er schon einen größeren Auftrag hat und eigentlich dringend jemanden bräuchte, der ihn unterstützt.«

Elise musterte Gerda: »Könntest du nicht sein Büro übernehmen?«

»Er will dich und das weißt du.« Gerda verschränkte die Arme vor ihrem Bauch. »Außerdem bringe ich ihm doch nur Schwierigkeiten, wenn die Leute erst erfahren, dass …« Sie sprach nicht weiter, deutete nur auf die erkennbare Rundung, die sich sogar unter ihrem Mantel abzeichnete.

Großvater setzte sich aufrecht. »Wenn ihr für eure Kinder sorgt, sie großzieht, ihnen eure Liebe und Wärme schenkt, gehört euch eigentlich der Verdienstorden. Und keine Häme. Also lasst euch nicht von den Ratschweibern und Hetzern aus der Ruhe bringen, ihr beiden. Ihr macht eure Arbeit und alles andere geht niemanden etwas an.« Mühsam erhob er sich von der Bank. »Ihr wollt bestimmt noch ein wenig allein miteinander reden.«

Elise legte Reinhard wieder in Gerdas Arme, reichte ihrem Großvater seinen Stock, den er nur selten benutzte, aber heute offenbar brauchte, und begleitete ihn ins Haus. Als er sich auf seinem Sessel niederließ, legte sie ihre Arme um ihn und gab ihm einen Kuss auf die Wange. »Weißt du eigentlich, dass du der beste Großvater der Welt bist?«

Lachend winkte er ab. »Habe ich eine Wahl, bei diesen großartigen Enkelkindern?«

19. Können Sie etwas tun?

Mittwoch, 21. November 1945

Elise konnte es kaum erwarten, bis der Arzt endlich bei ihnen eintraf. Sie hatte Gerda extra darum gebeten, ihr die Stube zur Verfügung zu stellen, und ihre Freundin saß nun in Elises Zimmer beim schlafenden Reinhard.

Es war schon dunkel, als es an der Haustür pochte. Elise eilte durch den Flur, vorbei an der Küche, die noch stiefmütterlich leer war. Wie so oft in den vergangenen Wochen konnte sie erst in ein paar Stunden mit Mutter rechnen.

»Herr Doktor, gut dass Sie gekommen sind.« Elise lächelte dem Mediziner entgegen und bat ihn mit einer eindeutigen Armbewegung herein.

»Ich denke, hier können wir in Ruhe reden.« Mit seiner prallen Arzttasche in der Hand betrat er das Haus.

»Ich bin wirklich froh, dass Sie sich die Zeit nehmen.« Elise ging vor ihm her durch den Flur zurück in die Stube. »Bitte, nehmen Sie doch Platz.«

Er setzte sich ihr gegenüber und sah sie erwartungsvoll an. »Was kann ich denn für Sie tun, Elise?«

Wie freundlich er ihren Vornamen betonte. Seine Augen strahlten sie regelrecht an und von ihm ging eine Ruhe aus, die sie spüren konnte. Da fiel es ihr leicht, ihm gleich zu sagen, weshalb sie ihn hergebeten hatte. »Wir machen uns große Sorgen um Hans.«

»Ihren kleinen Bruder?«

Elise nickte. Die dunkelbraunen Augen des Arztes glänzten im Licht der Stubenlampe. Unsicher strich Elise sich eine Haarsträhne hinters Ohr. »Es ist so: Hans war doch dabei, als der kleine Fritz durch die Kriegsmunition im Wald starb.«

»Ich weiß. Das war eine schlimme Sache.« Der Arzt legte beide Unterarme auf den Tisch und faltete die Hände. »Hat sich Ihr Bruder denn auch verletzt? Ich meine, Sie waren gar nicht bei mir mit ihm.«

»Nicht schlimm. Er hatte eine Schramme am Bein. Aber die konnten wir selbst versorgen.«

»Und jetzt gibt es Probleme mit der Narbe?« Der Arzt beugte sich zu seiner am Boden stehenden Tasche.

»Nein, nein. Das ist längst verheilt. Nur die Wunde auf der Seele. Die heilt nicht.« Sie senkte den Kopf. »All unsere Seelenwunden sind tief eingebrannt.« Als sie das sagte, spürte sie, wie ihre Ohren heiß wurden und sie nur mit großer Mühe das Brennen in ihrem Hals hinunterschlucken konnte. Schnell griff sie nach dem halben Holzherz, das ihr Dekolleté zierte. Es zu spüren hatte in den vergangenen Wochen so oft geholfen, wenn die Trauer sie übermannte.

Der Arzt erhob sich von seinem Stuhl, trat neben Elise und legte ihr beruhigend die Hand auf die Schulter. »Es geht offenbar aber nicht nur um die Seele Ihres Bruders. Sie leiden auch.«

Elise machte eine abwehrende Handbewegung, wischte sich verstohlen über die Augen und hüstelte.

»Ich kann Ihnen nur helfen, wenn Sie mit mir reden, Elise.« Sanft lag seine Hand auf ihrer Schulter. Die Ruhe, die von dem Arzt ausging, irritierte Elise. Und so war sie froh, als er sich auf seinen Stuhl zurücksetzte. Auch wenn sie die Komplimente des Arztes ehrten und sie wusste, dass er ihr nur helfen wollte, brachte seine Anwesenheit sie ins Straucheln. Reiß dich zusammen!, rief ihre innere Stimme und sofort verschränkte sie die Arme vor der Brust. »Ich werde versuchen, Ihnen alles zu erklären. Aber das fällt mir nicht leicht, Herr Doktor.«

»Fangen Sie einfach an.« Lässig rückte er die Brille mit den kleinen runden Gläsern auf seiner Nase zurecht und sah sie aufmunternd an.

»Hans wird im Dorf als Mörder bezeichnet.« Diese Worte schossen geradezu aus ihr heraus. Erschrocken hielt sie die Hand vor den Mund.

»Scheuen Sie sich nicht. Reden Sie ruhig weiter.«

Mit einer Hand strich sie über den Tisch, schloss für einen Moment die Augen, um sich zu sortieren, und als sie ihn dann wieder ansah, verfing sie sich in den funkelnden Augen des

Arztes. Schnell senkte sie den Blick. Mit leiser Stimme erklärte sie ihm: »Das alles ist schlimm für meinen Bruder. Er ist noch so klein. Er kann das Geschehene gar nicht verarbeiten. Seit Wochen spielt er nicht mehr mit den anderen Kindern. Er sitzt nur allein in der Stube oder im Garten, schnitzt an irgendwelchen Stöcken und weint. Und das seit dem Unglück. Ich würde ihm so gern helfen. Aber eigentlich bin ich an allem schuld.«

»Sie?« Der Arzt zerrte ein Taschentuch aus seiner Manteltasche und reichte es ihr.

Matt lächelte sie ihm zu, nahm es und tupfte sich damit über die Wange. »Dankeschön.«

Zweimal setzte sie an, um weiterzureden, doch es drang kein Ton aus ihrem Mund. Die Augen des Arztes ruhten aufmerksam auf ihr.

»Wie schlecht mein Ruf im Dorf ist, brauche ich Ihnen wohl nicht erklären, oder?« Sie seufzte. »Und was kann denn mein Bruder dafür, dass sie diese blöden Kriegswaffen gefunden haben? Sie sind doch Kinder. Man kann ihnen doch nicht vorwerfen, dass sie die Gefahr unterschätzten, oder?«

»Sicher nicht.«

»Wir wissen nicht mehr, was wir tun sollen. Hans findet einfach nicht aus seiner Trauer heraus.«

»Vielleicht muss der Bub einmal weg von hier. Raus aus dem Umfeld, in dem sich die Trauer hält. Weg von all den Vorwürfen, den Ängsten. Weg von den Hetzern und den Bildern, die ihn hier zwangsläufig an dieses Unglück erinnern. Er muss etwas anderes sehen, Neues erleben. Verstehen Sie?«

Elise schüttelte traurig den Kopf. »Selbst wenn wir wollten. Das ist völlig unmöglich. Wie sollten wir das denn bezahlen?«

»Ich werde mal sehen, ob ich ihn nicht in Erholung schicken kann. Ich verspreche Ihnen, ich kümmere mich darum.«

»Danke, ich weiß gar nicht, wie ich Ihnen danken soll.«

»Aber Sie selbst sehen auch nicht gut aus, wenn ich das so sagen darf.« Der Arzt griff über den Tisch und tätschelte Elises Hand.

Schnell zog sie sie zurück und schüttelte den Kopf. »Bei mir geht das schon.«

Jetzt beugte er sich noch ein wenig weiter nach vorn. »Darf ich Ihnen ehrlich etwas sagen?«

Elise sah ihn fragend an.

»Sie können nicht allen helfen. Ihre Familie. Die ist wichtig. Aber wenn ich mir anschaue, dass sie jetzt auch noch ihre Freundin versorgen, dazu die viele Arbeit. Glauben Sie mir, Sie müssen auf sich aufpassen.«

»Ich muss wohl noch eine Weile durchhalten.« Ihre Lippen fühlten sich taub an. Am liebsten hätte sie den Doktor gebeten, Ihr auch die Erholung irgendwo in der Ferne zu ermöglichen.

»In all dem Kampf ums tägliche Brot dürfen Sie nicht sich selbst vergessen, Elise. Nehmen Sie sich Zeit für ein klein wenig Ruhe. Auch wenn es nur ein paar Minuten am Tag sind.« Seine Worte drangen sanft und doch eindringlich in ihre Ohren und wirkten wie Streicheleinheiten für ihre Seele.

»Ich werde es versuchen.« Dieses Versprechen gab sie in diesem Augenblick nicht nur dem Arzt, sondern auch sich selbst. »Es ist eben alles nicht einfach für mich.«

»Ich kann es mir vorstellen. Wenn die Männer im Haus praktisch alle fehlen.«

Jetzt konnte Elise sich nicht mehr zurückhalten, alle Dämme brachen und sie schluchzte laut auf.

»Dachte ich es mir doch, dass da noch so viel mehr ist, als das, was Sie mir berichtet haben.« Der Arzt legte wieder seine Hand auf ihre. »Lassen Sie Ihre Traurigkeit heraus, schlucken Sie sie nicht hinunter. Nur so können Sie sich selbst helfen.«

»Aber … ich weiß gar nicht mehr, woher all meine Tränen kommen.« Sie konnte die lauten Schluchzer nicht zurückhalten, die zwischen den Worten aus ihrer Kehle drangen.

»Möchten Sie mir mehr berichten?«

Elise legte den Kopf auf ihren Arm. Eine innere Unruhe trieb sie dazu an, sich jetzt endlich einmal alle Sorgen von der Seele zu reden. Doch es dauerte, bis sie sich so weit beruhigt hatte, dass sie überhaupt sprechen konnte. Schließlich schnäuzte sie ihre Nase, wischte noch einmal über die Augen und begann. »Es fing ja bereits während des Krieges an. Zuerst mein Vater, die Großmutter, die Bomben im Dorf …«

»Ich weiß, ich weiß«, warf der Arzt leise ein.

Elise atmete tief ein. »Ich habe ja nicht nur um die beiden getrauert. Viel schlimmer war die Qual meiner Mutter. Die Traurigkeit vom Großvater und dazu unser Hänschen, der all das gar nicht erfassen konnte.« Erneut sog sie vernehmlich die Luft ein. »Dann habe ich Julius verletzt im Wald gefunden. Niemals hätte ich ihn seinem Schicksal überlassen können.« Sie spürte die ärztlichen Augen, die auf ihr ruhten und fixierte selbst ihre Hände, die sie immer wieder ineinander rieb, ohne aufzuschauen. »Er war so wundervoll zu mir und da habe ich … Ich habe ihn geliebt.«

»Zu lieben ist nicht verwerflich, Elise.«

Ihr Herz pochte heftig. »Aber nun bin ich wieder allein.«

»Sie dürfen den Mut nicht verlieren. Wissen Sie denn, wo er lebt?«

Ihre Augen brannten, als hätte jemand Essig hineingegossen. Verschwommen sah der Doktor ihr gegenüber aus. Die Resignation drückte ihre Schultern nach unten. »Er ist tot.«

Der Arzt riss die Augen auf. In seinem Gesicht stand Entsetzen. »Das tut mir leid.«

»Schon gut. Sie können es ja nicht wissen.«

»Wenn ich Ihnen irgendwie helfen kann …« Die Augen des leicht angegrauten Mittvierzigers ruhten auf ihr.

»Danke. Sie haben mir gerade geholfen, indem Sie mich angehört haben.«

»Möchten Sie mit mir darüber sprechen, was geschehen ist?«

Elise schnäuzte sich und begann mit leiser Stimme. »Er war in Frankreich. In Gefangenschaft. Dort ist er gestorben. Vor ein paar Wochen. Kurz nachdem seine Mutter mit mir Kontakt aufgenommen hatte.« Sie schwieg, lauschte auf ihren Herzschlag, ehe sie weiterredete. »Diese Leere tut mir am meisten weh. Nie wird mein Sohn seinen Vater kennenlernen.«

»Aber er wird Sie immer an ihn erinnern. Was ist denn mit Ihrer Mutter? Dem Großvater?«

»Großvater ist wundervoll. Er ist immer für mich da. Für uns. Nur meine Mutter macht mir große Sorgen. Sie arbeitet sich zugrunde. Irgendwo hat sie eine neue Arbeit aufgetan. Um die macht sie ein großes Geheimnis. Sie bringt uns zumindest immer Essbares. Aber ich bräuchte sie manchmal einfach an meiner Seite.« Elise winkte ab. »Ich nehme es ihr nicht mehr übel. Ich hätte sie nur gern hier.«

»Dann werde ich wohl gleich Erholung für Mutter und Sohn verordnen.«

»Meinen Sie denn, das geht?« Erwartungsvoll sah sie ihn an.

»Ich werde es probieren.«

»Sie sind ein echter Glücksfall für unser Dorf. Zu schade, dass ich das nicht längst schon vorher wusste.«

»Ich hätte Ihnen gern geholfen.« Seine Wangenknochen schoben sich deutlich sichtbar unter die Augen, wenn er lächelte. Das gab seinem Gesicht etwas Kantiges, das zugleich beruhigend wirkte. »Wenn Sie mich brauchen, wissen Sie immer, wo Sie mich finden können. Jederzeit.«

Das ganze Haus schlief noch, als Elise am nächsten Morgen aufwachte und sich beeilte, in den Stall zu kommen. Nach dem Melken setzte sie sich in die Küche, trank eine kleine Tasse von der Milch und füllte den Rest ins Butterfass. Es dauerte nicht lange, bis Hans verschlafen in der Tür stand. »Seid ihr schon wach?«, brummelte er.

»Ich bin allein, Brüderchen.«

»Wo ist Mutter?« Suchend sah er sich um. Und da fiel auch Elise ein, dass sie sie nicht hatte heimkommen hören. Sie lief in die Vorratskammer und sah sofort, dass der Korb, den Mutter zu all ihren Hamsterfahrten mitnahm, nicht da war. Auch die Schuhe fehlten. Sie war also wieder einmal über Nacht nicht heimgekommen. Ärgerlich schlug Elise auf das Regalbrett, das in die Höhe hüpfte und schepperte. So kann es nicht weitergehen!, rief ihre innere Stimme. Wenn Sie zurückkommt muss ich mit ihr reden.

Sie versorgte Hans, ging zu ihrem Zimmer, kümmerte sich um Reinhard und sah auch bei ihrem Großvater hinein.

»Was hat der Arzt gesagt?« Großvaters Augen wanderten schon hinaus und die aufgehende Sonne, die hinter den Hügeln des Pfälzerwaldes erschien, ließ seine Augen glänzen.

»Er will Hans in Erholung schicken. Mutter auch.«

»Meine Schwiegertochter braucht keine Erholung. Die braucht viel eher eine ordentliche Tracht Prügel.« So zornig sprach der Großvater eigentlich nie. Elise hatte ihn auch noch nie »Schwiegertochter« sagen hören.

»Ich werde mit ihr reden.« Elise sah ihn nachdenklich an. Seine müden Augen verrieten, dass er kaum geschlafen hatte.

»Ich habe alles gehört. Der Doktor kam, der Doktor ging. Elise melkt, Elise macht die Küche, Elise versorgt das Kind, Elise widmet sich Gerda. Elise bringt Hans ins Bett und wo ist ihre Mutter? Sie kommt irgendwann nach einer langen Nacht zurück, bringt einen Korb mit Essbarem und glaubt, alles sei in Ordnung. So geht das nicht.« Großvater holte aus und im nächsten Moment krachte seine Faust auf den Tisch. So verärgert hatte Elise ihn noch nie erlebt.

Beschwichtigend legte sie ihm die Hand auf den Arm. »Nicht doch, Großvater.«

»Es wird alles nur schlimmer, wenn sie sich so benimmt. Das spüre ich.«

Elise legte die Hand an ihr Kinn und fragte sich, warum der Großvater sich so sehr über Mutters Tun ärgerte. Oder machte er sich Sorgen, dass ihr etwas geschehen könnte? Doch sie wollte seinen Ärger nicht noch weiter schüren und fragte deshalb nicht nach.

20. Ich gehe

Donnerstag, 29. November 1945

Auf Ferdinands Hof, der noch vor wenigen Tagen verlassen und leblos gewirkt hatte, stand jetzt ein Einspänner. Der alte Gaul, der vor das Fuhrwerk gespannt war, schnaubte. Elise sah sich um, ob auch Ferdinand irgendwo zu sehen war. Die Spuren des Wagens zogen sich durch die dünne Schneeschicht, die der erste Winterniederschlag über das Dorf und die umgebenden Bäume gelegt hatte. Fußspuren waren zu sehen. Sie führten zur Werkstatt.

Da trat Theo aus der Tür. Er trug ein langes Brett auf der Schulter. Lässig hatte er einen Arm darum geschlungen, die Hand ruhte auf dem Holz. Mit der freien Hand winkte er ihr freundlich zu.

Elise grüßte zurück. »Wo finde ich Ferdi?«

Theo deutete auf die offenstehende Tür. Da trat der Genannte schon heraus. Bei ihm wirkte es nicht so lässig wie bei Theo. Ferdinand humpelte wegen seiner Kriegsverletzung. Auch er hatte ein Brett geschultert, stellte es aber gleich ab und lehnte sich gegen den Türrahmen. »Welch seltener Besuch.«

Elise tippte sich gegen die Stirn. »Hast du kurz Zeit?«

»Für dich immer.« Er zwinkerte ihr zu. Zumindest verfärbten sich seine Ohren nicht wie sonst und Elise atmete erleichtert auf.

Der gefrorene Schnee knirschte unter Theos Schritten, kurz darauf warf er das Brett krachend auf den Wagen. Erschrocken zog Elise den Kopf ein. Als Theo wieder zu ihnen trat, standen ihm Schweißperlen auf der Stirn.

Elise schubste ihn an. »Hat er dich so ins Schwitzen gebracht?«

Theo grinste. »Und wie. Du kennst ihn doch.«

Ferdinand sah verlegen von einem zum anderen. »Wisst ihr eigentlich, wie froh ich bin, dass ihr so freundlich zu mir seid?«

Elise zog die Augenbrauen zusammen. »Wie meinst du das?«

Theo schwang den Arm um Ferdinand. »Jetzt hör endlich auf mit den alten Geschichten. Wir müssen nach vorne schauen. Ich bin froh, dass du da bist und ich bei dir arbeiten kann.«

Er verdrehte die Augen, als er zu Elise sah. »Ferdi kann sich nicht verzeihen, dass er sich vor den Nazi-Karren hat spannen lassen. Und dass er mehr als einmal die Leute verraten hat, die es gut mit ihm meinten.«

Sie verbiss sich jeden Kommentar.

Theo redete ungebremst weiter. »Wir haben alle Dinge getan, die wir besser nicht getan hätten. Aber es war ja auch nicht alles schlecht.«

Sie riss die Augen auf. »Es war nicht alles schlecht? Was so viel Leid bringt, kann nur schlecht sein.«

»Aber …«

»Kein aber«, fiel Ferdinand ihm ins Wort, »Elise hat recht. Ich dachte auch oft, es ist alles nicht so schlimm, irgendwer muss für Ordnung sorgen. Nur so viel Leid wie dieser Krieg gebracht hat.« Er schüttelte den Kopf.

»Julius ist gestorben, Vater ist in Russland geblieben und wenn ich an die Bombenopfer hier im Dorf denke. Unser Hänschen. Der kleine Fritz. Und das ist nur meine Geschichte.« Elise barg ihr Gesicht in den Händen und redete nicht mehr weiter. Sie ärgerte sich, dass Theo, der ihr noch vor einigen Monaten von seiner schlimmen Zeit an der Front berichtet hatte, jetzt so redete.

»Wir mussten uns doch wehren. Gegen die Polen, die Briten und vor allem gegen die Franzosen!« Theo stemmte die Hände in die Seiten. »Nur weil wir Deutsche sind, sind wir doch nicht an allem schuld.«

»Wir haben angefangen«, erwiderte Elise.

»Ach, woher denn. Hitler hätte doch nie angefangen, wenn nicht die Polen …«

»Hör endlich auf mit den Märchen! Erkundige dich bei denen, die es wissen. Großvater hat jeden Einsatz hinterfragt. Wenn ich nur an Stalingrad denke. Vaters Bericht, seinen letzten Brief, …« Es schnürte ihr die Kehle zu, all die Bilder auf einen Schlag präsent zu haben. »Und Julius. Der wollte gar nicht an die Front. Er wollte nicht schießen.« Sie sprach nicht weiter.

»Wir sind am Leben. Und wir müssen alles dafür tun, uns ein neues, ein gutes Leben aufzubauen.« Ruhig sprach Ferdinand diese Worte aus und legte dabei einen Arm um Elises Schulter.

Hinter Ferdinand erklang Theos Stimme und obwohl Elise ihn nicht ansah, bemerkte sie, dass er die Zähne zusammenbiss. »Ich habe großartige Kameraden kennengelernt, die ich ohne den Wehrdienst nie getroffen hätte.« Seine Stimme kam näher. Elises Hände rutschten von ihren Wangen. Zugleich verstärkte sich Ferdinands Umarmung.

»Wie viele dieser Kameraden leben noch? Du hast mir doch selbst erzählt, wie schlimm es für dich war, als die Granaten neben euch einschlugen.«

»Lassen wir das.« Zerknirscht streckte Theo ihr die Hand entgegen.

»Schon gut. Du siehst es eben anders als ich.« Sie schloss kurz die Augen, dann sah sie ihn an.

Ferdinand stieß sie kumpelhaft in die Seite. »Aber jetzt müssen wir nach vorne schauen. Sonst werden wir wirklich noch alle verrückt.«

»Du sagst es.« Theo deutete mit einem Arm zur Werkstatt. »Wir haben doch schon damit angefangen. Willst du mal sehen?«

Freundlich, aber bestimmt dirigierte Ferdinand Elise zur Tür. Die Säge war blitzblank, ordentlich hingen die Werkzeuge an den Wänden und mehrere Bretter lagen gestapelt auf dem Boden.

»Was wird das?«, fragte sie.

»Wir haben unsere erste Bestellung. Das sind Bretter für einen Bankier in Rodalben.«

»Hört sich gut an.« Elise freute sich mit den beiden und es tat ihr ein wenig leid, dass sie es nicht deutlicher zeigen konnte.

Theo und Ferdinand strahlten um die Wette und wirkten dabei fast wie zwei Kinder, die sich über eine neue Errungenschaft freuten.

»Kann ich trotzdem noch kurz etwas anderes mit dir besprechen, Ferdinand?«

»Sicher, sicher«, beteuerte er. Sogleich schob er Elise vor sich her zu dem kleinen Büro, in dem sie in den letzten Monaten vor Reinhards Geburt seine Schreibarbeit erledigt hatte.

Bevor er die Tür hinter sich ins Schloss drückte, rief er Theo zu: »Du schaffst das auch ohne mich, oder?«

»Natürlich!«, folgte Theos Antwort.

Unsicher ließ sich Elise hinter dem überladenen Schreibtisch nieder. Neben den unübersehbaren Spinnweben, die nicht nur den Fensterrahmen einhüllten, sondern auch an den Wänden und unter den Stühlen deutlich zu sehen waren, stapelte sich eine nicht unerhebliche Menge an Papieren auf dem Tisch.

»Hier hast du ja noch ordentlich zu tun.« Elise hob mahnend den Zeigefinger.

Ferdinand schob einen Papierstapel beiseite und ließ sich schwerfällig auf der Tischkante nieder. »Wird alles bald erledigt«, erklärte er. »Eins nach dem anderen. Und wie kann ich dir helfen?«

»Das hast du schon.« Elise fuhr sich mit einer Hand über den Oberschenkel, als könnte sie damit ihre Unsicherheit abstreifen.

»Ach ja?« Erstaunen lag in seinem Blick.

»Ich habe deine vierte Kuh.« Elise senkte den Kopf.

»Das weiß ich.« Kein Vorwurf lag in seiner Stimme, nicht einmal Unverständnis.

Elises Augenlider flackerten. »Wie? Du weißt es?« Ganz allmählich sah sie wieder zu ihm auf.

»Als ich hier war, um meine Kühe zu holen, habe ich euch gesehen. Ich hatte mich im Stall versteckt. Da konnte ich mich ein wenig aufwärmen und dann kamt ihr, du und deine Mutter.«

»Und du hast nichts gesagt?«

»Ich habe dir so viel Unrecht getan. Um das wieder gut zu machen müsstest du noch einige Kühe von mir bekommen.«

»Ich werde sie nicht behalten.« Elise war schon im Begriff, aufzustehen, da hielt Ferdinand sie zurück.

»Milli gehört dir. Keine Widerrede.« Er lächelte sie an. »Kann ich sonst noch etwas für dich tun?«

Elise atmete tief durch. »Ich brauche einen Marktstand. Wenigstens einen kleinen. Damit ich meine Beeren verkaufen kann. Und Kräuter. Und …«

»Wo willst du die denn verkaufen?«, fragte er erstaunt.

Sie hielt sich mit beiden Händen an der Sitzfläche des Stuhls fest und drückte die Arme durch. »Ich will in Pirmasens anfangen. Und dann mal sehen.«

Ferdinands kritischer Blick entging ihr nicht.

»Ich muss etwas tun, um Geld zu verdienen. Um uns versorgen zu können.«

»Ja, aber auf dem Markt? Ob das was bringt?« Er kratzte sich am Kinn und zog die Augenbrauen zusammen.

»Das ist meine erste Idee. Vielleicht entwickelt sich noch eine andere. Mal sehen.«

Ferdinand sah zur Decke hoch. Sein Brustkorb hob und senkte sich. Draußen nahm kreischend die Säge wieder ihren Dienst auf und das gleichmäßige Ratschen erfüllte den Raum.

»Und wie wäre es, wenn du nicht zum Markt gehst, sondern Geschäfte belieferst?«

Elise starrte ihn an. »Glaubst du denn, das geht?«

»Die sind doch alle froh, wenn sie irgendwas in ihren Regalen haben, was es bei anderen nicht gibt.«

Jetzt entspannte sich ihre Miene. Ferdinands Idee klang gar nicht schlecht. »Wäre auf jeden Fall bedenkenswert.«

»Überleg es dir. Du könntest mit meinem Fuhrwerk alles ausfahren.«

»Da könnte ich die Schuhe, die Beeren, alles auf einmal ausliefern.« Elise stellte sich vor, wie sie auf dem Fuhrwerk durch den Ort fuhr, die Felder vor dem Dorf hinter sich ließ und ohne sich viel anzustrengen auch nach Pirmasens kommen würde. »Ferdi, du hast manchmal wirklich gute Einfälle. Ich denke darüber nach.« Zum ersten Mal seit langer Zeit machte sich ein Gefühl der Erleichterung in ihr breit.

»Aber falls du doch einen Marktstand brauchst, können wir natürlich miteinander reden.«

Es kam Elise so vor, als wollte er ihr noch viel mehr sagen als das, was er aussprach. Doch sie wollte sich jetzt keine Gedanken machen, sondern einfach nur daran freuen, dass es Möglichkeiten gab, neue Wege zu gehen. Und in diesem Moment war sie das erste Mal seit Monaten überzeugt davon, es auch zu schaffen.

Mit großen Schritten lief sie zurück nach Hause. Vielleicht wird ja doch noch alles gut, endlich, dachte sie bei sich. Ich werde gleich mit Großvater über die Lieferungen an Geschäfte reden. Eine bemerkenswerte Idee! Sie hatte noch nicht einmal die Haustür zugeschoben, da stürzte Hans auf sie zu. Er fiel gegen ihre Brust, umarmte sie fest mit beiden Armen und für einen Moment glaubte sie, er raubte ihr jeglichen Atem.

»Was ist denn, Hänschen?«

»Ich habe schon gedacht, du kommst auch nicht mehr.« Er stammelte und die langen Pausen nach jedem seiner Worte zeigten ihr, wie sehr er sich aufregte.

»Ach, woher denn. Ich wüsste ja gar nicht wohin ohne euch.« Sie legte ihre Hände auf seinen Rücken und streichelte ihn sanft. »Jetzt sag mir, warum du dich so aufgeregt hast.«

Hans schniefte. »Mutter ist immer noch nicht da. Und Gerda ist auch weg.«

»Gerda ist arbeiten. Mutter kommt sicher bald.« Allerdings hörte sich das nicht sehr überzeugend an.

»Gerda kommt nicht mehr«, erklärte Hans im Brustton der Überzeugung.

»Natürlich kommt sie. Wo soll sie denn hin?«

Hans ließ Elise los, trat einen Schritt zurück. »Ihre Eltern waren da.«

Erschrocken riss Elise ihn an seinen Schultern. Mit versteinerter Miene sah sie ihn an. »Wann?«

»Vorhin. Die haben geschaut, ob sie da ist und gesagt, dass sie nie wieder zu dir kommen darf.«

»Zu wem haben sie das gesagt?« Elise schüttelte ihren kleinen Bruder. Bei jeder Bewegung schien sich ihr Magen umzudrehen.

»Zu uns.« Hans schob ihre Hände von sich.
»Haben sie Gerda mitgenommen? War sie da?«
»Nein.« Hans winkte ab. »Die war doch schon weg.«
Im gleichen Augenblick erstarrte Elise. »Hat sie Reinhard dabei?«

Hans zuckte die Schultern. Sofort polterte Elise die Treppen hinauf, riss die Tür zu Großvaters Zimmer auf und fand ihn, eingepackt in eine Decke auf seinem Sessel. Er war blass, um seine müden Augen lagen dunkle Ränder. Falten durchzogen sein Gesicht wie tiefe Gräben. Elise sah sich im Zimmer um. Hier war Reinhard nicht. Nicht einmal sein Stubenwagen stand da. Und Großvater sah so zerbrechlich aus, so leer, dass ihr Herz sich überschlug. Fast geräuschlos schlich sie auf ihn zu, kniete sich neben ihn und streichelte die faltige Hand, die auf der Lehne lag. Er erwiderte ihr Streicheln mit einer leichten Fingerbewegung. »Mein Elischen«, flüsterte er.

»Wo ist Reinhard?«

»Er schläft. Drüben.« Großvater deutete in Richtung ihres Zimmers.

Beruhigt atmete sie auf. Sie wollte schon aufspringen und hinüberlaufen, da entdeckte sie die Tränen, die über seine Wangen rannen. »Großvater, was ist mit dir?« Es war ihr, als müsste sie ihre innere Stimme beschwichtigen, die sie ermahnte und zugleich mit neuen Ängsten überhäufte.

Langsam drehte er den Kopf in ihre Richtung, legte seine zweite Hand auf ihre und ein durchdringender Blick traf Elise. »Versprichst du mir etwas?«

In ihrem Kopf drehte sich alles. Was war hier los? Wieso weinte der Großvater? Wusste er etwas, von dem sie noch nichts wusste? »Jetzt rede mit mir.« Sie hielt seinem Blick stand. Seine Augenlider zitterten in gleichmäßigem Takt. »Bitte Großvater. Was soll ich dir versprechen? Was ist mit dir?«

»Deine Mutter geht weg von hier.«

Elise schnappte nach Luft. All ihre Muskeln waren voller Spannung. Es fühlte sich an, als würde sie im nächsten Augenblick zerspringen. »Hat sie das gesagt?«

»Sie wird es uns nicht sagen.« Er drückte ihre Hand ein wenig fester.

»Wie meinst du das?«

»Irgendwann kommt sie einfach nicht mehr heim.«

Erleichtert lehnte Elise sich gegen den Sessel. »Ach, woher denn. Das bildest du dir ein.« Mit einer eindeutigen Handbewegung unterstrich sie, was sie sagte. »Das macht sie nicht. Schon wegen Hänschen.«

Großvater sagte nichts mehr. Er sah sie nur stumm an und verstärkte damit den leisen Zweifel. Da hörte sie unten die Haustür aufgehen und im nächsten Moment brüllte Hans: »Da bist du endlich!«

Die Stimme ihrer Mutter drang herauf, etwas kratzte über den Fußboden, Mutter ächzte, bat Hans, ihr zu helfen, dann verloren sich die Geräusche in der Küche.

»Siehst du. Sie ist wieder da. Mach dir doch nicht zu viele Sorgen, Großväterchen.«

Statt einer Antwort wischte er sich mit dem Handrücken übers Gesicht und wandte seinen Blick wieder zum Fenster.

»Hast du irgendwas gehört wegen Gerda?«, flüsterte sie.

»Die Alten waren da. Rumgebrüllt hat er. Dann bin ich zur Treppe und habe zurückgebrüllt.« Er räusperte sich. »Und dann hat er zu Hans gesagt, dass sie nie wieder zu uns kommen wird, weil man bei den Zweiers zu einem unsteten Menschen wird. Zudem wüsste er, was mit dem ungeborenen Bankert zu tun sei.«

»Sie wollen ihr doch nicht das Kind nehmen?« Elises Magen rebellierte, sie beugte sich nach vorn und für einen Moment dachte sie, sie müsste dem Würgereiz nachgeben.

Großvater nickte und senkte dann seinen Blick.

Elise lief auf die gegenüberliegende Zimmertür zu, riss sie auf und als sie den Stubenwagen dort stehen sah, beruhigte sich ihr Herzschlag sofort. Ein ungeheures Glücksgefühl durchströmte sie, als sie sich langsam ihrem Sohn näherte. Der Kleine lag, halb verdeckt von dem verrutschten Überwurf da und nichts bewegte sich außer den winzigen Nasenflügeln. »Herr im Himmel. Es reicht jetzt mit den Aufregungen.« Sie zog die Decke glatt und schlich genauso leise aus dem Zimmer, wie sie es betreten hatte, winkte ihrem Großvater noch einmal zu und schloss dann seine Tür.

Auf der Treppe überlegte sie, ob sie jetzt erst mit ihrer Mutter reden oder nach Gerda suchen sollte. Ich muss Mutter zur Vernunft bringen. Je länger sie darüber nachdachte, umso größer wurde die Sorge, dass Großvater mit seiner Befürchtung, die Mutter könne eines Tages nicht mehr nach Hause kommen, recht haben könnte. Aber Gerda brauchte vielleicht noch mehr ihre Hilfe.

In der Küche saßen Hans und Mutter vor einem wahren Berg von Lebensmitteln. Brot und Rauchwurst lagen neben einem Batzen Fleisch, einer Mehltüte, die ganz staubig war und etlichen Kartoffeln. Daneben türmten sich Karotten, Zwiebeln und eine weitere spitze Papiertüte, deren Inhalt man nicht erkennen konnte.

»Hast du es wirklich noch nach Hause geschafft?« Den brummigen Unterton konnte sie sich nicht verkneifen.

»Freust du dich nicht über all die schönen Sachen?« Ihre Mutter, die müde wirkte, lächelte ihr aus kleinen Augen entgegen und wies auf den anderen Küchenstuhl. »Ich muss mit euch reden.«

Elises Hände wurden feucht, Großvaters Worte hallten in ihren Ohren nach und sie fürchtete sich vor dem, was sie wahrscheinlich gleich zu hören bekam. Ohne ihre Mutter aus den Augen zu lassen, setzte sie sich, besah Hans aus dem Augenwinkel, der großäugig seinen Blick zwischen ihr und ihrer Mutter wandern ließ. Sie verschränkte die Arme. »Was gibt es zu reden?«

Mutter legte beide Hände vors Gesicht, rieb sich über die Wangen und atmete hörbar ein. Erst räusperte sie sich, dann fixierte sie Elise. »Kannst du dir vorstellen, dass man jemanden kennenlernt, mit dem man sein Leben teilen möchte?«

Elises schluckte. In ihrem Kopf sausten die Gedanken wild durcheinander. Worüber spricht sie? Was soll ich antworten? Gibt es einen Mann? Beunruhigt rutschte sie auf ihrem Stuhl hin und her.

»Ich habe euren Vater unendlich geliebt. Wir haben nicht geheiratet, weil es so sein musste. Wir wollten uns. Und wir wollten euch.« Mutter hüstelte nervös.

Dabei hatte Elise den Eindruck, den Herzschlag ihrer Mutter zu hören.

»Ich vermisse ihn. Seine Geduld, seine starke Schulter, seine Zuversicht. All das liegt jetzt auf einem russischen Soldatenfriedhof.« Die Stimme wurde brüchig.

»Was willst du denn damit sagen?« Ungeduldig trommelte Elise mit den Fingern auf den Tisch.

»Hier erinnert mich alles an ihn. Ich werde verrückt, wenn ich in den Garten gehe. Es erdrückt mich, wenn ich mich ins Bett lege. Ich verkrafte es nicht, dass Gerda in unserer Stube schläft, in der wir so schöne Stunden gemeinsam verbrachten.«

Hans wimmerte. Elise zwang sich, ruhig zu bleiben, obwohl es ihr schwerfiel.

»Jetzt muss ich euch aber noch etwas sagen.« Wieder rieb sich die Mutter hektisch über die Arme. »Es fällt mir nicht leicht. Vor allem wegen dir, Elise.«

Elises Hände verkrampften sich.

»Hans und ich ziehen um. Das ist das Beste für uns alle.«

Elises Ohren dröhnten. Im gleichen Augenblick legte sich das unsichtbare Band wie ein festes Eisen um ihre Brust. Sie öffnete den Mund, doch es kam kein Wort heraus.

»Bitte, du musst mich verstehen.« Der flehende Blick ihrer Mutter jagte ihr einen Schauer über den Rücken.

Hans saß wie versteinert da. Er weinte nicht einmal mehr. Elise musterte ihn, dann sprang er auf, rannte um den Tisch zur Mutter und fiel ihr um den Hals. »Kennt mich dort auch niemand?«

Mutter schüttelte den Kopf.

»Dann sagt auch keiner Mörder zu mir?«

Mutter bestätigte auch dies.

Herrje, wie tief dieser Schmerz bei ihm sitzt, schoss es Elise in den Kopf. Dann besann sie sich wieder auf ihre Mutter. »Und wohin geht ihr?«

»Nach Zweibrücken.«

»Aber wie willst du denn dort leben? Du hast keine Arbeit, kennst keinen.« Elise redete, als müsste sie ihre Mutter umstimmen. Gleichzeitig wurde ihr immer klarer, dass auch Hans sich diesen Neubeginn wünschte.

Besänftigend hob ihre Mutter die Hand, legte sie auf Elises Arm und strich sanft darüber. »Du kannst mir glauben, dass ich alles sehr genau überlegt habe. Arbeit habe ich. Zudem gibt es ja jemanden …«

Elise unterbrach sie. »Einen neuen Mann?«

Mutter drehte den Kopf zur Seite.

»Also habe ich recht.«

Jetzt nickte sie und wandte sich langsam wieder zu Elise um. »Entschuldige, dass ich es dir nicht gleich gesagt habe.« Mutters Stimme war kaum mehr zu hören.

»Es muss dir nicht leidtun. Auch du hast es verdient, endlich wieder glücklich zu sein.« Ich rede mit ihr, wie mit Gerda, dachte Elise und musste unwillkürlich lächeln. In der gleichen Sekunde erinnerte sie sich daran, dass Gerda vermutlich völlig verzweifelt bei sich zu Hause saß und eingesperrt wurde. »Mutter, können wir später weiterreden? Ich muss unbedingt zu Gerda.«

»Ist etwas geschehen?«

»Ihre Eltern waren da. Ihr Vater hat herumgebrüllt. Er will das Kind wegmachen. Und er hat ihr gedroht, dass sie keinen Fuß mehr hier hereinsetzen darf.« Elise tippte sich gegen die Stirn. »Wir sind nämlich der geballte schlechte Einfluss.«

»Du solltest mit uns gehen, Elise.« Mutter schob die Augenbrauen zusammen.

Sofort wehrte Elise ab. »Wir bleiben da. Der Reinhard und ich. Beim Großvater. Das bin ich ihm schuldig.«

Zeitgleich standen sie von ihren Sitzplätzen auf, fielen sich in die Arme und drückten sich so fest, wie sie es noch selten zuvor getan hatten.

»Es ist ja nicht weit nach Zweibrücken«, erklärte die Mutter. »Mit dem Zug seid ihr bald da. Oder wir bei euch.«

»Familie bleibt, egal wo wir sind«, bekräftigte Elise die Aussage ihrer Mutter. Dabei dachte sie daran, welche Pläne sie vor wenigen Stunden mit Ferdinand auf den Weg gebracht hatte. Vielleicht könnte sie sogar nach Zweibrücken ihre Beeren liefern.

Auf dem Weg ins Dorf überlegte Elise, ob sie zu Gerda nach Hause gehen oder sich Hilfe bei Ferdinand holen sollte. Vielleicht konnte er mit Gerdas Vater reden. So unter alten Nazi-Kollegen. Sie traute sich kaum, den Gedanken zu beenden, doch diese Lösung schien ihr am meisten geeignet. Also beeilte sie sich, zu seinem Hof zu kommen.

Die Säge lief nicht mehr. Alles lag still da. Nur die Tür zum Wohnhaus stand offen. Der gefrorene Schnee knirschte unter ihren Füßen, als sie den Innenhof überquerte. An der Haustür blieb sie stehen und klopfte an. Drinnen war nichts zu hören, also klopfte sie ein zweites Mal an den Rahmen. Jetzt ging eine Tür auf und durch den dunklen Flur drang Licht durch den Spalt. Schon erschien Ferdinand, deutete in Richtung des Raumes, aus dem er gerade getreten war und zuckte vielsagend mit den Schultern.

Elise trat näher. Als sie nur noch zwei Schritte von ihm entfernt war, hörte sie in der Stube ein leises Schluchzen. »Gerda?«, flüsterte sie.

Ferdinand nickte.

Sie betrat den Raum und fand ihre Freundin am Tisch sitzend. Die Hände hatte sie vors Gesicht gelegt und sie wimmerte unaufhörlich.

»Hier bist du. Gott sei Dank!«

Gerda schnellte herum. »Woher weißt du?« Ihre Augen waren nicht nur aufgequollen und blutunterlaufen, sie erklärten auch ohne Worte die ganze Angst, die ihre Freundin umtrieb.

»Deine Eltern waren bei uns.«

»Bei euch auch? Vater hat mich auf der Straße regelrecht einfangen wollen. Da bin ich hierher zu Ferdinand gelaufen.« Ihre Stimme versagte mit dem nächsten Tränenschwall.

Ferdinand stellte sich neben Gerda. »Theo und ich hatten alle Hände voll zu tun, diesen Choleriker loszuwerden. Theo hat ihm sogar eine gewischt.« Ferdinand deutete einen Kinnhaken an und Elise grinste.

»Hat er wirklich?« Sie stellte sich gerade vor, wie Theos Faust ins Gesicht von Elises Vaters krachte. »Und getroffen?«

»Volltreffer.« Jetzt grinste Ferdinand auch.

»Und was machen wir jetzt?«

Ferdi sah von Elise zu Gerda und wieder zu Elise. »Ich denke, Gerda darf auf keinen Fall nach Hause. Wir müssen ihr helfen.«

»Da sind wir einer Meinung.« Sie zwinkerte ihm zu.

Ferdinand stützte sich am Tisch ab. »Wenn du magst, kannst du hier wohnen. Platz habe ich ja genug.«

Gerda riss die Augen auf und starrte Ferdinand ungläubig an. »Ist das dein Ernst?«

Elise klatschte in die Hände. »Das nenne ich mal einen guten Einfall!«

»Aber du …« Gerda streckte eine Hand nach Elise aus.

»Ich bin doch nicht allein. Ich habe den Großvater. Und Reinhard.«

»Und ihre Mutter und Hans«, fügte Ferdinand an, verstummte aber, als sich ihre Blicke trafen und Elise den Kopf schüttelte. »Wieso? Was ist mit ihnen?« Sein Tonfall klang bestürzt.

»Sie gehen weg von hier.«

»Was ist denn heute nur los?«, fragte Ferdinand.

»Neuanfänge …« Elise lächelte, streichelte ihrer Freundin über den Rücken und knuffte dann Ferdinand in die Seite. »Manchmal tut das gut.«

»Ich bin so froh, dass ich euch habe.« Gerda erhob sich und legte ihren Arm um Elises Schulter, drückte ihr einen Kuss auf die Wange und tat es dann bei Ferdinand gleich.

»Nichts geht über wahre Freundschaft.« Elise war sicher, dass sie nie wieder etwas zwischen sich und ihre beiden Freunde kommen lassen würde.

21. Trauriger Besuch

Sonntag, 17. November 1946

Endlich, dachte Elise, als es an der Haustür klopfte. Sie lief hinunter und öffnete. Hänschen fiel ihr sofort um den Hals. Er war seit ihrem letzten Treffen sicher einen halben Kopf größer geworden.

»Kind, was ist denn nur passiert?« Mutter hielt ein Taschentuch in der Hand und tupfte sich damit über die feuchten Augen. Hinter ihr stand Stefan, ein stattlicher Mann mit dunklen Locken. Hätte Elise es nicht besser gewusst, er hätte als Hans' Vater durchgehen können. Sie hatten sich in der Zwischenzeit mehrmals getroffen. Er war Elise sehr sympathisch.

»Großvater wollte nicht mehr«, antwortete Elise traurig und gab die Tür frei.

»Wo ist Reinhard?«, fragte Hans.

»Bei Gerda und Ferdi. Sie kommen gleich.« Elise legte ihrem Bruder den Arm um die Schulter.

Mit jeder Stufe, die sie auf der Treppe nach oben stiegen, verlangsamten sie ihre Schritte. Elise drehte sich zu ihrer Mutter um. Flüsternd fragte sie: »Willst du Hans mit hinein nehmen?«

Stefan nickte. »Der Tod gehört zum Leben. Lass ihn sich verabschieden.« Er legte seinen Arm um Mutters Schulter. »Wollt ihr allein sein?«

Mutter lehnte ihren Kopf an Stefans Brust. Ihr Blick wanderte zu Elise.

»Nein, komm mit«, beeilte sie sich zu sagen. Doch jetzt, wo sie direkt vor Großvaters Zimmertür standen, schaffte sie es kaum, den Griff herunterzudrücken. Sie atmete vernehmlich, schob Hans hinter sich und betrat schließlich vor ihrer Familie das Sterbezimmer. Nichts hatte sie verändert im Raum. Mit Gerdas Hilfe hatte sie den Großvater aufgebahrt, eine Kerze brannte auf dem Nachttisch. Ganz friedlich lag er da, gerade so, als würde er schlafen. Und doch fehlte die Farbe auf seinen Wangen. Jetzt, da er gleich abgeholt werden würde, fiel es Elise besonders schwer, ihn anzusehen. Zugleich wollte sie sich jedes Fältchen einprägen und ihre unzähligen guten Erinnerungen an ihn im Herzen bewahren. »Er war ein wundervoller Mensch«, wisperte sie.

Hans trat an ihr vorbei, kniete sich neben das Bett, legte seinen dunklen Schopf auf die über der Brust gefalteten Hände. Kein Laut drang hervor, doch dann brach es aus dem Buben heraus. »Großväterchen! Ich will nicht, dass du so daliegst.« Er schluchzte auf, umklammerte die welke Hand. Mutter kniete sich neben ihn und hielt ihn fest umschlungen. Hans warf sich an ihren Hals. Es dauerte nicht lange, bis sich nasse Flecken von seinen Tränen auf Mutters Bluse bildeten.

»Nicht weinen, mein Junge.« Beruhigend redete Mutter auf Hänschen ein und nach einer Weile stand er auf, lehnte sich an Stefan und ließ sich von den großen Händen seines Ziehvaters streicheln.

Mutter wandte sich kniend dem Großvater zu. »Danke für deine unvergleichliche Geduld mit mir.« Sie bekreuzigte ihn auf der Stirn, erhob sich langsam und breitete dann ihre Arme um Elise. Wie gut es tat, nicht mehr allein zu sein mit dem Schmerz.

»Warst du bei ihm in den letzten Stunden?«

Elise nickte. »Ich schlafe seit Wochen bei ihm im Zimmer. Ich musste nicht einmal meine Lieferungen selbst ausfahren. Das haben Ferdi und Theo für mich übernommen.«

»Warum hast du mich denn nicht informiert? Ich wäre doch gekommen.« Mutter drückte sich ein wenig enger an Elise.

»Du hast doch auch deine Arbeit. Und Hans. Und Stefan.«

»Ich wäre sofort gekommen.«

»Jetzt bist du ja da.« Elise sah von Hans zu Stefan. »Jetzt seid ihr ja da.«

Stefan lächelte und erinnerte sie auch jetzt an ihren Vater.

Nach der Beerdigung trafen sie sich in der guten Stube zum Leichenschmaus. Reinhard, der mit seinen eineinhalb Jahren noch gar nicht begriff, was eigentlich geschehen war, saß auf dem Boden in der Ecke und spielte mit den Holzbauklötzen, die Ferdi ihm geschenkt hatte. Hans hatte sich zu ihm gesetzt, stapelte die Steine aufeinander und Reinhard wartete nur darauf, sie anzuschubsen, damit sie krachend zu Boden fielen. Noch vor kurzer Zeit hat Großvater am Tisch dieses Spiel mit ihm gespielt, dachte Elise und wischte sich über die Augen.

Sie schnitt von dem Kuchen einige Stücke ab und legte sie ihren Gästen auf die Teller. Der Doktor bedankte sich freundlich. Stefan schlürfte von seinem Kaffee und Ferdi nickte ihr aufmunternd entgegen.

»Mein Schwiegervater war ein außergewöhnlich gutherziger Mensch«, erklärte die Mutter, die in diesem Moment mit einer frischen Kanne Kaffee den Raum betrat.

»Bewahren Sie sich sein Andenken im Herzen«, warf der Doktor ein.

»Ich werde ihn nie vergessen«, bekräftigte Elise und sah zu dem Foto hinüber, das sie bereits wenige Stunden nach Großvaters Tod an die Wand gehängt hatte. Darauf war er mit Reinhard abgelichtet. Mit Mühe hatte sie ihn zu diesem Fototermin in Rodalben überreden können, doch nun war sie dankbar dafür, dass sie diese schöne Erinnerung in einigen Jahren auch ihrem Sohn würde zeigen können.

Es wurde schon dunkel, als sich Gerda und Ferdi mit ihrer kleinen Emma im Kinderwagen verabschiedeten. Ferdinand entpuppte sich als liebevoller Vater für sein Stieftöchterchen.

»Kommst du morgen?« Gerda strich Elise sanft über den Arm.

»Ich denke schon. Wenn Mutter wieder weg ist.«

Ferdinand schob den Kinderwagen vor sich her den Weg hinunter. Gerda drehte sich noch einmal zu Elise um und winkte ihr zu. Dann waren ihre Freunde in der Abenddämmerung verschwunden.

Mutter spülte das Geschirr in der Küche. Stefan hatte den Tisch in der Stube schon wieder zurechtgerückt.

»Gerda und Ferdi sehen glücklich aus. Und die Kleine ist ein wahrer Sonnenschein«, erklärte Mutter und sah zu Elise herüber.

»Sie sind glücklich.«

»Und du?«

»Lass mir Zeit, Mutter. Ich habe Reinhard. Meine Freunde. Euch.« Elise schluckte.

Stefan tauchte in der Küchentür auf. »Übernächste Woche bringe ich dir eine Fuhre Brennholz, Elise.«

»Aber das musst du nicht. Ich habe noch genügend.«

»Der Winter kann lang werden. Besser du hast zu viel. Ich habe nochmal eine große Ladung bekommen. Das reicht für uns und für euch.«

»Kind, was machst du denn jetzt allein in dem großen Haus?« Mit tropfenden Händen drehte Mutter sich neuerlich zu Elise um und griff schnell nach einem Tuch, um ihre Hände abzutrocknen.

»Mal sehen. Ich brauche Platz für ein Büro. Damit ich meine Bestellungen besser organisieren kann. Das geht nicht immer am Küchentisch.«

»Wenn dir hier alles zu groß wird, kommst du zu uns. Versprichst du mir das?« Eindringlich sah die Mutter Elise an.

»Versprochen«, sagte sie und wusste doch, dass sie von hier nicht weggehen würde.

»Wie laufen denn deine Geschäfte?«, wollte Mutters neuer Mann wissen.

»Besser, als wir gedacht hätten. Ich habe einige Stammkunden. Sogar in der Apotheke bieten sie die getrockneten Heidelbeeren an. Gegen Durchfall. Und unsere Kartoffeln haben wir sehr gut verkauft.« Elise schmunzelte. »Manchmal kommen die Leute sogar zu mir an die Haustür. Nur, jetzt kann der Großvater sie nicht mehr bedienen …«

22. Wiedersehen

Freitag, 18. Juli 1947

Seit knapp zwei Jahren betrieb Elise jetzt ihren kleinen Handel mit Heidelbeeren und anderen Früchten. Im Herbst lieferte sie Kartoffeln aus, die sie auf einem der Felder von Ferdinand anbaute. Der hatte ihr einen kleinen Marktstand gezimmert und sooft es ging, waren Elise und Gerda gemeinsam unterwegs zu den Märkten in der Umgebung. Dann blieben die beiden Kinder bei Ferdinand, der sich zu einem wahren Ersatzpapa entwickelt hatte. Reinhard freute sich, wenn er den kleinen Hammer benutzen durfte und seit Gerdas Tochter Emma, die von allen liebevoll Emmchen genannt wurde, laufen konnte, war Ferdinand noch mehr gefordert. Das kleine Mädchen mit den blonden Löckchen war ein echter Sonnenschein. Und die Puppe, die Ferdinand ihr nach einem lukrativen Auftrag mitgebracht hatte, war ihr ganzer Stolz.

Inzwischen erwarteten Gerda und Ferdinand ihr erstes gemeinsames Kind. Manchmal, wenn Elise mit Reinhard im Wald unterwegs war, tauchten vor ihrem inneren Auge Bilder von Julius auf. Seine hölzerne Herzhälfte trug sie nach wie vor um den Hals. Sooft es ging, besuchte sie zusammen mit Reinhard die Waldlichtung, wo sie einstmals den verletzten Julius aufgefunden hatte und meist saßen sie dort vor dem Felsen. Die Augen des Buben nahmen mit jedem Tag mehr den Bernsteinglanz seines Vaters an und sie leuchteten auch genauso schön, wenn sie ihm Geschichten von Julius erzählte.

Nur das Heimkommen ins elterliche Haus, das sie seit einem knappen Jahr allein mit ihrem Sohn bewohnte, fiel ihr auch nach der langen Zeit schwer. Eineinhalb Jahre waren Mutter und Hans jetzt schon weg und auch wenn sie sich regelmäßig gegenseitig besuchten, vermisste sie das Geratter der Steppmaschine und manchmal sogar die mürrisch-ängstliche Stimmung, die Mutter so oft verbreitet hatte. Dass sie in Stefan einen liebevollen Mann gefunden hatte, darüber war Elise sehr froh. Doch jetzt, wo Reinhard immer öfter nach seiner Großmama fragte, tat es Elise besonders leid, sie nicht näher bei sich zu haben. Aber dann fühlte sie sich wieder verantwortlich für das Haus, den Garten, den Stall und vor allem freute sie sich an der Heidelbeerlichtung, die so bedeutend geworden war für ihr Leben.

Großvaters Zimmer konnte sie nicht betreten. Zu groß war der Schmerz, wenn sie daran dachte, dass sie nie wieder seinen Rat einholen konnte. Er war ihr Vertrauter, ihr Seelenpartner und ihr Ratgeber gewesen in all den schweren Jahren. Er hatte sich mit ihr gefreut und jedes Leid mit ihr geteilt. Aber die Trauer um ihn konnte er ihr nicht nehmen. Sein Vermächtnis wollte sie bewahren, so, wie sie es ihm auf dem Sterbebett versprochen hatte.

Elise hielt die Zügel von Ferdinands Fuhrwerk locker in beiden Händen. Mit leichten Armbewegungen bedeutete sie dem alten Pferd, sein Tempo beizubehalten. Die Kanne mit Pfefferminzwasser klemmte zwischen den beiden Holzquadern, die Ferdi auf dem Wagen angebracht hatte, damit er für die Kinder immer etwas zum Trinken mitnehmen konnte, ohne dass es umkippte.

»Mama, kannst du mal anhalten?« Reinhard redete mit seinen zwei Jahren schon in verständlichen Sätzen und es bereitete ihr Freude, weil er seine Wünsche so gut artikulierte.

»Brrr!«, befahl sie dem Pferd, das sofort seinen Schritt verlangsamte und stehen blieb. »Und jetzt?« Elise wandte sich ihrem Sohn zu, der mit ausgestreckten Beinchen von der Sitzfläche rutschte, nach der Kanne griff und diese geschickt zwischen seine Händchen klammerte. Er setzte den Mund am Rand an.

Jeden seiner Schlucke konnte Elise hören. Es sah spaßig aus, wie sein Gesicht fast vollständig in der großen Öffnung verschwand. Als er die Kanne absetzte, zeichnete sich ein Abdruck auf seine Wangen. Vorsichtig stellte er die Kanne wieder zurück, hielt sich am hinteren Ende der Sitzfläche fest und kletterte zügig zurück auf seinen Platz. Er rutschte näher, schmiegte sich an sie und Elise durchflutete ein Gefühl von Wärme und

Glück. Sie legte die Zügel in eine Hand, umarmte ihren Sohn und hauchte ihm einen Kuss auf den lockigen Haarschopf, der dem ihres Brüderchens ähnelte.

Dann trieb sie das Pferd an, loszutraben. Reinhard drängte seinen Kopf unter ihrer Armbeuge hindurch, lehnte sich gegen ihre Brust, und die Seelenwärme, die er verströmte, war stärker als die Hitze, die von seinem verschwitzten Körperchen ausging.

Auf Ferdinands Hof stellte sie das Fuhrwerk ab. Reinhard hatte eine Margerite entdeckt, die er sogleich pflückte und Elise entgegenhielt: »Für dich, Mama.«

Kaum hatte Emmchen Reinhard gesehen, lief sie mit unsicheren Schritten auf ihn zu und drückte sich an ihn. Reinhard reckte die Arme nach oben. »Nicht die Blume kaputt machen.«

Emmchen sah ihn verwirrt an. Gerda trat aus der Tür. Ihr schwangerer Bauch zeichnete sich schon recht deutlich unter der Schürze ab. An ihrer Hand glänzte der Ehering und Elise überkam für einen Moment Wehmut. Wie schön wäre es gewesen, wenn sie auch den Mann hätte heiraten können, dem sie ihr Herz geschenkt hatte.

Die Hochzeit hatte in aller Stille ohne Gerdas Verwandtschaft stattgefunden.

»Grüß dich, Elise. Wart ihr erfolgreich?«

»Alles verkauft«, verkündete sie triumphierend, nahm einen der leeren Körbe vom Wagen und reckte sich nach dem nächsten.

»Bleibt ihr zum Abendessen?«

»Ich wollte noch zum Friedhof.« Elise schluckte. Seit Großvaters Tod war das Grab ihrer Großeltern ihr tägliches Ziel und doch fühlte sie sich auf dem Weg dorthin immer aufs Neue verloren und hilflos.

»Dann kommt doch hinterher einfach wieder zu uns. Ferdinand ist noch auf dem Feld. Aber er will rechtzeitig da sein.« Gerdas Augen strahlten. Sie hatte sich zum Guten verändert, seit sie Ferdinand an ihrer Seite wusste. Ihre Liebe war so deutlich spürbar, dass Elise das Herz aufging.

»Machen wir.» Elise nahm Reinhard an der Hand. »Wir gehen noch zu Opapa.«

Wie süß das war, als der Kleine seinen Urgroßvater zum ersten Mal Opapa genannt hatte.

»Aber die Blume.« Welk hing die Margerite in dem Händchen des Buben, der ihr mittlerweile wohl auch den letzten Lebenssaft ausgedrückt hatte. Elise sah Gerda an.

»Ich stelle sie ins Wasser, bis ihr wiederkommt.«

Zufrieden hielt Reinhard Gerda das Blümchen entgegen.

Elise holte die Gießkanne am Brunnen, füllte sie mit Wasser und stellte sie vor sich ab. Bedächtig ging Reinhard neben ihr her. Es war eigenartig, dass er hier an diesem Ort nicht wild umherlief, sondern ruhig neben ihr herging und auch nur selten plapperte.

Sie hatten das immergleiche Ritual. Elise goss die hintere Blumenreihe, in der ein Rosenstöckchen stand, weil Großvater Rosen so sehr geliebt hatte.

Vorn hatten sie Heidelbeeren gepflanzt – und dafür Häme von einigen Dörflern kassiert. Doch das war ihr mittlerweile egal. Die kleinen Büsche goss Reinhard, wenn die Gießkanne nicht mehr so schwer war. Auch jetzt stellte Elise ihm die Kanne hin, er griff mit den kleinen Händen danach, schleppte sie zum Rand des Grabes und musste die Arme weit nach oben strecken, damit überhaupt etwas Wasser herauslief.

Elise faltete die Hände und nachdem ihr Sohn die Gießkanne abgestellt hatte, tat er es ihr gleich. Sie schloss die Augen, ließ es zu, dass Erinnerungen an glückliche Tage in ihr erwachten und als sie ihre Augen öffnete, fiel ihr Blick direkt auf den eingemeißelten Namen ihres Vaters.

Mutter wollte es, dass sie hier wenigstens eine Stelle hatten, wo sie an ihn denken konnten, auch wenn sein toter Leib irgendwo in Russland lag. Vor einigen Monaten hatte Elise Kontakt zum Roten Kreuz aufgenommen. Sie hoffte, die sterblichen Überreste ihres Vaters nach Hause holen und hier bei ihren Großeltern begraben zu dürfen. Der Verwaltungsaufwand war riesig, doch sowohl der Doktor als auch Ferdinand hatten ihr ihre Hilfe zugesichert. Der Doktor ... Elise lächelte beim Gedanken an den Mediziner, der es sich mittlerweile zur Aufgabe gemacht hatte, einmal wöchentlich nach ihr und Reinhard zu sehen. Nie kam er mit leeren Händen und die abendlichen Gespräche mit ihm waren eine Wohltat für Elise. Einmal hatte sie ihn gefragt, ob er sich denn gar keine Sorgen um seinen Ruf im Ort machen würde. Da hatte er nur abgewinkt und gesagt: »Die reden sowieso. Ob ich mich darum schere oder nicht. Also lasse ich sie einfach reden.«

»Naja, wir wissen ja, dass wir nichts Verbotenes tun.« Ihre eigenen Worte hallten in ihr nach und dann erinnerte sie sich wieder an ihre Treffen mit Julius im Wald. Eigentlich haben wir damals auch nichts Verbotenes getan. Wir haben schließlich niemandem geschadet, dachte sie und seufzte.

Elises Blick schweifte über die anderen Grabreihen. Weiter vorn stand ein hagerer Mann, beugte sich über eines der Kreuze, wischte mit der Hand über die Inschrift, schüttelte den Kopf und ging zum nächsten. Ob er jemanden Bestimmtes suchte? Elise ließ ihn nicht aus den Augen. Von hinten sah er aus wie einer dieser Landstreicher, die oft auch an ihre Türe klopften und um etwas Warmes zu essen baten. Die Haare hingen strähnig über den Schultern und Elise verzog das Gesicht. Seine Hose war verschlissen, ein Riss war mit großen Stichen und offenbar mit Wolle genäht, trotzdem blitzte die Haut seines Beines hindurch. Bestimmt hat der auch Flöhe, dachte sie bei sich.

Erst als Reinhard an ihrem Arm zerrte, wandte sie ihren Blick von dem Fremden ab. »Mama, Wasser ist leer.«

Zwischen den Heidelbeerbüschchen stand eine kleine Pfütze, die sich in der heißen Sonne schnell verflüchtigte.

»Gut gemacht.« Sie streichelte Reinhards Wange, beugte sich zu ihm hinunter. »Du bist ein großer Junge.«

Jetzt strahlte er wieder übers ganze Gesicht und ihr Blick verfing sich in seinem unwiderstehlichen Kinngrübchen.

»Gehen wir zu Onkel Ferdi?«

Sie nickte. »Aber zuerst bringen wir noch die Gießkanne weg.«

»Ich trag sie.« Reinhard hob die metallene Kanne hoch und ächzte bei jedem Schritt, denn sie war so groß, dass sie ihm bis zur Brust reichte. Doch er ließ sich nicht beirren und als Elise ihm helfen wollte, drehte er ihr den Rücken zu.

»Ist ja nicht mehr weit«, presste er hervor. Seine Wangen glühten. Je weiter er ging, umso öfter schleifte die Kanne über den Weg.

»Komm, jetzt trage ich sie weiter und du hängst sie dann auf. Einverstanden?«

Reinhard stellte die Kanne vor ihr ab, schüttelte die kurzen Arme aus und nahm Elise an der freien Hand. Vor ihnen kniete dieser Zerlumpte vor einem Grab. Wieder rieb er über die Buchstaben. Elise hielt die Luft an und überlegte einen Moment, ob sie in die nächste Reihe ausweichen sollten. Sie waren nur noch wenige Schritte von dem Fremden entfernt, als der sich aufrichtete und sich zu ihnen drehte: »Entschuldigen Sie, ich suche das ...« Er kniff die Augen zusammen, taumelte rückwärts. »Elise?« Er riss beide Hände in die Höhe, drückte sie sich gegen die Schläfen. Ebenso hastig wandte er sich ihnen wieder zu.

Diese Stimme. Sie gehörte doch unverkennbar ... Nein, das kann nicht sein, dachte Elise bei sich und befahl sich, ruhig zu bleiben.

»Mama«, wisperte Reinhard mit piepsendem Stimmchen und drückte ihre Hand fest. Die Stimme ihres Sohnes nahm sie wie durch einen Schleier wahr. Es kostete sie große Mühe, einen kleinen Schritt nach dem anderen auf den Mann zuzugehen, denn ihre Beine gehorchten nicht mehr. Es fühlte sich an, als hätten Gewichte sich um ihre Füße gelegt. Achtlos ließ sie die Gießkanne fallen.

»Julius!», schrie sie auf. Ihr Hals brannte, das Blut rauschte in ihren Ohren und ihre Wangen bebten. Mit zitternder Hand befühlte sie sein bärtiges Kinn, strich ihm sanft über die Stirn, trat noch einen Schritt näher und merkte jetzt, wie Reinhard an ihrem anderen Arm zerrte, als müsste er sie beschützen.

»Ich dachte …« Julius' Stimme war belegt. Er schüttelte verstört den Kopf. Trotz des Bartes erkannte sie das Grübchen in seinem Kinn. Und dann verfing sie sich in den bernsteinfarbenen Augen. Sie machte einen ausladenden Schritt über die am Boden liegende Kanne, zerrte Reinhard näher und fiel diesem Mann in die Arme.

Julius umschlang sie mit beiden Armen, hauchte einen Kuss auf ihre Stirn und legte sein Kinn auf ihren Kopf. »Und ich dachte …«

Elise atmete seinen herben Geruch ein und obwohl er dringend ein Bad benötigte, gab es nichts Besseres in diesem Moment als ihn zu riechen.

»Ich dachte, du seist tot«, flüsterte sie.

Er schob sie von sich. »Wie kommst du darauf? Ich habe hier nach deinem Grab gesucht.« Mit zusammengezogenen Augenbrauen sah er sie an.

Elise wich erschrocken zurück. »Mein Grab? Aber warum denn?«

»Mutter hatte mir geschrieben, dass …?«

Sie schnappte nach Luft, ergriff seine Hand. »Und mir schrieb sie, dass du …«

»Was? Das kann ja wohl nicht wahr sein«, rief er ungläubig. Da fiel sein Blick auf den Buben an ihrer Hand. »Wen hast du eigentlich da dabei? Hast du etwa …« Mit weit aufgerissenen Augen sah er von ihr zu Reinhard.

Elise nahm ihren Sohn auf den Arm, der so still geworden war, dass sie sich selbst kaum noch zu atmen traute. »Reinhard, das ist dein Vater.« Reinhard versteckte sein Gesicht in ihrer Halsbeuge.

»Mein …?« Julius' Kiefer bewegte sich, als müsste er all das verarbeiten, was er mit ihren wenigen Sätzen erfahren hatte.

»Dein Sohn. Weißt du das denn gar nicht?« Elise musterte ihn. Seine eingefallenen Wangen konnte auch der Bart nicht verbergen. Unter seinen Fingernägeln waren dicke schwarze

Ränder. Und als sie wieder zu seinem Gesicht aufsah, standen Tränen in seinen Augen. Er öffnete den Mund, als wollte er etwas sagen, doch es kam nichts.

Langsam wurde Elise bewusst, was passiert sein musste. »Deine Mutter hat mir geschrieben, du seist gestorben.«

»Wie konnte sie nur ...« Julius zitterte am ganzen Körper, wie damals, als er diesen schlimmen Schüttelfrost hatte. Dabei rann ihm der Schweiß aus allen Poren.

Elise nahm seine Hand. »Jetzt haben wir uns wieder. Es ist ein Wunder.«

Vorsichtig, als könnte er etwas zerbrechen, ergriff Julius Reinhards Händchen und streichelte sanft darüber. Zuerst entzog sich der Bub, doch dann hielt er seine Hand wieder hin. Elise spürte den Herzschlag ihres Sohnes und, noch ehe sie weiter nachdenken konnte, schlang Julius seine Arme um sie beide.

Elise hätte am liebsten all denen ihre Freude zugerufen, die sie mit erstarrten Blicke beäugten, als sie mit Julius und Reinhard zurück zu Ferdinands Hof ging. Mit geradem Rücken schritt sie durch den Ort, hielt an einer Hand Julius und an der anderen ihren Sohn.

Gerda saß auf der Bank vor dem Haus, streichelte ihren Bauch und sah erst von ihrer spielenden Tochter auf, als sie die Schritte der Ankommenden auf den Steinen vernahm. Schon aus der Entfernung sah Elise, wie Gerda den Kopf schief legte und ihnen mit Argusaugen entgegenblickte. Lauthals rief sie ihrer Freundin entgegen: »Julius ist da!«

Gerda erhob sich von der Bank, kam auf sie zu und betrachtete ihn genau. Sie rümpfte ein wenig die Nase und mehrfach wanderte ihr Blick an ihm auf und ab. Vorsichtig, als traute sie ihm nicht, streckte sie ihm die Hand entgegen. »Ich bin Gerda.«

»Julius.« Er lächelte.

»Darf ich fragen, wo du nach so langer Zeit herkommst?« Gerda machte keinen Hehl daraus, dass sie dem Frieden nicht traute.

»Direkt aus Frankreich. Man hat mich endlich entlassen.«

Elise schnellte herum. »Du warst bis jetzt in Gefangenschaft?«

Er nickte schwach und als er sich über den Arm strich, erkannte Elise die vielen Narben auf seiner Haut. »W … was ist das denn?«

»Peitschenhiebe«, sagte er verlegen. »Aber jetzt bin ich hier. Ich wollte zu allererst unbedingt zu deinem Grab.« Er schüttelte den Kopf.

Elise flüsterte Gerda ins Ohr: »Er dachte, ich sei tot.«

»Wieso das denn?«, rief sie überrascht aus.

»Meine Mutter schrieb mir, du hättest dir in dem strengen Winter 1945 eine Lungenentzündung geholt«, antwortete Julius. »Deine Mutter hätte ihr geschrieben, dass du an den Folgen verstorben seist. Und dass ich mich nicht mehr melden sollte, weil sie in ihrer Trauer allein sein wollte.«

»Sehr einfallsreich.« Elise ballte die Hand zur Faust. »So etwas ähnliches hat sie mir auch über dich geschrieben. Du wärst an Lungenentzündung gestorben. Sie trauere so sehr. Ich sollte sie bitte nicht mehr belästigen.«

Blass stand Gerda ihnen gegenüber. Unentwegt strich sie über ihren schwangeren Bauch. »Das ist ja unfassbar.«

»Wozu Menschen fähig sind.« Elise schüttelte den Kopf. »Aus Neid. Aus Missgunst. Aus Eifersucht.«

Gerdas Gesicht schien eingefroren trotz der großen Hitze. Es dauerte einen Moment, dann sagte sie: »Wie gut, dass es Menschen wie dich gibt, Elise. Die verzeihen können.«

»Wie gut, dass es Freunde gibt«, konterte Elise und knuffte Gerda freundschaftlich auf den Oberarm.

Sie lächelten sich an. Elise lehnte sich mit dem Hinterkopf gegen Julius' Brust.

»Wenn ich euch beide so irgendwo gesehen hätte, ich hätte geglaubt, du hast dir einen Landstreicher angelacht.«

Zeitgleich prusteten Elise und Gerda los.

»Sehe ich so schlimm aus?«, fragte Julius feixend.

»Warte mal, bis er gewaschen ist.« Elise klopfte ihm auf die Schulter und eine kleine Staubwolke stieg in die Luft.

»Waschen klingt nach einem richtig guten Plan.« Julius schubste Elise an.

Reinhard, der bis jetzt unbeweglich daneben gestanden hatte, rührte sich und trat vor sie. Die kleinen Knopfaugen wanderten unentwegt von den Füßen zum Kopf seines Vaters. Dabei erkannte Elise, dass der Bub die Lippen zusammenpresste und mehrfach mit dem Händchen durch sein Gesicht wischte. Schließlich fragte er mit dem Brustton der Überzeugung: »Gehen wir jetzt nach Hause? Wir alle?« Er deutete auf sich, auf Elise und auf Julius.

Sie sahen sich an, lächelten und dann nahm Julius seinen Sohn auf den Arm. Der Kleine legte das Köpfchen auf seine Schulter und blinzelte.

»Morgen komme ich wieder zu Emmchen. Aber jetzt muss ich mit meinem Vati nach Hause gehen.« Mit einer Hand winkte er Gerda, die andere hatte er um Julius' Hals gelegt. Elises Herz hüpfte vor Freude. Sie umarmte Gerda überschwänglich, nahm Julius an der Hand und machte sich mit ihm auf den Weg nach Hause.

»Ich lasse dich nie wieder los«, raunte sie Julius ins Ohr, als sie gemeinsam auf den Weg zum Kreuzberg einbogen, und er verstärkte den Druck seiner Hand auf ihrer.

Als sie das Haus betraten, fielen Reinhard die Augen zu. Elise zeigte Julius den Weg zur Küche. Dort ließ er sich auf einem Stuhl nieder. Dabei achtete er darauf, dass sein Sohn eng an ihn geschmiegt blieb und streichelte dem Kleinen pausenlos den Rücken.

Elise eilte zur Vorratskammer, holte Brot und Rauchwurst, Butter und eingemachte Rübenschnitze herbei. Während sie alles auf Tellern anrichtete, vernahm sie plötzlich Reinhards Stimmchen.

»Bleibst du jetzt für immer da, Vati? Wie Ferdi bei Emmchen?«

Elise sah aus dem Augenwinkel, wie Julius sich über die Augen wischte und immerfort nickte.

»Hast du einen Hammer?« Reinhard malte mit den Händen einen großen Kreis in die Luft. »Ferdi hat so einen großen Hammer. Und eine Säge.«

»Bald, mein Junge. Bald habe ich auch einen Hammer. Und eine Säge. Das verspreche ich dir.«

Der Bub legte seine Wange an Julius' Brust und sein Händchen ruhte auf dem Arm seines Vaters. Es dauerte nicht lange, dann war sein gleichmäßiger Atem zu hören.

Elise stellte den großen Teller mit Brot und alldem, was sie vorrätig hatte, vor Julius hin. »Iss dich erst mal satt.« Sie nahm ihren Sohn auf den Arm. »Ich bringe ihn nur kurz nach oben«, wisperte sie und zwinkerte Julius zu.

Draußen dämmerte es, als sie sich in der Küche gegenübersaßen. Auf dem Tisch verschlangen sie ihre Hände ineinander und sahen sich in die Augen. Inzwischen duftete Julius nach Großvaters Kernseife und sah in Vaters Kleidern aus, als habe er nie etwas anderes getragen. Er hatte den Bart abrasiert und so gut sie konnte, hatte Elise ihm die Haare geschnitten.

»Ich kann das alles noch gar nicht fassen.« Sie wusste nicht mehr, wie oft sie diese Worte in den letzten Stunden ausgesprochen hatte. Ein Zwicken unterbrach ihre Gedanken. »Aua!«, rief sie empört.

»Ich musste dir doch zeigen, dass ich echt bin.« Um seine Augen bildeten sich die kleinen Lachfältchen, in die sie sich vor knapp drei Jahren verliebt hatte und in seinem rasierten Gesicht war auch das Grübchen viel deutlicher zu erkennen. Elise streichelte ihm über die Wangen, hielt sein Gesicht in beiden Händen und ließ den Finger langsam zum Kinn wandern.

Julius stellte sich auf, trat vor Elise, griff unter ihre Beine und hob sie vom Stuhl. Auf beiden Armen trug er sie die Treppe hinauf und nach einem Moment des Zögerns gingen sie in das Schlafzimmer, das einst ihren Eltern gehört hatte.

Julius legte sie auf die Matratze, setzte sich neben sie und bedeckte sie mit unzähligen Küssen. Langsam begaben sich seine Hände auf Wanderschaft. Elise schloss die Augen, um diesen Moment noch stärker erleben zu können.

»Ich liebe dich, Elise.«

»Ich liebe dich auch, Julius.«

23. Zukunftspläne

Samstag, 19. Juli 1947

»Vati? Vati?« Aufgeregt rannte Reinhard durch den Flur in die Küche und sah Elise ganz entsetzt an, als dort die Stühle leer waren. »Ist er weg?«

Elise zerriss es fast das Herz. »Nein, nein. Er ist bei Ferdi. Er kommt gleich wieder.«

Ihre Augen brannten, jedoch nicht vor Trauer. Nein, vielmehr hatte sie in der vergangenen Nacht keine Sekunde geschlafen. Zu viel hatten sie sich zu erzählen gehabt.

An der Haustür vernahm sie Geräusche. Es klopfte leise und dann kamen Schritte Richtung Küche. Schon erschien Julius in der Tür.

»Du musst doch nicht anklopfen.« Fröhlich mahnend hob Elise den Zeigefinger.

Julius lächelte, hatte aber keine Zeit zu antworten, denn schon flog ihm sein Sohn entgegen, den er mit ausgebreiteten Armen in Empfang nahm. Er hatte die Ärmel hochgekrempelt. Jetzt, bei Tageslicht und auf der sauber gewaschenen Haut erschrak Elise noch mehr beim Anblick seiner vernarbten Arme.

»Was haben die nur mit euch gemacht?«, fragte sie leise. Ein Schauer jagte ihr über den Rücken.

Julius entließ Reinhard wieder auf den Boden, trat auf Elise zu und umarmte sie. »Es waren nicht alle. Es waren Einzelne. Einer hat mich so zugerichtet. Als ich keine Kraft mehr hatte, den Pflug übers Feld zu zerren. Er hatte mich vorgespannt, wie ein Stück Vieh.« Julius verstummte, strich sich über den Arm, dann sprach er weiter: »Aber unser Lageraufseher hat das irgendwie erfahren. Da ging es dem Bauern schlecht. Ich musste nicht mehr hin und wurde sogar ordentlich verarztet. Der Aufseher hat sich mehrfach nach mir erkundigt. Er hat mich sogar begleitet, als ich danach bei einem anderen Bauern eingeteilt wurde.«

Elise streichelte seinen Rücken. »Wie gut, dass du durchgehalten hast.«

Julius dirigierte sie zum Tisch, ließ sich selbst auf einem Stuhl nieder und bat sie, sich auf seinen Schoß zu setzen. Ihre Hände lagen ineinander, da fing Julius wieder an. »Ich glaube, meine Mutter wollte nicht, dass aus uns beiden etwas wird.«

Ungläubig sah Elise ihn an. »Aber warum denn nicht? Wir lieben uns, hier ist dein Kind.«

Julius legte beschwichtigend den Arm um sie. »Genau. Du bist hier. Unser Kind. Ich liebe dich. Und sie ist allein. Mein Bruder ist gefallen. Vater hat sich totgesoffen. Sie hat nur noch mich. Da wollte sie mich für sich allein behalten.«

»Oh herrje. Du meinst ...?« Elises Stimme versagte.

»Ich war all ihre Hoffnung. Sollte zu Hause in Vaters Werkstatt etwas Neues aufbauen. Wie oft hat sie mir von ihren Plänen geschrieben. Aber im Grunde kennt sie mich genau. Nie würde ich mein Kind im Stich lassen. Und meine Frau.«

Elise lehnte sich zurück, spürte seinen Herzschlag und beobachtete zugleich Reinhard, der am Boden saß und mit den Hölzchen spielte, die Ferdinand ihm vor einiger Zeit geschenkt hatte. »Wir sollten sie zu uns einladen.«

»Oder sie besuchen«, warf Julius ein. »Ich müsste ja sowieso irgendwann einmal nach Hause.«

Unsicher drehte sich Elise zu ihm um. »Können wir uns das denn leisten? Ich habe zwar ein klein wenig Erspartes, aber ...«

»Ich habe mit Ferdinand gesprochen. Schon morgen fange ich an bei ihm zu arbeiten. Und ich muss sehen, ob ich meine Maschinen von der Schreinerei hierher holen kann.«

»Schreinerei?« Elise zog die Stirn kraus.

»Ja sicher. Vater war Schreiner. Und seine Maschinen stehen noch in der Werkstatt. Mutter hat sie verteidigt bis aufs Letzte.«

»Weiß sie denn, das du hier bist? Dass du frei bist? Dass du lebst?«

»Ich wollte sie überraschen. Plötzlich vor ihrer Tür stehen. Nur ein Weg war mir noch wichtiger. Ich dachte, ich muss mich hier von dir verabschieden. Einmal wenigstens wollte ich an deinem Grab gewesen sein. Doch Gott sei Dank ist ja alles ganz anders.« Er verstummte. Mehrmals räusperte er sich.

»Ich hoffe, uns bleibt noch sehr lange Zeit, bis wir uns am Grab verabschieden müssen.« Sie hob ihren Kopf, spitzte die Lippen und küsste ihn aufs Kinn. Sogleich beugte er sich zu ihr, ihre Lippen trafen sich und sie versanken in einem nicht mehr enden wollenden Kuss.

Epilog

Sommer 2018

Elise hängt sich bei ihm ein. Die Schritte fallen ihr mit jedem Tag schwerer und doch will sie mit ihm auch heute zu der kleinen Bank gehen. Dort, wo einst ihre Heidelbeeren gewachsen sind, hat man vor einigen Jahren eine hölzerne Sitzgarnitur unter die beiden Ahornbäume gestellt. Die Heidelbeerbüsche sind verschwunden. Seit der Wald gekalkt wird, gibt es keine blauen Beeren mehr. Doch für Elise hat dieser Platz nichts von seiner Bedeutung verloren. Wann immer es nicht regnet, gehen sie zusammen die wenigen Schritte hinüber zum Waldrand.

Früher, als sie noch gut zu Fuß waren, haben sie auf dem schmalen Pfad im Wald den Kreuzberg umrundet. Nun werden die Wege kürzer. Aber die Liebe, die ist geblieben.

Ächzend lässt sie sich auf der Bank nieder. Er sitzt ihr gegenüber und streichelt über ihre faltige Hand, lächelt sie an und lässt dann den Blick über die dicht bewaldeten Hügel schweifen.

»Was für ein wundervolles Flecken Erde, unser Pfälzerwald.« Er schließt die Augen, atmet vernehmlich die Luft ein, um sie kurz darauf ebenso hörbar wieder auszupusten.

Elise schmunzelt. Das ist sein tägliches Ritual, seit er damals nach Hause gekommen ist. Kein Tag vergeht, an dem er nicht sagt, wie schön es hier ist.

Zustimmend nickt sie. Für sie ist Clausen das Schönste, was es geben kann. Und sie hat viele Orte gesehen. Mit ihrem Marktstand war sie in einigen Städten unterwegs und als sie und ihr Mann endlich etwas Geld zur Verfügung hatten, haben sie begonnen, die Welt zu entdecken. Bis nach Amerika sind sie geflogen. Beim Gedanken daran, pocht ihr Herz schneller. Doch zuhause ist sie nur hier, in der Pfalz, wo ihre Kinder leben, die wenigen Freunde, die noch da sind.

Auf der gepflasterten Straße, die mittlerweile von Häusern gesäumt ist, kommt ein Auto näher. Elise kneift die Augen zusammen. Das ist Carl, ihr Urenkel. Er hat sich angekündigt.

Schon am Telefon klang er so freudig. »Was er uns wohl sagen will?«, murmelt sie.

Hastig winkt sie dem jungen Mann entgegen. Er parkt sein Auto auf dem kleinen Stellplatz vor dem Waldeingang und kommt auf sie zu.

»Habt ihr es euch gemütlich gemacht?«, fragt er.

»Wie jeden Tag«, antwortet der Urgroßvater und streckt Carl die Hand entgegen.

»Ich muss etwas mit euch besprechen.« Seine stahlblauen Augen strahlen.

Ihr Mann legt einen Arm um seinen Urenkel. Das sieht lustig aus, denn der Junge, wie sie ihn immer noch nennt, ist fast einen Kopf größer als er.

Carl räuspert sich. »Ich will euch einladen.«

»Aha?« Elise zieht die Stirn kraus.

»Melli und ich wollen heiraten. Oben im Wald bei der Kapelle. Dort, wo ihr auch geheiratet habt.«

Elises Blick wandert von ihrem Urenkel zu ihrem Mann. Ihr Herz hüpft vor Freude. Sofort tauchen die Bilder von damals wieder auf. Als sie zum ersten Mal dieses einzigartige Gefühl verspürte – trotz aller Kriegsdramen.

Im Gesicht ihres geliebten Mannes vertiefen sich die Fältchen der Freude. »Das sind mal gute Nachrichten! Und den schönsten Platz zum Heiraten habt ihr euch auch ausgesucht. Nirgendwo auf der ganzen Welt ist es so schön wie auf unserem Kreuzberg, an unserem Kapellchen.«

»Ich weiß. Immerhin hast du es mit aufgebaut, Uropa.« Carl zwinkert ihr entgegen, während seine Hand für einen Augenblick über den Rücken des Urgroßvaters streicht.

Elise stützt sich am Tisch auf, eine Freudenträne rinnt an ihrer Nase entlang. Langsam erhebt sie sich um dann ihrem Urenkel überschwänglich um den Hals zu fallen. »Und ich backe dir einen Heidelbeerkuchen.«

Danke!

Was wäre meine Geschichte ohne Zeitzeugen? So danke ich meinen Großeltern Emma und Karl Wagner für stundenlange Gespräche und unzählige beantwortete Fragen. Dabei erfuhr ich auch vom Schicksal Albert Leiningers, einem Schulkameraden meiner Oma.

Die Gespräche mit ihm waren sehr intensiv und ich war schockiert, wie genau er sich an alle Details erinnern konnte – nach mehr als 70 Jahren. Er hat mir die schwierigsten Momente seines Lebens anvertraut. Dafür bin ich ihm zutiefst dankbar.

Ich danke seiner Familie, die mir erlaubt hat, seine Geschichte zu erzählen, da er nun selbst nicht mehr zustimmen kann. Aber ich bin sicher, er wird die Heidelbeerfrau von seiner Himmelswolke aus wohlwollend begleiten.

Ein Dank von Herzen geht an meine beiden Männer, die mich darin bestärkten, Elises Geschichte fortzuschreiben und mir bereits bei der Entwicklung mit großartigen Ideen zur Seite standen. Dass sie so manches Mal den Kochlöffel schwingen mussten, während ich am Roman arbeitete, nahmen sie als Selbstverständlichkeit an und bekochten mich mit allerlei Feinem. Marcus und Philipp: Ich liebe euch beide aus tiefstem Herzen und bin glücklich darüber, dass ihr mein Leben so wertvoll macht.

Ich danke meinen Eltern und dem Rest der Familie für den Zuspruch und die Unterstützung in allen möglichen (und unmöglichen) Momenten.

Herzlichen Dank meinen Testlesern, die mit vielen guten Tipps dafür sorgten, dem Roman den letzten Schliff zu geben. Allen voran meinen wundervollen Kolleginnen Gabi, Sandra, Tina und Tanja, die den gesamten Entstehungsprozess begleiteten.

Wenn ein Buchprojekt beendet ist und seinen Weg in den Verlag nimmt, fühlt es sich für die Autorin ein wenig an, als entlasse sie ihr Kind auf eine lange Reise. Ich bin sehr dankbar, dass ich im Rhein-Mosel-Verlag zu jeder Zeit das Gefühl habe, mein »Kind« ist in guten Händen. Dafür danke ich meiner Lektorin Gabriele Korn-Steinmetz und meinem Verleger Arne Houben, sowie Stefanie Thur für ein neuerlich wunderschönes Cover.

Nicht zuletzt geht mein Dank an Sie, liebe LeserInnen. Durch den Kauf meines Buches tragen Sie dazu bei, dass die Heidelbeerfrau, meine Elise, die Welt erobern darf.

Wie lieb ich dich, moi Clause

Wie lieb ich dich, moi Clause,
du Deerfel uff de Heeh.
Du bisch mer so ans Herz gewachs,
wo ich ah geh und steh.
Und was für Bayern München ist,
das ist für uns der Rhein.
Wie lieb ich dich, moi Clause,
und so solls immer sein.

Übersetzung hochdeutsch:
Wie lieb ich dich, mein Clausen.
Du Dörfchen auf der Höhe.
Du bist mir so ans Herz gewachsen,
wo ich auch gehe und stehe.
Und was für Bayern München ist,
das ist für uns der Rhein.
Wie lieb ich dich, mein Clausen.
Und so solls immer sein.

Marion Bischoff: Heidelbeerkind

Clausen, ein kleines Dorf im Pfälzerwald im August 1944:
Elise liebt es, die morgendliche Ruhe der Natur auf sich wirken zu lassen. Sie pflückt Heidelbeeren, als sie plötzlich dieses Ächzen hört. Ängstlich und neugierig zugleich sieht sie sich um. Zwischen den Hecken liegt ein verwundeter Soldat. Die Panik ist ihm anzusehen. Obwohl Elise weiß, dass auf die Hilfe für Fahnenflüchtige Zuchthaus steht, versteckt und versorgt sie den Fremden in der Waldhütte ihres Vaters. Doch Nazis lauern überall …
Obwohl viele Menschen die Ausmaße des Hitlerregimes gar nicht erfassen konnten, gab es unter ihnen diejenigen, die sich auflehnten und nicht dem verbreiteten Stimmungsbild folgten. Einer dieser Menschen war Elise.

ISBN 978-3-89801-091-7 • 268 Seiten • Broschur • 12,00 EUR

Sandra Jungen: Hanna – Kriegsjahre einer Krankenschwester

Das Deutsche Reich 1942: Kurz nach ihrem Examen wird Hanna in die Krankenpflege der Wehrmacht eingegliedert. Obwohl sie lieber bei ihrer Familie in der Eifel wäre, beugt sie sich dem Befehl und kämpft fortan als Frontschwester um das Leben der Verwundeten – ebenso wie um das eigene.
Nur mit knapper Not gelangt sie zurück nach Deutschland, wo sie in München den Luftkrieg in all seinen grausamen Facetten durchlebt und schließlich die harte Hand des Regimes am eigenen Leib erfahren muss.

ISBN 978-3-89801-100-6 • 348 Seiten • Broschur • 12,00 EUR

Ute Bales: Bitten der Vögel im Winter

Seine Besuche bei ihr sind unregelmäßig. Er legt fest, wann und wo sie sich treffen. Sie wartet auf seinen Blick, sein Lächeln. Manchmal schwillt das Warten derart an, dass sie glaubt, es greifen zu können. Dieses Warten belagert die Wände, die Möbel, flimmert im Flur, schlüpft von Raum zu Raum. Wenn er sich ankündigt, schrubbt sie den Boden, putzt die Fenster, richtet sich die Haare. Kommt er, fühlt sie sich glücklich, satt und aufgehoben. Kommt er nicht, ist alles leer. Ruhelos geht sie von Zimmer zu Zimmer, als suche sie etwas. Der Gedanke, dass er nicht mehr kommen könnte, reißt sie in Abgründe.

Das Buch »Bitten der Vögel im Winter« erzählt von einem tiefdunklen Kapitel der deutschen Geschichte, über das bis heute weitgehend geschwiegen wird. Es geht um die Verfolgung der Sinti und Roma und es geht um Eva Justin, eine der bekanntesten »Rassenforscherinnen« zur Zeit des Nationalsozialismus. Eva Justin war überzeugt von der Idee eines »sauberen Volkes« und hat mit ihrer pseudowissenschaftlichen Arbeit maßgeblich dazu beigetragen, dass Tausende von Sinti und Roma gedemütigt, verstümmelt und ermordet wurden.

Ausgezeichnet mit dem Martha-Saalfeld-Förderpreis 2018 des Landes Rheinland-Pfalz.

**ISBN 978-3-89801-402-1 • 410 Seiten • Hardcover, Schutzumschlag
22,80 EUR**